W0303321

Patrick Hofmann, geboren 1971 in Borna, studierte Philosophie, Germanistik und Geschichte in Berlin, Leipzig, Moskau und Straßburg. Für sein Debüt *Die letzte Sau* wurde er 2010 mit dem Robert-Walser-Preis ausgezeichnet. Mit *Nagel im Himmel* erschien 2020 im Penguin Verlag sein zweiter Roman. Patrick Hofmann lebt in Berlin.

Außerdem von Patrick Hofmann lieferbar:

*Nagel im Himmel*

Besuchen Sie uns auf www.penguin-verlag.de und Facebook.

PATRICK HOFMANN

# Die letzte Sau

*Roman*

PENGUIN VERLAG

Sollte diese Publikation Links auf Webseiten Dritter enthalten,
so übernehmen wir für deren Inhalte keine Haftung,
da wir uns diese nicht zu eigen machen, sondern lediglich
auf deren Stand zum Zeitpunkt der Erstveröffentlichung verweisen.

MIX
Papier aus verantwortungsvollen Quellen
FSC® C014496
FSC www.fsc.org

Verlagsgruppe Random House FSC® N001967

PENGUIN VERLAG

PENGUIN und das Penguin Logo sind Markenzeichen
von Penguin Books Limited und werden
hier unter Lizenz benutzt.

1. Auflage 2020
Copyright © 2009 by Schöffling & Co. Verlagsbuchhandlung GmbH,
Frankfurt am Main
Lizenzausgabe mit freundlicher Genehmigung
Copyright © 2020 by Penguin Verlag
in der Verlagsgruppe Random House GmbH,
Neumarkter Straße 28, 81673 München
Covergestaltung: Sabine Kwauka
Covermotiv: Shutterstock/shekaka
Druck und Bindung: GGP Media GmbH, Pößneck
Printed in Germany
ISBN 978-3-328-10622-7
www.penguin-verlag.de

Dieses Buch ist auch als E-Book erhältlich.

*das meer*
*kocht und dampft in der kohle in sachsen*

Wolfgang Hilbig

# Personen

Albrecht Schlegel, 83, der Großvater
Hertha, 73, die Großmutter

Annegret, 45
Sonja, 41
Elke, 39
} Töchter der Schlegels

Wolfgang, 46, Annegrets Mann
Achim, 43, Sonjas Mann

Sabine, 20, Annegrets und Wolfgangs Tochter
Kathrin, 21, Sonjas und Achims Tochter
René, 20, Sonjas und Achims Sohn

Lukas, 29, Kathrins Freund
Diana Kampradt, 38, die Schlachterin
Silbermann, 67, der Trichinenbeschauer

## I

Licht – über ihm, vor ihm auf der Leinwand, Bilder, Münchhausen auf der Kanonenkugel, der Baron winkt ihm, er winkt zurück, wird leicht, das Licht trägt ihn, hält ihn, er ist in dem Licht, schwebt, fliegt der Welt davon, möchte immer so weiterfliegen, schaut nach unten, nicht aufhören zu fliegen, sein Schatten auf der Leinwand, dem Licht zu, sein Wunsch bremst die Kugel, er erschrickt, als er den Zusammenhang erkennt, es muss zu Ende gehen, die Kugel wird schwer, immer langsamer, schon rutscht er von der Kugel, groß rollt sie ihm nach, löscht alles hinter sich aus, er flüchtet in die Sonne, sein Schatten nagt ihm an den Fersen, schluckt den Raum, die Stuhlreihen, Soldaten, stoppt krachend erst vor dem Spalt, durch den er sich in den Projektor rettet.

Er steckt in einem Lichtkanal. Der Schlauch wird geräumiger, hat Sitze und Fenster, ein Wagon mit Soldaten. Er sitzt am Fenster, die Straßenbahn rattert durch die dunkle Stadt, das Licht zieht über die Mauer links und rechts, Sterne leuchten darauf, dahinter eigenartige Wesen, schauen nicht, schweben in ihren Mänteln über dem Boden, so viele, der Wind bewegt sie, sie sterben im Stehen, leicht, wie sie sind, eine Brücke, sie fahren darunter durch, er dreht sich um, ein schmaler Bogen, die Schatten ziehen darüber.

## 2

Seit ihrem Studium, schon vor Sabine, hatte sie einen leichten Schlaf. Sie horchte. Ihr Mann lag mit dem Rücken zu ihr. Der Berliner Ofen vorn an der Tür hatte die Wärme gehalten. Die Luft war schlecht.

Er strampelte kurz. Sie sah den großen Klumpen zu seinen Füßen, wo sich die Federn versammelt hatten. Besorgt stützte sie sich auf. »Mamas alte Federbetten«, murmelte sie. Sie beugte sich zum Bettende hinunter und strich behutsam von seinen Füßen her über den Federberg, hielt inne, wiederholte die Bewegungen und hatte schon einen Teil über die Hüfte geschoben, als sie sein Schnurren hörte. Erleichtert setzte sie ihre Bemühungen fort. Dann ließ sie sich zurücksinken und drehte geschickt mit Füßen und Händen ihr eigenes Bett, so dass das dicke untere Ende auf ihrer Brust zu liegen kam. Indem sie ihre Arme darauflegte, verteilten sich die Federn. Vorsichtig, kaum dass die tückische Ausziehcouch quietschte, drehte sie sich zu ihm auf die Seite und zog die Beine an.

## 3

Es zippelte, bis sie wach wurde. Sabine dachte an den jungen Mann, den sie zum Reden gebracht hatte, ihre Mitfahrgelegenheit von Berlin. Die andere Frau auf der Rückbank hatte er in Leipzig am Hauptbahnhof abgesetzt, sie hingegen bis nach Muckau gefahren, weil er gar nicht mehr aufhören wollte zu sprechen. *Der wird nicht so ohne weiteres zurück nach Leipzig gefunden haben.* Ein Schauer durchfuhr sie.

*Opa geistesabwesend bei den Hühnern, drinnen Mutter beim Tischdecken, wollte ja unbedingt, dass alle noch einmal da sind, Sonja mit vom Herumlaufen und Lachen roten Wangen, Elke mürrisch; gleich in alles hineingezogen, als wäre ich nicht vor anderthalb Jahren, nach dem Abi, das letzte Mal da gewesen, sondern gerade von Toilette gekommen.* Sie kniff ihre Harnröhre zusammen.

*Vater, Bier aus dem Glas, die Patriarchenfratze, wie ich so ohne weiteres auftauchen konnte, vor ihm; seine Koteletten fangen an grau zu werden, Mutters ängstliche Blicke, soll mir gleich sein, ihr Leben, ihre Wahl, wie er Kathrins neuen Freund niedertrank, warum hat sie ihn auch mitgebracht, geschieht ihr ganz recht – ob Oma einen Eimer*, sofort drückte ihre Blase, *an die Treppe gestellt hat, wie früher in den Ferien, mit etwas Wasser zur Verdünnung?* Es schüttelte sie.

*Bettenverteilung, Kathrins Freund allein in der Eckkammer, wär ja auch noch schöner, schien allen Riesenspaß zu machen: Ferienlager mit Kissenschlacht oder so, und alsdann flugs und fröhlich geschlafen und morgens Frühsport mit Fahnenappell, Immer bereit! – auf einmal Elke, sie esse nichts von dem Schwein, vielleicht ist sie trotzig am schönsten, Oma bettelnd: Das Magere könne sie doch wenigstens probieren; als ob die verhungern würde.* Sabine hielt es kaum noch aus.

*Eins, zwei, drei* – und sie saß auf dem Bett, suchte mit den Füßen ihre Schuhe. *Huhhuuhh!* Sie musste sich wirklich beeilen. In einen Schuh fuhr sie gleich, nach dem zweiten musste sie sich bücken. Ihr Leib schmerzte. Sie war sich nicht mehr sicher, ob sie es bis zur Toilette schaffen würde, fand ihren schwarzen Anorak, die Treppe knarrte, hastete mit zusammengedrückten Oberschenkeln an der Küche, der großen Stube vorbei, Schweiß auf der Stirn, riss die Tür auf, den Schlüpfer herunter, die eisige Brille: Sie stöhnte vor Kälte und Erleichterung.

Der Anbau mit Hauseingang und Toilette – *Hallo, ist jemand zu Hause? – Einen Moment, bin gleich so weit.* – war aus den späten Siebzigern.

*Wie haben die drei Schwestern das früher ausgehalten draußen auf der Latrine, tagein, tagaus ihren blanken Mond über dem Pfuhl aufgehen zu lassen, sommers stinkt die Hütte, summt vor lauter Fliegen, winters frieren die Hintern an, ich hätte mir Löcher in die Schlüpfer geschnitten, um wenigstens die anzubehalten.* Sie nahm die graue, einlagige Rolle von der Waschmaschine, an die ihre Knie stießen – *Opa geht als Einziger noch da drauf, ist ihm vielleicht ganz recht, dass er es seit Jahren für sich hat, der benutzt dort vielleicht noch Zeitungspapier, wie es mitunter, mit und unter Honecker, auf der Waschmaschine gelegen hatte, dass auch der letzte Arsch rot wurde* –, und wischte sich mit dem klammen Papier.

## 4

Ein Ziehen in der rechten Hüfte weckte Albrecht Schlegel. Seit dem Unfall vor neun Jahren hatte er das. Er rieb die Stelle mit dem Daumenballen, drehte sich auf den Rücken und öffnete die Augen.

Er hatte erst als alter Mann zu träumen angefangen. Zumindest erinnerte er sich nicht, früher geträumt zu haben. In dem Traum, den er kannte – immer derselbe, in größeren Abständen –, fuhr er mit dem Fahrrad wie in einen Schmerz hinein. Das Treten fiel ihm schwer, aber er musste vorwärts, immer vorwärts. Nun war er geflogen, davongeflogen, gefallen und geflüchtet. Er wusste nicht, was er davon halten sollte.

Das Haus war still. In der Ferne knirschten die Schaufelräder der Bagger durch die Erde, quietschten die Bandanlagen. Nur wer es wollte, hörte die Geräusche des Tagebaus; gewöhnlich machte ihr Gleichmaß dafür taub. Es war kurz vor fünf. Um die Zeit hatte er früher schon im Rinderstall gestanden, das Futter verteilt. Er schlug die Decke zurück und schlupfte – die Socken hatte er anbehalten, das ging gar nicht mehr anders – in die Filzpantoffeln. Die Dielen knarrten. Niemand, der nicht musste, würde davon aufwachen. In langer Unterwäsche ging er nach unten.

Links von der Treppe, das Waschhaus; er zog die Tür hinter sich zu, machte Licht, stützte sich auf den Kesselrand und wartete einen Moment, um sich an das Licht zu gewöhnen.

Albrecht Schlegel war dreiundachtzig und rüstig, selbst wenn er wegen der kaputten Hüfte nicht mehr gut laufen konnte. Sein Gesicht war knochig, aber nicht derb. Eine tiefe Falte zog sich jeweils von den Nasenflügeln zu den Mundwinkeln. Ihm fehlten etliche Zähne. Die dünnen Lippen ließen das Kinn umso stärker hervortreten. Weiße Borsten sprossen aus den Ohren, über denen ein Streifen Haare stand. Ansonsten war der Kopf kahl, die Stirn schwungvoll gefurcht. Traurig, unwillig blickte er unter seinen buschigen Brauen hervor.

Die Frau hatte ihm frische Wäsche hingelegt. In dem derben, ausgewaschenen Blau für die Arbeit, für draußen, fühlte er sich wohl. Im Haus kam er damit höchstens bis in die Küche. Wenn er sich damit in die gute Stube setzte, schimpfte die Alte, und seine Töchter und Enkelkinder rümpften die Nase über den süßen Stallgeruch, der daran haftete. Die Gummistiefel waren knöchelhoch abgeschnitten. Die Hose sah trotz Flicken nicht schäbig aus. Mit steifen Fingern drückte er die Knöpfe durch die Löcher, fädelte den Strick durch die Gürtellaschen, machte eine Schleife, hielt nachdenklich inne, zog sich einen roten Pullover mit spitzem Ausschnitt über den Kopf, eine neue Arbeitsjacke an und schüttelte missmutig den Kopf.

Er hatte sich lange vor diesem Tag gefürchtet. Das Schwein war seine letzte Arbeit auf dem Hof gewesen. *Das braucht nichts mehr.* Er schluckte. *Gequiekt hat das am Ahmd vor Hunger.* Er dachte an die drei Hühner, die ihm blieben. *Die kriegen Weizen, aber eingesperrt muss ich se lassen; erstma Holz holen fürn Kessel.* Er nahm die Krücke, die am Kessel lehnte, steckte das gebügelte Männertaschentuch ein, das die Frau herausgelegt hatte, damit er sich nicht vor allen Leuten durch die Finger rotzte, und trat gegen die Tür auf den Hof hinaus.

Das war Herthas Zeichen. Zwar wurde sie jeden Morgen munter, wenn Albrecht aus der Schlafstube ging. Aber sie stand erst auf, wenn er das Haus verließ, damit sie sich nicht in die Quere kamen. *In aller Herrgottsfrühe – was hab ich ooch nen Bauern heiratn missen. Dass der sich sommers wie winters so früh off den Abort setzen kann.*

Sie machte Licht, zog sich das Nacht- und das Flanellhemd über den Kopf, legte das Korsett an, schob ihre großen Brüste zurecht, streifte das Flanellhemd wieder über, stopfte es sich achtsam in den Schlüpfer. *Wird Zeit, dass ich ma widder nach Leipzsch nei komme, nur noch zwee vernünftige Korsetts, damit werd ich nich alt, ä paar gute Hemden braucht ich ooch, Thalysia am Leuschner-Platz, Untertrikotagen & Edelmieder – passend oder angepasst, hoffentlich gibts die noch.*

Auf dem Stuhl am Fenster raffte sie den ersten Damenstrumpf zusammen und ächzte leise beim Anziehen. Sie hatte nicht bloß Hühneraugen an beiden Innenballen, so dass sie schon lange nur noch orthopädische oder ausgetretene Schuhe tragen konnte, sondern auch Krampfadern, die gefährlich an den Unterschenkeln mäanderten. Vier Geburten hatte sie hinter sich – das zweite Kind, ein Junge, war nach wenigen Tagen gestorben – und meist schon am übernächsten Tag wieder gearbeitet. Morgens schmerzten ihre Füße weniger, und im Winter waren die Krampfadern nicht so schlimm. Doch bei den Hühneraugen musste sie aufpassen, dass die tauben Beulen keine Kälte abbekamen. Sie kribbelten dann nächtelang und raubten ihr den Schlaf. Über die feinen Strümpfe zog sie Wollsocken.

*Zuerst n Herd, dann den Kessel un was off n Tisch stelln, wenn ich nur frische Semmeln hätte.* Sie stieg in den Unterrock, zog eine langärmelige grüne Strickjacke an und darüber einen hellblauen Kittel mit großfleckigem Blumenmuster. *Die letzte Sau, s wird ooch Zeit, noch zwee Wochen bis zum Umzug, die alte Hütte, die verdammten Öfen.* Sie schloss den Schrank und knipste hinter sich das Licht aus. Sie lief etwas krumm, nach vorn gebeugt mit ihren dreiundsiebzig Jahren, doch es gab wenige Arbeiten, die sie sich aus der Hand nehmen ließ.

In der Eckkammer roch es nach Alkohol. *Der Mistkerl hats dem aber ooch eingetrichtert, hoffentlich wird der Schlachter nich verrückt, wenn die ganze Bande mit nem Kater anrückt, kommt Achim rechtzeitsch rüber; von dem neuen Haus darf ich dem Alten gar nich reden, wie das werden soll mit dem, soll sich ma nich so ham, ma zusammreißen, dass der sich nur ja rasiert!*

# 5

Ich komme gern vor der Zeit auf die Höfe, in aller Frühe, wenn die Bauern noch nicht fertig sind. Den Wagen lasse ich vor dem Tor. Ich höre mich um – was im Haus los ist, wie viele Leute sich bewegen –, gehe am Stall vorbei, wenn mir bis dahin keiner über den Weg gelaufen ist, ins Waschhaus; bestenfalls steigt vom Kessel schon Rauch auf.

In fast alle Bauernhäuser auf der Welt geht man von hinten hinein. Nur Fremde oder Postboten klingeln oder klopfen vorn. Dann schauen sich die Leute, falls sie überhaupt da sind, argwöhnisch an, bis einer aufsteht, um an der oft wochenlang nicht geöffneten oder von Dingen verstellten Tür manchmal nur *Hintenrum!* zu schreien.

Wenn ich eintrete und den Hausherrn, einen Bruder, Sohn, Enkel oder Schwager in Unterhosen überrasche, wie er aus dem Bad kommt, beziehungsweise die Hausherrin, eine Schwester, Tochter, Enkelin oder Schwägerin, wie sie den Tisch deckt, wenn sie nicht wissen, was sie gleich tun und mit mir anfangen sollen, in dem Moment entscheidet sich schon alles. Wie der Mann oder die Frau mich anschauen, ob sie sich ärgern, weil ich so früh komme, sich schämen, weil die Schlafanzughose sich beult, die Haare noch nicht gemacht sind, sich genieren, weil sie mich zum ersten Mal sehen, wie überrascht, verwirrt, verlegen oder sogar feindlich sie sind, ich muss parieren, ihre Gedanken und Gefühle, bevor sie ihnen selbst schon klar sind, erraten, um mich als Antwort auf eine Frage zu präsentieren, die noch gar nicht gestellt ist. Für eine Schrecksekunde zieht sich die Welt, die ich betrete, in sich zusammen, entsteht eine Leere, in die ich mich werfe. Das ist die Macht der ersten Erscheinung.

Wer in einer Familie das Sagen hat, ist an einem Schlachtetag als Erster auf den Beinen. Deshalb gehe ich so früh zu den Bauern, um gleich die Richtigen zu treffen. Im Vergleich zur Eroberung eines Menschen ist das Schlachten eines Tiers leicht: Das Tier ist gleich hinüber, der Mensch lebt erst richtig auf. Nur muss es zu Beginn jeweils schnell gehen.

## 6

*Wahrscheinlich überhaupt das letzte Mal alle zusammen geschlafen, wird in dem neuen Haus gar nicht gehen, wie lange ist Mama schon auf und Papa?* Obwohl Sonja keine zehn Kilometer entfernt wohnte, war sie über Nacht in Muckau geblieben. Ihr Mann hatte eine Betriebsfeier, und sie wusste, was das hieß. *Gleich aufstehen, Mama helfen, so ein Blödsinn von Wolfgang, wer schnell isst, hätte mehr davon, typisch Bornaer, weil seine Geschmacksnerven noch nicht abgestumpft seien; halten sich immer ran, schlecht gings denen doch nie, früher nicht und jetzt.* Sie setzte sich auf.

*Die Arbeit, der Dreck; Elke wird den Geruch kaum aushalten; Wellfleisch, frisches Gehacktes* – sie lächelte –, *Fett ist schlimmer als Dreck, armer Papa, die paar Hühner sind an einem Wochenende gerupft, wie die klarkommen sollen?* Sie zog sich leise an, um ihre Tochter und Sabine nicht zu wecken. *Wolfgang*, sie schnaubte, *was meinte der, ich wäre Besteck gewesen und jetzt nicht mal mehr Geschirr?* Der Pullover war eng. *Dazu das Grinsen, will der jetzt anfangen, dreckige Wäsche zu waschen, die Kinder aufzuhetzen, fehlt mir noch, was der sich einbildet, das würde Achim gleich wieder auf die Palme bringen, irgendwann ist mal gut.*

## 7

Nummer 38, ein schmales Tor in einer hohen Bretterwand. Ich stieß es mit der Schulter auf. Ein festgetretener Weg führte links vorbei an einem Häuschen, rechts an verwachsenen Obstbäumen. Dort, wo das Hofpflaster anfing, blieb ich neben einem Steinsockel stehen. Der Wind. Ich hörte einen Eimer aufsetzen, ein Türenscheppern, Geschirr. Eine Frau schimpfte kurz. In dem Vorbau, dreißig Schritte weiter, schimmerte Licht. Rechts standen zwei Autos, links schwang sich ein breiter Weg auf den Hof. Vor einer riesigen Scheune stand noch ein Auto. Vom Haus stieg dünner Rauch auf. Ich ging an flachen Anbauten vorbei zu dem Stallgebäude, das dem Wohnhaus gegenüberlag. Meine Schultern strafften sich. Den Schweinestall hatte ich schon gerochen, bevor ich an dem Vorbau vorüberging. Ein schmales Bretterhäuschen mit apfelgroßem Loch in der Tür klebte am Stall. Dahinter lag der Misthaufen. Jetzt sah ich den zweiten Schornstein, vom Waschhaus, wie ich annahm. Zwischen Vorbau und Stall war der Hof am engsten. Zum Schlachten reichte der Platz. Links hinter dem Mist, rechts ans Waschhaus schlossen sich Gebäude an, die auf eine stattliche Scheune stießen. Am Tag würde der Verfall klarer hervortreten.

## 8

Das frühe Aufstehen machte ihm nichts aus, selbst wenn er am Vortag getrunken hatte. In Espenhain fingen sie um drei viertel sieben an; bis vor anderthalb Jahren war der Werksbus viertel sieben vorbeigekommen.

Achim war ein langer Kerl. Fußball spielte er nur noch manchmal, wenn sie bei den Alten Herren nicht genügend Leute zusammenbekamen. Seine Ingenieursfinger waren durch den Eigenheimbau Anfang der 80er, das Sandsieben, Steineschleppen, in die Breite gegangen. Seitdem trug er keinen Ehering mehr. Er hatte dünnes dunkles Haar. Der Vollbart, den er sich jedes Jahr vom Elften Elften an stehenließ, war nach dreieinhalb Wochen schon dicht und verdeckte das Doppelkinn. An der Spülung zog er im Pinkeln.

Er bemerkte die geschlossene Tür vom Kinderzimmer, öffnete sie. Von der Diele fiel Licht auf das Bett. Sein Sohn schlief darin. »Kommst du mit?« Achim ärgerte sich über seine kalte Stimme.

»Hm.«

»In einer Viertelstunde gehts los.« Er stellte die Kaffeemaschine an und ging hinunter Karnickel füttern.

René kratzte sich. Halb sechs war keine Stunde für einen Studenten. Er war mit dem Zug aus Berlin gekommen. Ein Freund hatte ihn von Leipzig nach Hause gefahren. Als er den Rucksack im Schlafzimmer über dem Wäschekorb leerte, fand er seinen Vater in einer süßlichen Bierwolke schlafen. Er machte angewidert kehrt. *Aber besser,* dachte er gleich darauf, *dass Ruhe herrscht im Haus.*

Als Sonja ihm gesagt hatte, dass René zum Schlachten kommen würde, brachte Achim die Woche über die Fahrräder auf Vordermann. Es gab fünf Räder. Vier standen im Fahrradkeller; das Kneipenfahrrad, ein altes 26er Damenfahrrad, das seiner Tante gehört hatte, stand draußen unter der Veranda bei den Mülltonnen. Trotz des auf den Rahmen gerutschten Sattels und der durchgewetzten Satteldecke war es das einzige Rad, das lief. Die rechte Pedalkurbel saß nicht mehr fest auf der Tretlagerwelle, so dass er, wenn sie hochkam, von elf auf ein Uhr ins Leere trat. Jeden Abend schob er das Fahrrad aus dem Garten und rollte die Dorfstraße hinunter in die Kneipe; auf dem Gepäckträger klapperte ein Einkaufskorb. Auf dem Rückweg musste er treten. Mit spitzen Knien fluchte er dann auf den Schluckauf der Pedale und seine Frau.

René hatte es immer gehasst, wenn sein Vater spät aus der Kneipe kam. Der Wind pfiff um die Ecken des Hauses, zog durch die angekippten Fenster unter den Türen durch, und alle waren hellhörig, selbst wenn sie schliefen. René fing an, den Wind nicht zu mögen. Je später es wurde, um so betrunkener musste der Vater sein. Irgendwann schlugen die Kellertüren, schlurften Schritte die Treppe hoch, rollte die Schiebetür beiseite, boten die Türen in der Diele noch verschiedene Gesprächsmöglichkeiten. Lief der Fernseher, war die Begegnung unvermeidlich. Das konnte der Versuch sein, dass der nach Kneipe stinkende Mann sich zusammennahm und bedächtig ernste, selbstkritische Fragen stellte. Oder er ließ etwas von dem Gift ab, das sich in ihm angesammelt hatte, dünnlippige Bemerkungen über das Fernsehprogramm, die Welt, die Menschen und, überhaupt, das Fernsehen. Es war vorgekommen, dass der besoffene Mann vor versehentlich abgeschlossenen Türen stand. Dann klingelte es Sturm, wurden Türen getreten, gab es wüste Beschimpfungen auf die verfluchte Dreckbande in den Betten. Zwei, drei Mal hatte der Mann die Frau geschlagen, öfter einmal in seiner Wut nach ihr getreten.

Mit seinem Kneipenfahrrad konnte Achim unmöglich nach Muckau fahren, und an Renés Rennrad ging die

Gangschaltung nicht. Achim hatte sein altes schwarzes Achtundzwanziger aufgepumpt und die zwei Damenräder, um zu sehen, welches weniger Arbeit versprach. Von Sonjas Mifa hielt das Vorderrad, von Kathrins Diamant das Hinterrad keine Luft. Er entschied sich, obwohl ein Vorderrad leichter aus- und einzubauen war, für das Diamant, überprüfte die Ventile, flickte den Schlauch, fluchte, weil das Talkum alle war, machte jeweils Probefahrten in die Kneipe, ohne sich länger aufzuhalten, friemelte einen ganzen Abend am Licht herum, putzte die beiden Räder, flittete sie mit der Handpumpe ein und wischte das Ölgemisch breit, dass das Metall glänzte.

*Sinnlos, ihm irgendwas zu sagen, wenn er betrunken ist, bestenfalls verzieht er sich, sein übler Dunst, nach einer Weile; alle hassen ihn, wenn er besoffen ist; morgens weiß er von nichts mehr, wie nach einem Gewitter, vormittags ist seine beste Zeit.*

*Hat sich gelohnt*, dachte Achim, als er hochkam und seinen Sohn im Bad hörte.

*Geht klein los und ab und zu schlecht aus, Trinkerzyklen: Muss man sehen, dass man eine gute Phase abpasst und sich rechtzeitig davonmacht, komisch, dass er nach Bier, aber nie nach Qualm riecht.*

»Guten Morgen«, grüßte René in der hellerleuchteten Küche. *Dass man ihm früh nie was ansieht.* Weil er speziell auf seinen Vater zwar oft wütend, generell jedoch in einem solch geringen Maße nachtragend war, dass es schon an Gleichgültigkeit beziehungsweise Selbstunterschätzung grenzte, kam René gut aus mit den meisten Menschen.

»Klasse, dass du da bist!« Achim gab ihm seine große, warme Hand und schaute seinen Jungen an. *So ein dünner Hund wie ich, blond ist er nicht mehr, ein Schlegel, nicht wie Kathrin, die Locken, der Babyspeck, wann der mal eine Freundin mitbringt, die ganze Zeit mit den Chorknaben, kann ja nichts werden, wo hat er das alte Fleischerhemd aufgetrieben, sieht trotzdem aus wie der reinste Studierte mit der Nickelbrille.* »Kaffee?«

»Wenn Er Milch hat?« René meinte nicht den Kaffee, sondern seinen Vater.

»Alles da.« Achim hatte sich daran gewöhnt, dass René nicht nur seine Freunde, sondern mittlerweile auch ihn in der dritten Person ansprach. René nahm eine Tasse und wärmte die Milch mit einem Schuss Kaffee an. »Gibt auch Brötchen und im Kühlschrank Wurst.«

»Hab noch keinen Hunger. Drüben wirds genug geben.«

Dass seine Frau und seine Kinder so viel bei seinen Schwiegereltern waren, hatte Achim nie gefallen: nicht nur das Rumgekutsche, wie er es nannte, sondern dass sie dort aßen, als ob das ganz normal wäre, und Sonja meist sogar wusste, was es zu essen gab. Wenn in Muckau viel übrigblieb, brachte sie etwas mit, und dann aß manchmal auch er, wenn er nicht in der Kneipe gegessen hatte, mit knurrendem Magen davon, denn viel war bei ihnen nie im Kühlschrank.

»Und? Wie siehts aus?« René wollte seinem Vater

die Nachdenklichkeit und sich die Müdigkeit vertreiben.

Achim rieb sich den Bart. »Gibt hier neuerdings wieder Heilige.« Er lächelte. »Gestern haben wir im Betrieb den Tag der Heiligen Barbara gefeiert. Und so eine Wunderfrau brauchen die Bergleute jetzt auch dringender als das Bergmannsgeld, wenn sie noch mal auf nen grünen Zweig kommen wollen.« Er steckte das Gesicht in die Hände, nieste brachial und rieb sich die Nase. »Seit Dienstag sieht es jedenfalls wieder n bisschen besser aus für die Kohle, wobei die meisten noch gar nicht wissen, wie zappenduster es eigentlich ist.« Achim trank seinen Kaffee aus und sah auf die Uhr.

Dass sich sein Vater wegen einer Heiligen betrunken hatte, konnte René fast als Entschuldigung akzeptieren.

»Lass uns mal losfahren. Um sechs wollt ich eigentlich da sein.«

## 9

Die Tür klemmte. Das Knarren störte mich nicht. Das Waschhaus war klein. Immerhin gab es einen 120-Liter-Kessel. Ein Eimer Holz und ein Eimer Kohlen standen davor, ein Feuerchen knäckerte darunter. Mir waren kleine Räume lieb. Links in dem Stall roch es nach Futter. Ich ging rechts durch die Tür an einer Treppe vorbei, hörte wieder die Frauenstimme schimpfen: »Du Ochse sitzt ja davor!«, hatte die Hand an der schwarzen Klinke und klopfte. Mein Brustkorb spannte das Hemd.

Die Küche war groß. Rechts eine Spüle, ein Küchenofen, Gasherd, links eine angelehnte Tür. Wie ich zwischen der aufgehängten Wäsche hervorkam, glotzten mich vier Augen an: ein alter Mann an einem großen Tisch, sitzend, eine alte Frau, stehend, eine Kaffeetasse in der rechten Hand. Er versuchte zu lächeln. Sie streckte empört das Kinn vor.

Ich war augenblicklich am Tisch rechts herum bei der Frau, um ihren ersten Widerstand in mich zu versenken – der Mann schien kein Problem zu sein –, als ich die Panik in ihrem Gesicht wahrnahm. Ihre Augen weiteten sich, ihr Kopf wurde rot. Sie ließ die Tasse fallen, griff sich an den Hals. Ich fing sie auf. Es war Wasser drin. Sie würgte glucksende Geräusche hervor, begann zu schwanken. Tabletten, dachte ich, packte sie unter den Achseln und drehte sie zum Tisch, dass sie sich aufstützen konnte. Sie musste sich verschluckt haben. Die Alte öffnete den Mund, als ob sie erbrechen wollte.

Der Mann stemmte sich am Küchentisch hoch: »Hertha!« Der Stuhl stieß aus seinen Kniekehlen zurück: »Hertha!« Ihm stand die Angst im Gesicht.

Ich schlug der Frau ins Kreuz. Sie fiepte. Der Alte krallte sich an der Tischkante fest. Seine Füße standen zu dicht am Tisch, er kippte nach hinten und zog den Tisch knarrend in seine Richtung mitsamt der Frau, die so angestrengt Luft durch die Nase sog, dass es die angstgeweiteten Augen in ihre Höhlen zog.

Aus der Tür stürzte eine Frau im Nachthemd heran, »Papa!«, warf sich ihrem Vater in den Rücken, gab, »Mama!«, vor Entsetzen ein Stück nach, so dass der hüftsteife Mann noch gefährlicher nach hinten kippte und die Tochter prustend wie ein Gewichtheber das stützende Bein zurückschob, um das gestiegene Gewicht zu halten.

Ich passte den Atem der Alten und den nächsten Würgekrampf ab und merkte, als ich ihr ins Kreuz schlug, wie sich etwas löste. Sie warf den Kopf nach hinten, ihr Mund öffnete sich und ein rosiges U mit Zähnen flog ihr durch die Lippen. Ich ließ die Frau auf einen Stuhl plumpsen, schwang mich um den Tisch, ging, mit zwei Fingern meine rechte Jackentasche aufhaltend, in die Hocke, dass mir das über die Tischkante schusselnde Gebiss hineinschlüpfte, half der keuchenden Tochter – der weiße Schaum in den Mundwinkeln musste Zahnpasta sein – den Stuhl hinter ihrem Vater aufzustellen und flüsterte, bevor ich mich setzte, den Oberkörper über den Tisch gebeugt, ganz nah an ihren Gesichtern: »Diana Kampradt. Viel später hätte ich nicht kommen dürfen.«

Mein Blut rauschte. Ich kontrollierte meinen Atem und spürte eine Freude in jedem Muskel. Meine Haut passte mir wie angegossen. Meine Augen strahlten, während mein Gesicht sich augenblicklich entspannte und fast teilnahmslos wirkte.

Etwas wie Widerspruch huschte über das Gesicht der Alten. Vielleicht wollte sie einwenden, dass sie wegen mir fast ihre Dritten verschluckt hätte. Aber wie ich ihr gegenübersaß und sie anblickte, verschwand ihr letzter Widerstand. Nicht zuletzt musste ihr klargeworden sein, dass sie ohne Beißerchen schlecht das Maul aufreißen konnte. Was in ihren Augen noch einmal aufgezüngelt war, eine Art Bosheit, Argwohn oder Entsetzen, erlosch – vollständig. Ich hatte sie besiegt, bekehrt. Nun drang die Liebe in sie ein. Ich wurde ihre Retterin. Selbst wenn sie japsend noch Minuten brauchte, um zu verstehen, was ihr geschehen war: Schließlich wurde ihr Gesicht sanft und zutraulich.

Die Frau im Nachthemd sah ungläubig zwischen mir und ihrer Mutter hin und her. Die Verwirrung in ihrer Miene wich einem Staunen und bald einer kindlichen Freude. Ehrfürchtig sah sie mich an.

Es waren keine zwei Minuten vergangen, seit ich zur Tür hineingekommen war. Ich atmete tief und langsam.

Die Alte hielt sich die Hand vor den Mund: »Ich bin Hertha. Das is mei Mann Albrecht. Un das is Sonja, meine Mittlere.« Der Mann lächelte. Die Tochter schlug die Augen nieder. Sie hatte halblanges braunes Haar.

Ich strich mit dem Daumen über den Mundwinkel: »Sonja.« Sie hob gleichzeitig Augenbrauen und Schultern, drehte sich auf der Stelle um und ging zurück ins Bad, dessen Tür sich offensichtlich nicht schließen ließ. Ich hörte, wie sie sich den Mund ausspülte, stand auf:

»Hertha«, ging um den Tisch zu der Alten und legte ihr die Hand auf den Rücken. Sie verzog schmerzlich erleichtert das Gesicht. Ich gab ihr das Gebiss zurück. »Albrecht.« Ich beugte mich zu dem Alten hinunter und legte ihm die Hand auf die rechte Hüfte. Er stöhnte, als ob ich ihm einen Stachel aus dem Leib zöge. Sein Krückstock glitt ihm aus der Hand. »Nehmt Abschied.«

## 10

Er gab ihm im Keller eine Wattejacke, Gummistiefel – René fragte nach einem Paar Arbeitssocken zusätzlich, denn er hatte kleinere Füße als sein Vater – und das Mifa-Rad. Achim sah den Rucksack. »Was schleppst denn du mit?«

»Meinen Kassettenrekorder.«

»Willst du Musik beim Schlachten hören?«

»Nee. Aufnehmen.«

Um René mit dem tadellosen Zustand der Räder zu beeindrucken, drückte Achim beide Dynamos herunter. Sie fuhren schweigend durch den Park.

Das Rittergutsschloss stand seit zwei Jahren leer. Zweiundzwanzig Jahre hatte es dem Volkskombinat Espenhain als Lehrlingswohnheim und siebzehn Jahre dem Gewerkschaftsbund als Schule und Erholungsheim gedient, nachdem es 1946 die Leipziger Baumwollspinnerei als Ferienheim von der KPD pachtete, der es nach der Enteignung der Volkmar-Frenzels die Rote Armee vermacht hatte.

Achim kannte die Geschichte jetzt genauso gut wie der Schlosshausmeister, mit dem er sich um die Ortschronik kümmerte. Im letzten Jahr hatten sie und noch drei Leute einen Heimatverein gegründet, um ihr neues Selbstbewusstsein der Kohle gegenüber zu demonstrieren. Darüber, dass er selbst für die Kohle arbeitete, zerbrach er sich nicht den Kopf. Sie beherrschte die ganze Region und hatte bis vor kurzem den meisten Menschen Arbeit gegeben.

René griff mit der linken Hand zum Vorderrad hinunter und stellte den Dynamo ab. Über dem Oberholz kam das erste Grau hoch.

Sie fuhren aus dem Dorf heraus auf den Tagebau zu, bogen links auf den Grubenrandweg ein. Die breite Kiesstraße für Betriebsfahrzeuge lief stellenweise kaum fünf Meter an dem steilen Abhang entlang. Rechts dehnte sich kilometerlang das dunkle Loch. Die ältesten Abbaufelder auf der anderen Seite waren längst aufgeschüttet und mit schwindsüchtigen Pappeln aufgeforstet worden. Grau schimmerten die mächtigen Kippenfurchen, die sich vierzig Meter unter ihnen nach Westen zogen. Die Ewige Flamme vom Böhlener Chemiewerk erschien und verschwand, da und dort blinkte es rot von den Schloten der umliegenden Kraftwerke und Brikettfabriken.

Achim kannte den Grubenrandriegel genau, die Tiefbrunnen im Abstand von hundert Metern, die das

Grundwasser absaugten, damit der Tagebau trocken blieb, die Rohre und vereinzelten Pumpstationen, die das Wasser in verlegte Flussbetten oder ausgekohlte Tagebaue drückten. Seit zwanzig Jahren entwarf er die Rohrleitungen für den Espenhainer Tagebau. Er hatte die Pläne im Kopf, wohin der Tagebau schwenken, welche Ortschaften, Straßen, Wälder, Teiche und Felder davon betroffen sein sollten. Die Lichter der Förderbrücke tauchten auf, und er versuchte sich klarzumachen, was aus alldem werden würde.

Sie rollten einen Abhang hinunter, fuhren gleichmäßig tretend einen Anstieg hinauf, fast ohne schneller zu atmen. Auf der Anhöhe – René hustete hinter seinem Vater – zeichnete sich die Tagebauschneise in ihrer ganzen Länge ab.

Achim fuhr auf einen eingezäunten Platz und hielt an. »Den Aussichtspunkt haben wir, der Betrieb, meine ich, im Herbst angelegt.« Am Rand der Plattform waren eine große Kartentafel, ein mannshoher Schaufelradzahn und massive Picknickbänke aufgestellt. Der Wind kam böig aus Westen. Von Lichtern blinkend, beherrschte die riesige Abraumförderbrücke das Tal. »Das war vor fünfzig Jahren Weltspitze. Lauchhammerstahl, sechshundert Meter lang, zehntausend Tonnen schwer und beweglich auf Schienen, fünf Meter in der Minute: die AFB siebzehn.« Sein Blick strich über die Großleinwand des Menschenmöglichen. Er zeigte in den Tagebau: »Dort aus Göltzschen stammt dein Großvater. In Magdeborn hab ich deine Mutter kennengelernt. Cröbern, Rödgen, Crostewitz, Sestewitz, Göhren, Dechwitz, Gruna. Das waren alles schöne Dörfer. Davon ist nichts übrig. Die ganze Landschaft weg. Erde, Geschiebemergel, Sand, Ton, Schluff umgestülpt. Die Kohle sauber ausgekratzt. Sieht aus wie auf dem Mond.«

René zuckte die Achseln: »Tja, in einem Loch, da gibts eben nix mehr zu holen.« Er hatte hier noch nichts verloren. Ihn begeisterte der Unort, die utopische Landschaft, der vorerst letzte Wille einer tausendjährigen Kultur. Die von den Baggern zurückgelassene Wüste illustrierte die phantastischen Romane, die er auf der Oberschule verschlungen hatte: Auf den geschichtslosen Planetenoberflächen triumphierte der Pioniergeist kommunistischer Kolonisatoren, Tabula rasa, der Traum aller Revolutionäre.

»Aber wenn das Loch so groß is, dass nichts mehr drüberwachsen kann, muss man die Geschichte aufschreiben.« Achim drehte sein Rad um und stieß sich vom Schotter ab, wobei er seine Bauchmuskulatur anspannte, ohne dass ihm wie gewollt ein Wind abging.

René holte auf: »Gut in Schuss die Kisten. Aber n bisschen spät sind wir dran.«

Achim schniefte. »Kommt auf den Schlachter an.«

Der Tagebau war zu Ende. An der Frontseite gab es keinen Weg, der sie rechts hinüber nach Muckau gebracht hätte. Sie mussten einen weiten Bogen fahren.

Weit und breit die höchste Erhebung, zeichnete sich

vor ihnen im Süden die Trageser Kippe ab, zwei Kilometer lang, sechzig Meter hoch: die komplette erste Furche Abraum des Espenhainer Tagebaus.

## II

Ihre Eltern, Sonja und eine Frau saßen am Tisch und frühstückten. Sie begriff nicht.

»Das is Annegret, meine Älteste.«

Die Fremde schaute sie an, ob kurz oder lange, hätte Annegret nicht zu sagen gewusst. Irgendetwas ging aus von der Frau, das spürte sie. Dann verstand sie, was ihre Mutter ihr zurief: »Nu setz dich schonn hin. Das is Frau Kampradt.« Annegret errötete, weil sie die Fremde so lange angestarrt hatte.

Nach ihr kamen Wolfgang, Kathrin und ihre Tochter, zum Teil schon angezogen, zum Teil noch in Schlafsachen. Als sie der Fremden die Hand reichten, brach etwas in ihnen auf – und was immer es auch war, es überraschte und band sie.

Kathrin stand der Mund offen, was ihr Doppelkinn unvorteilhaft zur Geltung brachte.

Sabine kam ein langes »Wow!« über die Lippen. Als sie sah, wie artig selbst ihr Vater am Tisch saß, nahm sie ihren Mut zusammen und setzte sich neben die Fremde.

Die Schlachterin unterhielt sich mit Albrecht und

Hertha, als Achim und René zur Tür hereinkamen.

»Moin, Moin«, grüßte Achim in die Runde und gab jedem die Hand, außer seiner Frau. »Dir schmeckts hier ja wieder.«

Der Gruß seines Vaters schien René für zwei zu reichen, weswegen er hinter ihm nur die Hand gab und nickte.

»Na, Biene, hast du ne Freundin aus Berlin mitgebracht?« Achim zwinkerte Sabine zu und hielt der Fremden die Hand über die Schulter.

Die Schlachterin sah ganz langsam zu ihm auf. Sonja hielt den Atem an: Sie glaubte eine Art von Belustigung im Gesicht der Fremden zu erkennen. Achim, zu der Frau gebeugt, nahm die plötzliche Stille wahr, als ihm durch den Kopf schoss, dass eine Frau der Schlachter sein könnte. Sein Oberkörper schnellte zurück. Die Hand, die der Bewegung nicht folgte, stand grotesk von ihm ab. Die Schlachterin wandte sich ab. Sonja – rot angelaufen – atmete aus, kicherte hinter vorgehaltener Hand und stellte Mann und Sohn vor.

»Nu such dir endlich ä Stuhl«, rief Hertha, »un lass deine Gute ruhig was essen. Die hat nämlich noch gar nischt Richtiges hintergekriegt, un bis es was Frisches gibt, is es noch ä Weilchen hin.«

Sonja betrachtete ihre Mutter. Die saß fast stolz am Tisch, wo sie sonst immer im Haus herumrannte und alles durcheinanderbrachte.

»Annegret, schenk deim Schwager ma ne Tasse Kaffee ein! Was is denn nu mit den Eiern? Willsde nur dein

Mann bedien? Un Kathrin, setz ma ne Kanne Muckefuck an. Mei Guter hier trinkt doch keen Kaffee.« Sie strich René, der vor so viel Gunst errötete, über den Kopf.

Es gab wenige Orte, wo Sonja sich so wohl fühlte wie in der Küche ihrer Eltern: Die Rennerei vor den Mahlzeiten zwischen Speisekammer, Herd und Spüle, der Geruch von Schnitzeln oder Eiern, die in reichlich Butter brieten, die schweren Pfannen – sie verfluchte sie jedes Mal, wenn sie die scheuern musste –, der Küchenofen, das zusammengewürfelte Geschirr, die Schnelligkeit, mit der der Tisch gedeckt und alles Essen ausgepackt wurde, wie die Türen der Zimmer und Schränke schlugen, das Geschirr und Besteck, die Töpfe, Schneidbretter, Untersetzer und Pfannen auf den Tisch knallten, die Hektik, bis alle am Tisch saßen und im Handumdrehen zu essen anfingen, außer Hertha, die stets noch irgendwas aufzutischen suchte und hernach aß, was übrigblieb. Sonja liebte es, wie ihr Vater das Brot an die Brust drückte und es entweder mit ganz ungeeigneten oder gefährlich geschliffenen Messern schnitt; die elektrische Brotschneidemaschine, die Annegret vor Jahren mitgebracht hatte, ging schon lange nicht mehr. Oft nahm ihm Sonja die Runken gleich aus der Hand und belegte sie für ihn, damit das Essen schneller ging. Sie mochte die kurzen Handgriffe und Verständigungen am Tisch, die keine Mühe waren und kein Gespräch wurden. Und sie hatte stets einen gesunden Appetit.

Jetzt ging es seltsam ruhig zu in der Küche. Sie saßen

gespannt am großen Tisch, schlugen die Eier auf, belegten die Brötchen mit Aufschnitt. Zwei Stück Butter lagen auf dem Tisch. Butter wurde bei Schlegels nicht aufs Brot gestrichen, sondern in Scheiben daraufgelegt. War ein Stück nur noch viertelst groß, kam es gar nicht mehr auf den Tisch – das galt als Schande –, sondern bei nächster Gelegenheit in die Pfanne.

Sonja drehte verstohlen den Kopf: neben der Fremden Sabine, dahinter die große rote Propangasflasche, René an der Speisekammertür, vor dem hellblauen Küchenschrank Hertha, Albrecht, Wolfgang, an der alten Schleuder Achim mit Annegret, neben ihr Kathrin. Als die Frau anfing zu sprechen, war sich Sonja nicht sicher, ob sie laut oder leise sprach.

»Es gibt Schlachter, die lieber alles selber machen, bevor sie etwas erklären, die den andern nichts zutrauen. Die stürzen sich in ihre Arbeit, um den Menschen aus dem Weg zu gehen, arbeiten verbissen, während die anderen die Hände in die Taschen stecken. Das ist bei mir nicht so.« Sie lächelte in die Runde. »Arbeit ist etwas, das sich ganz gut verteilen lässt. Die schwierigen Sachen, die mit Gefühl, mach ich selber. Den Rest macht ihr.« Sie biss in ihr Brötchen. Auch die anderen bissen zu und kauten. »Einmal, ich hatte mir«, sie spülte mit Kaffee nach, »bei einer Prügelei einen Finger gebrochen, hab ich einhändig geschlachtet, die Sau noch selbst abgestochen und den Leuten dann erklärt, wie es weitergeht. Das machte denen nach einer Weile richtig Spaß, vor allem den Frauen mit den großen Messern in den Händen.« Sie lachte. »Dass die Männer das Schwere machen, das Sichtbare, worauf es ankommt, zupacken beim Schwein, beim Fleisch, und die Frauen ihnen zuschauen, dass die Männer gerade auf ihrem Fleck stehen, bedächtig nicken, während die Frauen das Leichte machen, das Nebensächliche, das ganze Drumherum, Eimer schleppen, in jeder Hand einen, im Rücken der Männer, nur mit Brettern, Töpfen, Wannen, Kellen in Berührung kommen, wobei ihnen niemand zuschaut, in der Küche, an der Spüle, am Herd, auf dem Hof, womit sie sogar stören, hoppla!, zwischen den Männerbeinen das Waschhaus durchwischen, Mensch, muss das denn jetzt sein?!, dass die Frauen sich bücken, hin- und herrennen, pausenlos schnattern, den Männern die Gläser füllen, dass sie noch putzen und schimpfen, wenn die Männer längst besoffen sind«, sie hielt, die Fäuste auf dem Tisch, inne, holte Luft, »das gibts bei mir nicht. Dafür hab ich die falsche Schürze um.«

## 12

Die Fremde, der frühe Kaffee: René war etwas mulmig; er brauchte unbedingt eine Zigarette.

In der Stube hatte seine Tante nichts liegenlassen. Er ging die Treppen hoch, ärgerte sich über die Gummistiefel. Vor Elkes Zimmer roch er den Alkohol, ließ ab von der Türklinke und folgte den süßlichen Ausdünstungen in die Eckkammer.

*Vielleicht nicht der beste Einstand in einer Familie.* Amüsiert betrachtete er den neuen Freund seiner Schwester. *Der braucht noch ne Weile, bis er hochkommt.* In der Sakkotasche fand er tatsächlich eine Schachtel Zigaretten: leer. Ärgerlich trat er einen Schuh unters Bett, bückte sich, um nachzuschieben, sah die Brille, nahm sie und ging zurück zu Elkes Zimmer. Behutsam drückte er die schwere Klinke herunter. Erst allmählich konnte er sich in der dunklen Kammer orientieren, wurde Elkes Kopf auf dem Kissen erkennbar. Sie lag auf der Seite, die rötlichen Haare, den Rücken zu ihm. Ihr Atem rasselte.

Er zog an der Schublade des Nachtschränkchens mit jedem Knarren den Mund breiter. Elke drehte sich auf den Rücken, rieb den Hinterkopf ins Kissen, wobei sie das Portemonnaie darunter hervordrückte, und schlief weiter. René nahm an, dass seine Tante in Erwartung der jüngeren Verwandtschaft auch auf ihren Zigaretten schlief. Mit langen Fingern griff er von oben unters Kissen, fand die Schachtel und hatte sie schon ein Stück weit hervorgezogen, als Elke die Augen aufschlug.

Er zog die Hand zurück.

Sie orientierte sich einen Moment, sah ihn kalt an und hätte ihm gern in den Bauch getreten. Er rückte sofort etwas von dem Bett ab, und sie sah ein, dass sie ihn, so tief, wie sie lag, schwerlich treffen konnte und besser ruhig blieb, statt wie ein Käfer auf dem Rücken zu strampeln. »Sag mal?« Sie stützte sich auf. »Spinnst du?«

René schämte sich und empfand augenblicklich eine tiefe Abneigung gegenüber seiner Tante.

»Verdammter Chorknabe! Hier mitten in der Nacht reinkommen un sich an mein Sachen vergreifen.«

René war froh, dass sie sprach und dabei nicht lauter wurde. »He, he! Guten Morgen«, entgegnete er kleinlaut.

»Lass dir das ja nich noch mal einfallen, Mistkerl!«

Er schob den Unterkiefer so weit vor, bis es weh tat. »Die sind schon alle unten.«

»Was geht mich das an? Verschwinde.«

»Ich wollte doch nur ne Zigarette.« Er zeigte hinter ihren Rücken.

»So nich! So. Nich!«

»Eine einzige.«

»Muss ich hier in Zukunft etwa meine Tür abschließen?«

Er ging auf die Knie, schüttelte die Brille aus dem Ärmel: »Bitte. Tantchen.«

»Raus!«

Er schob die Brille unter das Bett, stand auf und ging. An der Treppe zog er die Stiefel aus, schlich zurück in die Eckkammer, nahm Lukas' Schuhe und legte die Fährte.

## 13

Ich will das Schlachten nicht über, sondern auf die Bühne bringen. Deswegen halte ich die Leute gern ein bisschen hin am Frühstückstisch. Mein Appetit irritiert sie. Manch einem ist unwohl, wenn er an das Tier denkt, das noch nicht tot ist, an das viele Fleisch. Ich nehme mir Zeit beim Essen und Erzählen, höre zu und trinke langsam meine zweite Tasse Kaffee. Den meisten Bauern steht die Unruhe im Gesicht geschrieben. Es wäre ihnen nicht nur lieber, sie hätten das Gröbste schon hinter sich – je später es losgeht, umso eher wird auch getrunken, umso mehr zieht sich das Schlachten hin. Erleichtert blicken sie mich an, wenn ich endlich vom Tisch aufstehe und die ersten Anweisungen gebe.

Die Leute spüren sofort, dass ich ein anderes Register aufziehe. Der schnelle Wechsel von Ruhe zu Betriebsamkeit schlägt sie noch stärker in den Bann. Sie fangen an zu glauben, dass mir selbst das Schwein auf seinem letzten Gang willig folgt.

Ein Teil meiner Autorität beruht auf den wenigen Handgriffen des Tötens. Der Bauer beschreibt mir das vorgesehene Schwein oder kommt mit in den Stall. Von da an trage ich die Verantwortung. Ich gehe an das Tier heran, wenn es sterben soll. Die, die das sehen können und wollen, stehen dabei, in der Nähe oder weiter weg, je nach Nervenkostüm. Ich bin die Letzte, die das lebendige und die Erste, die das sterbende Tier berührt. Ich mach es tot. Die anderen haben daran keinen Anteil. Sie gehen mir gleich danach am verendenden und toten Tier, beim Fleisch, zur Hand.

## 14

»Mensch!«, schreckte Hertha auf. »Achim, schau ma nachem Kessel.«

Sabine zog einzeln an ihren Fingern, ohne den gequälten Blick ihrer Mutter zu bemerken. »Ich hab zwei Jahre in Würzburg studiert. Jura.« Sie saß der Fremden im Rücken und betrachtete die geflochtenen braunen Haare, das kleine Ohr und das Profil, das so viel mehr Sanftmut verriet als der Blick. »Vor uns aus dem Osten haben sie an der Uni Schiss. Die halten uns alle für Soldaten oder Hochleistungssportler.«

»Wir müssen in zwee Wochen weg«, wandte sich Hertha an die Schlachterin. »Wir sin die Letzten, die noch nich in die neue Siedlung umgezogen sin. In unserm Bau, unsrer Hälfte von dem Doppelhaus, stand letzten Herbst das Wasser, un im Winter sin die Rohre im Keller geplatzt. Das wär gar nich gegang, da konnte gar keener drin wohn. Aber nu is es fertig un wir könn ooch nich mehr länger hier bleiben. Das gehört uns gar nich mehr. Die ganze Arbeit schaff ich ooch kaum noch.«

Als ob es noch nicht reichte – Annegret hätte geschrien, wäre die Frau nicht gewesen –, bog Sabine auch die mittleren Knöchelchen über dem Daumen zur Seite.

Annegret schaute unterm Tisch auf ihre Uhr. Ihr Vater titschte, viel zu lange, wie sie fand, die zusammengedrückte Semmel mit Blutwurst in den Kaffee. Als er den Kopf darüber hielt und das Brötchen aus der Tasse zog, lösten sich davon Teile und verschwanden im Kaffee. Sie verzog den Mund, als er mit den Lippen das Nasse vom Trockenen zutschte. Auf dem Kaffee schillerte ein Fettfilm. Sie war froh, dass ihre Mutter ihn nicht anfuhr.

»Als ich gesehen habe, dass ichs im Westen zu was bringen kann, bin ich nach Berlin gegangen.« Sabines Atem bewegte die Nackenhaare der Fremden. Die Hände der Schlachterin lagen auf dem Tisch. *Eins fünfundsiebzig, sechzig Kilo*, schätzte Sabine. Sie hätte der Frau um den Arm greifen und daran ziehen wollen, um ihre Aufmerksamkeit zu bekommen, um sie zu berühren.

Albrecht beugte sich vor. »Wir ham jetz das dritte Ma unser Geld verlorn. Nach dem Ersten Weltkriesch war de Reichsmark schon nich mehr viel wert. Aber dreiunzwanzig hatts dem Fass n Boden durchgehaun. Ich hatte ne Uhr zur Jugendweihe gekriegt, die ging nich mehr. Die hab ich in Leipzsch zum Uhrmacher gebracht, da kostete das Stück Butter hunderttausend Reichsmark.«

»Beim Uhrmacher?«, fragte Wolfgang.

»Als ich se de Woche droff holen wollte, kostete de Butter ne Million, und ich musste die Uhr in dem Laden lassen. Dann kam de Goldmark, und de Leute fingen von vorne an. In meim ersten Lehrjahr bekam ich de Woche zwee Mark un fünfundreißig Fenge. Mei Vater hat dann mit Handeln angefang, erst Kartoffeln, dann ooch Gemüse, und das lief sehre gut. Der koofte neunznhundertachtunzwanzig den Hof hier mit Feld, wir hatten ä Gummiwagen, zwee Pferde, und arbeiten taten bei uns noch zwee Fraun. Neunznhundertfünfndreißig kriegte ich ne englische Triumph, siemhundertfuffzig Kubik, die ham se vierzig eingezoogen. Nach dem Krieg war von alledem nich mehr viel übrig, und achtnvierzig kriegten wir de Ostmark.«

»Mit der konnte niemand reich werden«, sagte Wolfgang.

»War verboten«, rief Annegret.

»Hat Er zwei große Kriege finanziert mit seinem Geld«, sagte René anerkennend. Es war ihm ein wenig peinlich, selbst den Großvater in der dritten Person anzusprechen. Aber er mochte keine Ausnahmen.

»Schließlich ham wir alles der Kohle verkoofen müssen zu ä Spottpreis, den ham die Verbrecher uns jetz mit der D-Mark ooch noch halbiert. Wenn man die Felder und den Hof heute verkoofen würde.« Der Alte schlug sich an die Stirn.

»Ulbricht und Honecker sind doch in vierzig Jahren nich hinterhergekommen.« Achim winkte ab. »Am Ende haben die uns auf Verschleiß regiert.«

»Aber wenn ich ä großes Schwein abgeliefert hab, ham die mir tausend Mark bezahlt. Un was krieg ich heute für? Ä Appel un ä Ei, brauch ich gar nich erst anfang, eens zu füttern«, erwiderte der Alte.

»Was heulst du denn immer deinem Geld nach, dass du nie ausgegeben hast?«, spottete Wolfgang.

»Eure Rente möchte ich mal haben«, sagte Sonja.

»Mama, in dem neuen Haus musst du dir unbedingt neue Bettdecken kaufen«, lenkte Annegret ein.

»Un was soll ich mit mein alten machen?«

»Bei uns vorm Krankenhaus steht so ein Container vom Roten Kreuz«, sagte Kathrin. Verstohlen blickte sie zur Schlachterin: *Wie Biene sich ranmacht, mal sehen, wie sie kuckt, wenn die Frau in einer blutigen Schürze dasteht.*

»Was das für eine Arbeit war, früher, Federn schließen.« Sonja nickte vielsagend.

»Setzt sich doch heute keiner mehr hin«, sagte Annegret.

Wolfgang stieß Achim an: »Hast du das am Dienstag mitgekriegt?«

»Ich frag mich«, Hertha schüttelte den Kopf, »wo ich dort drüben mit unserm ganzen Zeug hin soll.«

»In Berlin«, fragte Achim zurück, »das Verwaltungsabkommen?«

Wolfgang nickte: »Ist dir klar, was das bedeutet?«

»So zahlreich haben wir das letzte Mal unter einem Dach geschlafen«, sagte Kathrin.

»Zum Feiern ist das neue Haus groß genug«, erwiderte Sonja.

Achim nickte: »Die Tagebaulöcher, die rostenden Bagger und stillgelegten Brikettfabriken, Schwelereien sind jetzt alles Altlasten, die der Staat übernimmt; Sanierung, Umweltschutz inklusive. Damit ist die Braunkohle ihren ganzen Rattenschwanz von Problemen los.«

Sonja horchte auf: »Ich dachte, mit der Kohle ist es aus und das Ganze ist nur noch was für den Landschaftsplaner.«

»Die Landschaften«, sagte René, »ändern sich hier schneller als die Menschen.«

Achim grinste. Er hatte für die nächsten Jahre Arbeit. »Durch das Abkommen steht der Privatisierung nichts mehr im Wege. Mit der Braunkohle lässt sich wieder Geld verdienen. Was Arbeitsplätze angeht, natürlich auf nem viel bescheidneren Niveau. Da hilft alles nix, kein Jammern und kein Zweigabschneiden, nur modernste Technik, um die Kohle zu retten.«

Glücklich, wie die Familie am Tisch um die Frau herum saß und jeder erzählte, wünschte sich Sonja, die Zeit bliebe stehen.

»Meine Jüngste schläft noch«, sagte Hertha. »Sie hat Anfälle, seit sie sieben is un mit ner Gehirnhautentzündung im Krankenhaus lag. Bei dem Wetter jetz un den vielen Leuten im Haus bin ich froh, wenn sie länger schläft.«

»Habt ihr noch was zugekauft, eine Zunge, Leber?«, fragte die Schlachterin. Sonja verneinte. »Hauptsache, Zwiebeln sind da«, beschwichtigte die Schlachterin.

»Mehr als genug«, versicherte Albrecht.

»Gefriertruhe?«

»Fürs neue Haus«, antwortete Hertha, »will ich mir eene anschaffen.«

»Fleischbeschauer?«

»Der will halb acht vorbeikommen.«

Diana Kampradt nickte erst Hertha, dann Albrecht zu und erhob sich. In der allgemeinen Bewegung, die daraufhin entstand, dem Stühlerücken und Gedränge, als sich außer ihm jeder um seine eigene Achse drehte, sah René, wie die Fremde unversehens seiner Cousine in die Taille fasste, ein Blick, schon wandte sie sich wieder ab von Sabine und hielt Achim an der Schulter fest. Sabine stand da und schien gleichermaßen elektrisiert und versteinert zu sein. Der Schlachterin war Renés Blick nicht entgangen.

Annegret drängte sich schimpfend an ihrer allen im Weg stehenden Tochter vorbei. Hertha kam um den Tisch herum, sah die nackte Haut über Sabines Hosenbund und versuchte, ihr das Hemd in die Hose zu stopfen. Die schüttelte sich und schlüpfte ins Bad. Mit dem Rücken gegen die Tür atmete sie durch. *Genau die Stelle.* Unter dem Daumen der Schlachterin war etwas in ihr geschmolzen; sie hätte vor Lust pinkeln mögen. *Grüne Augen, Diana in Gummistiefeln.*

»Jetzt gehts lo-os, jetzt gehts lo-os!« René folgte den anderen hinaus.

Sie schoben den Hänger der Schlachterin den Hof hinauf vor das Waschhaus. Die Schlachterin dirigierte: Tischaufsatz, zwei Ledertaschen, Hackeklotz, Gasflasche, Brenner, Fleischwolf, Wurstspritze, den Hänger selbst da- und dorthin, so und so. Sie rüttelte an dem Tisch, als sie den Holzaufsatz darauf befestigten, hängte zwei Messerhalfter an das Brett mit Holzzinken. »Leiter, Böcke?«

Achim sah Albrecht an. Der runzelte die Stirn: »Böcke sin im Grasehaus. Ne Leiter? Mensch, du, kuck ma off der Tenne nach.« René lief davon und brachte eine mickrige Leiter an. »Och, mei Junge, doch nich die von draußen«, sagte der Großvater ängstlich. »Die hält de Wand vom Geräteschuppen. Klemm die ma fix widder gegen. Off der Tenne muss doch eene sein.«

René brachte die richtige Leiter. Die Schlachterin nickte, legte vier Schabeglocken auf den Tisch, zwei mit Hakenzipfeln, und hängte sich eine steife Schürze um, die einmal weiß gewesen war. »Schüssel, einen Emailleeimer, Schneebesen und einen Bottich fürs Blut.« Hertha zeigte ihr, dass alles bereitstand. »Jetzt ordentlich mit Holz feuern. Am besten noch einen großen Topf auf den Herd. Ihr habt schon mal mitgemacht?« Sonja und Kathrin nickten.

»Wenn die Därme nicht wären«, Wolfgang zwinkerte, »könnten wirs fast alleine machen.«

»Ist ne verwickelte Sache. Da brauchts viel guten Willen, um die Knete rauszuspülen. Wolfgang, du hältst die Hinterbeine, wenn die Sau auf der Seite liegt. Wer fängt das Blut auf?«

»Kann ich machen.« René blickte wie um Erlaubnis.

»Du hältst die Schüssel ran. Wenn Sonja müde wird, Kathrin, rührst du weiter.«

»Is nur noch eene Sau im Stall.« Albrecht schnürte es den Hals zu. Er hätte jetzt gern seinen Stock gehabt, um sich auf etwas zu stützen, aber den hatte er in der Küche stehenlassen. Ohne jemanden anzuschauen, ging er aus dem Waschhaus. Sonja und Kathrin warfen sich einen betrübten Blick zu.

Die Schlachterin nahm einen Strick, überprüfte das Bolzenschussgerät, zog zwei Messer am Stahl ab, hängte sich einen Messerhalfter um und rollte ihre Hemdsärmel bis zum Bizeps hoch. Sabine blähte die Nasenflügel. Hinter der Frau traten Wolfgang, Sonja, Achim und Kathrin auf den Hof.

sang René seiner unschlüssigen Cousine ins Ohr.

»Idiot«, zischte Sabine.

»Bei Ihr«, er stieß ihr den Zeigefinger unter die Rippen, »hätts selbst Elvis schwer gehabt«, und schlüpfte durch die Tür hinaus.

Diana Kampradt öffnete den Stall, fand den Lichtschalter und schloss die Tür hinter sich. Dicke, schmutzige Mauern teilten den Raum brusthoch in vier Buchten. Vorn rechts lag die Sau auf frischem Stroh, ein deutsches Edelschwein mit schönen Stehohren, deren großer Abstand die Schlachterin Frühreife beziehungsweise starke Fettschichten unter der Haut vermuten ließ. In den Ecken des eingemauerten Steintrogs, der hälftig unter dem Eisengitter stand, lag Futter. Dort hatte die Schweineschnauze nie hingereicht. Sie öffnete das Eisengatter und trat in den Koben. Das Tier rappelte sich auf. Sie schätzte es auf drei ein viertel Zentner. Schon hatte es den Strick ums hintere linke Bein. Das Schwein schnüffelte an ihrer Schürze und grunzte. Groß und schmutzig grau rieb es sich am Bein der Schlachterin.

Wolfgang, Achim und René standen an der schmalen Stelle zwischen Mist und Vorbau, dahinter Sonja und Kathrin.

»Die hat doch da ne Patrone reingesteckt.« René nickte zu dem Bolzenschussgerät auf dem Fensterbrett. »Schießt die die dem etwa in den Kopp?«

Achim schaute unwillig auf die Stalltür. »Nee.«

»Aus der Wumme«, sagte Wolfgang, »kommt ein Bolzen rausgepfiffen und kracht dem Vieh auf die Stirn.«

Achim zog die Augenbrauen Richtung Nasenwurzel.

»Und?«, fragte René.

»Von der Gehirnerschütterung fällts bewusstlos um. Manchmal geht das Schwein auch noch zwei Schritte. So eine Art Trägheitsgesetz.«

»Dann ist es betäubt, aber noch nicht tot?«

»So wills der Tierschutz«, nickte Wolfgang.

»Nee, Hitler.« René strahlte. »Gleich nach seinem ersten Geburtstag als Reichskanzler hat der das Schlachten ohne Betäubung verboten.«

»War der nicht Vegetarier?«, fragte Kathrin.

»Eigentlich Österreicher«, sagte Sonja, die vom letzten Wort nur die Hälfte verstanden hatte.

»Konnten die Juden nicht mehr schächten«, erklärte René.

Wolfgang schubste seinen Neffen an: »Falls dem Vieh der Klöppel durch den Deckel schmettert, ist es noch vorm Abstechen hinüber.« Achims Blick wurde noch finsterer.

»Übelst.« René stieß Luft durch die Nase.

»Passiert aber auch manchmal, dass der Schuss nicht richtig angesetzt oder es einfach ein Dickschädel ist und stehen bleibt, als wär nix gewesen. Das ist dann ein bisschen peinlich für den Schlachter. Muss er nachladen.« Wolfgang spuckte vor seine Füße.

Achim sah ihn böse an, ob das gerade hätte sein müssen. »Hätte mir vorher mal ein Bier aufmachen sollen«, nuschelte er in seinen Bart.

Der Stall ging auf. Schnuppernd stöckelte das Schwein das zweite Mal in seinem Leben über das Hofpflaster, hinter ihm die Schlachterin, den Strick in der Hand.

Genau in dem Moment, als Sabine die klemmende Tür aufstieß, fiel der Schuss. Sie starrte auf den Hof: Das Schwein hing in der Luft! Ihre Leutchen standen im Halbkreis herum. *Was, was ist denn das für eine Nummer, für ein Zaubertrick?* Die vier Beine durchgestreckt, als hätte es unter jedem einen unsichtbaren Raketenantrieb, stand das Schwein in der Luft gerade vor dem Bauch der Schlachterin, bäumte sich nicht auf, schlug nicht aus mit allen vieren, verbog sich nicht in dem verzweifelten Versuch, dem totalen Unverständnis, das in ihm explodierte, zu entgehen. Das Entsetzen, der durchgedrückte Nacken, die kuriose Mobilisierung der Kräfte gehörten schon nicht mehr dem Schwein. Der Schlag hatte die Muskeln und Sehnen mit einem Mal erwischt; ihr erster Reflex hatte dieselbe Richtung und machte, dass das Schwein schweigend abhob, schockgefroren – es war Sabine, als ob ihr Blick allein es in der Luft hielt.

Und dann, die Schlachterin trat einen Schritt zurück, fiel das Schwein hinunter. Wie im Trickfilm. Als ob es sich die Natur überlegt hatte und die Schwerkraft wieder einschaltete. Im Fall kippend, klatschte es aufs Pflaster, lag auf der Seite, die Schnauze ein wenig geöffnet, und rührte sich nicht mehr.

Sabine stand in der Tür und hatte keine Ahnung, wie lange das gerade gedauert hatte. Das Entsetzen, den letzten Atem des Schweins zu verschlucken, kroch ihr in den Hals. Eilig klappte sie den Unterkiefer hoch und presste die Zunge gegen die Schneidezähne: Durch die Nase zu atmen schien ihr viel weniger gefährlich. Sie sah die Schlachterin an, aus deren auf unheimliche Weise ausdruckslosen Gesicht alles Leuchten verschwunden war. Sabine schluckte.

Die Schlachterin kniete mit einem Bein auf dem Tier.

Zwei Finger breit über dem Brustbein stach sie schräg nach hinten ein und durchtrennte die Halsschlagader vor ihrer Verzweigung: »Schüssel.« René presste den Schüsselrand an das Schwein. Sie drückte die vollständig versenkte Klinge nach oben. Das Blut schoss in einem dünnen Strahl aus dem Einschnitt und spritzte, so wie es aufs Gefäß traf, René ein wenig ins Gesicht. Langsam zog sie das Messer heraus, so dass das Blut gleichmäßig aus der Sau sprudelte. Als genug in der Schüssel war, griff sie mit drei Fingern in den Schnitt und stoppte den Fluss. René kippte das Blut in den Eimer. Sonja rührte. Die Schüssel kratzte auf dem Pflaster; kaum war sie wieder unterm Hals, öffnete die Schlachterin den Schlitz. Als das Blut weniger wurde, bewegte sie das Vorderbein im Kreis. »Der Kessel?«

»Kocht gleich«, sagte Sabine. Kathrin rührte weiter. Vom Schlagen hatte sich Schaum gebildet. Aus der Wunde lief ein dünnes Rinnsaal, das stellenweise schon klumpte. Die Schlachterin pumpte den letzten Saft aus der Sau. Dann ließ sie das kraftlose Bein fallen und stand auf.

René betrachtete das Tier. Schwer lag es im Hof. Er sah nichts Lebendiges mehr, nur noch Rohstoff und Arbeit, nahm seine Nickelbrille ab und kratzte die Spritzer von den Gläsern: »Auf so eine Brille wäre Himmler stolz gewesen.«

»Leiter, Böcke«, rief die Schlachterin.

»›Und dies durchgehalten zu haben und dabei anständig geblieben zu sein, hat uns hart gemacht und ist ein niemals genanntes und niemals zu nennendes Ruhmesblatt.‹« Er setzte die Brille wieder auf. »›Insgesamt aber können wir sagen: Wir haben diese schwerste Aufgabe in Liebe zu unserem Volk getan. Und wir haben keinen Schaden in unserem Innern, in unserer Seele, in unserem Charakter daran genommen.‹«

## 15

Noch mehr als auf sie selbst, schien es Annegret, hatte die Fremde auf ihren Mann Eindruck gemacht. *Gerade jetzt, wo er die nächste, die entscheidende Stufe nehmen wollte.* Nachdenklich richtete sie die sperrigen Rückenlehnen des Sofas auf, als Hertha in die Stube kam.

»Da bin ich aber froh, dass du das verdammte Ding ma selbst zusammklappst, hasts schließlich angeschleppt.«

Annegret lächelte. Im Handumdrehen schob sie das Sitzteil zurück, setzte die Rückenlehnen ein, zog die Decke darüber, stopfte sie fest, schlug den vier Zierkissen mit der Handkante die Ohren aus der Mitte und verschränkte die Arme vor der Brust: »Dass ihr alleine fernsehen könnt.«

»Du hattst immer Geschicke!« Eine Bemerkung über ihren Schwiegersohn, dem Hertha wegen seiner über der Nasenwurzel zusammenstehenden Augenbrauen von Beginn an nicht über den Weg getraut hatte, verkniff sie sich. »Trotzdem nehm ich das nich mit! Das erstattet uns alles de Kohle.«

Sie legten die Laken zusammen, rückten die Stühle zurecht. »Ich dachte, das würde Papa mehr an die Nieren gehn.«

»Der war beim Schlachten nie zu gebrauchen. Un jetz. Nich ma richtig fett gekriegt hat der die Sau. Un zwar mit Absicht. Kann mir doch keener erzählen. Ging doch nich mit rechten Ding zu, dass die nich fetter wurde. Das war doch Intrige. So hat der das Ganze rausgezögert. Wenn ich nich den Termin gemacht un dem de Pistole off de Brust gesetzt hätte, würd ich Ostern noch hier sitzen. Ja, der hat euch immer leidgetan. Den habt ihr immer in Schutz genomm.«

Annegret drückte ihrer Mutter die Kopfkissen mit dem Laken gegen die Brust.

»In der Hinsicht kann der sich wirklich nich beklagen.« Hertha ging hinaus. Mit den Betten auf den Armen folgte ihr Annegret in den Flur.

Die Tür vom Kesselhaus flog auf, und über den Kopf ihrer Mutter hinweg sah Annegret im Gegenlicht die Fremde. Sie blieben stehen. Diana Kampradt sprach.

*Ging mir nicht alles spielend von der Hand*, dachte Annegret, *die Schule, das Landwirtschaftsstudium, hab ich nicht die Rinder gefüttert, ruhig zwischen denen gestanden, und wenn die zu sehr drängten, gabs einen Stoß in die Seiten, mir machte so leicht niemand was vor, selbst mit Motorrädern, ich sei nur zum Verschenken, so große Stücke hielt ich auf mich, bis Wolfgang mich nahm, für meinen Hochmut bezahlen wollte ich auch lernen, doch das hörte gar nicht mehr auf, dann kam Sabine, blieb mir von mir nicht viel übrig, wär mir im Traum nicht eingefallen, dass mein letzter Stolz einmal sei, alles zu ertragen.*

Herthas Rücken straffte sich. *Gerackert hat unsereiner doch sein Leben lang un die Kinder mit, anders gings gar nich, ohne die wärn wir offgeschmissen gewesen, die Kleene hat Pech gehabt, ausrichten konnte man ja nichts, wenn die oben was beschlossen hatten, wurde es gemacht, der Tagebau, das Kraftwerk, man hatte ja dadurch Arbeit, nur gut geworden is es am Ende nich, wenns ma schneite, nach drei Tagen, da waren nur die Fußstapfen hinter eem noch weiß.*

Hertha setzte sich wieder in Bewegung, links herum die Treppen hoch. Im Mädchenzimmer legten die Frauen das Bettzeug ab.

»Mama«, begann Annegret leise, »wer ist diese Frau?«

Hertha zuckte die Schultern.

»Irgendwoher musst du sie doch haben?«

»Ausgerechnet für unsre letzte Sau ließ sich partout keen Schlachter offtreiben. Die ganzen Dörfer von hier bis Leipzsch sin weg. Un in den Dörfern, die um den Tagebau noch stehn, halten sich de Leute ooch kaum noch ä Schwein. Gibt ja kee Geld mehr, wenn mans abliefert, wenns hochkommt zweehundertfuffzig Mark.«

»Gibt ja jetzt alles zu kaufen; macht sich doch niemand mehr die ganze Arbeit.«

»Wenn man dann noch den Schlachter bezahlen soll«, schimpfte Hertha, »de Stunde zehn Mark, von um sechse bis um dreie, da möchte man dem aber noch nen Wurschtpaket mitgeben, dass er widderkommt. Plus Gewürze, Extradärme, Trichinenbeschauer noch ma zwanzig, das lohnt sich hinten und vorne nich.«

»Und wie bist du an die Frau gekommen?«

»Im Dorf konnt ich ja keen mehr fragen. Doch dann is mir im Oktober einma die alte Everten übern Weg geloofen.«

»Die lebt noch?«

»Un wie. Mich kriegt hier keener weg, sagt die, und wenn ich zuletzt in Tagebau springe. Verrückt war die ja schon immer; läuft mir übern Weg, nu, wie es denn Albrechten und Elken ginge? Ich kam gar nich weg. Schließlich hab ich sie gefragt, ob sie jemand kennt, der bei uns noch ne Sau wegschlachtet, un die sagt, sie kennte jemand, wann es denn sein soll. Das wusst ich off de Schnelle nich, un die sagt, wenn ichs wüsste, sollt ich ihr Bescheid geben.«

»Bist du etwa in der ihr Haus gegangen?«

»Musst ich ja wohl. Die hat sich doch nich blicken lassen. Ich dachte, bei den ganzen Katzen, wie die Bude stinken muss.«

»Und wie sieht es da drinnen aus?«

»Das hätt ich nich gegloobt. War natürlich arg enge, die Küche, aber blitzblank. Von den Kräutern, die überall hingen, hat das geduftet – mir is ä bissel schwummrig geworden.«

»Und?«

»Die sagte, sie hätte mich erwartet, un fing an zu quasseln. Als sie mir nen Tee eingoss, hab ich ne Gänsehaut gekriegt. Hingesetzt hab ich mich nich, nur gesagt, wir wolln am Fünften Zwölften, nem Sonnabend, schlachten, ob sie wirklich? Un die: Ich könnt mich droff verlassen.«

»Hast du nicht gefragt, wer das ist?«

»Ich habs in dem Stübchen keen Moment länger ausgehalten, war froh, als ich widder an der frischen Luft war. Habs ja nich ma Albrechten gesagt, woher ich jemand hab.«

Sie zogen die Laken straff, schlugen die Betten auf und legten das mitgebrachte Bettzeug obenauf. Behutsam – und nicht aus Rücksicht auf die, die oben noch schliefen – stiegen sie die Treppe hinunter.

»Wenn die Sau zerteilt is, müssen wir den ma ä Kaffee bringen. Viellei wollen sie ooch ne Semmel dazu. Bin ja ma gespannt, was bei der Frau gesoffen wird«, sagte Hertha, als sie wieder in der Küche waren.

## 16

Zu viert zerrten sie die Sau auf die kurze Leiter und hoben sie auf die Böcke vor dem Stall. Mit zusammengebissenen Zähnen beobachteten die drei Männer dabei die Frau.

»Die Ofenklappe«, wies sie im Waschhaus Sabine ein, »anlehnen, dass es zieht, kleines Holz, richtig Dampf machen und immer Wasser nachfüllen, nicht, dass es kocht.« Sie öffnete die Tür zum Korridor. Zwei Schritte vor ihr kamen Hertha und Annegret mit dem Bettzeug auf den Armen ruckartig zum Stehen. Sabine steckte neben der Frau den Kopf durch die Tür. »Die Frau ist kein Geschenk und kein Opfer«, sagte Diana Kampradt zu Annegret und lachte Hertha an: »Frau Holle hatte hier fünfzig Jahre nur Pech, und das lag nicht an den Mädchen.«

Die beiden Frauen zogen weiter, die Treppe hoch, und vor Sabines Nase ging die Türe zu.

Draußen goss sie einen Eimer kaltes Wasser über die Sau, dass sich die Kapillaren der Haut zusammenzogen, und verteilte die Glocken. »Jetzt ordentlich heißes Wasser, sechzig, siebzig Grad. Dann brauchen wir keine Rasiercreme.« Sie brühte mit der Kelle die obere Schweinehälfte ab und zupfte probehalber am Fell. Sobald sich die Borsten lösten, schabten Wolfgang, Achim und Sonja weiter. Kathrin und René brachten die Wassereimer aus dem dampfenden Waschhaus. Ihnen wurde schnell warm. Achim zog die Jacke aus.

René goss für die Männer das Wasser über das Schwein. Das schnelle Kratzen der Glocken auf der Haut hörte sich an wie Hundegebell. Die Schlachterin hatte ihren eigenen Eimer und säuberte die schwierigen Stellen. Als sie um das Hinterteil und am Geschlecht schabte, hielt Sonja mit spitzen Fingern das Bein.

Wolfgang stieß Achim in die Seite: »Kommt das kleine Mädchen zu Fritz: *Du, Fritz, ich blute.* Sagt Fritz: *Ja, wo denn? – Zwischen Beinen. – Kann doch gar nicht sein? – Doch! – Zeig mal.* Hebt das kleine Mädchen seinen Rock hoch. *Du meine Fresse*, ruft Fritz. *Da is ja der ganze Sack weggeruppt.*«

Die Schlachterin lachte so laut, dass den Männern das Grinsen verging.

Sie brühte den Bauch und betrachtete Sonja und Kathrin. Die Morgenluft machten ihnen eine rosige Haut. Die hellbraunen Haare reichten Sonja bis zur Schulter. Ihre Tochter stand mit einem vollen Eimer bereit. Sie hatte langgelocktes schwarzes Haar und lächelte mutwillig. *Anfang zwanzig*, dachte die Schlachterin: »Komm mal her!« Kathrin kam um die Leiter herum. Die Schlachterin drehte sie dem Schwein zu, drückte ihr die Glocke in die Hand und stellte sich hinter sie. »Du bist doch schon mal jemand ans Leder gegangen?«

In der Tür verzog Sabine den Mund. Sie sah, wie die Schlachterin ihrer Cousine den Arm führte, wie sich das weiße Hemd um den roten Anorak spannte.

»Hier am Bauch stehen nicht so viele Borsten. Die sind eher weich.«

»Wie am Kinn von meinem Bruder«, lachte Kathrin. Ihr Arm lockerte sich; willig glitt sie in die Führung der Schlachterin.

»Der rasiert sich doch noch mit dem Radiergummi«, rief Sabine. René lachte mit.

»Um die Zitzen aufpassen«, sagte die Schlachterin und ließ Kathrins Hand frei, die allein weiterschabte.

»Au, verdammich!« Achim ließ die Glocke fallen. »Pass doch auf, wo du das Wasser hinkippst.« Er schüttelte seine Hand.

René wischte mit dem Zeigefinger den Beschlag von der Brille.

»Der Junge sieht doch gar nichts«, rief Wolfgang.

René zog sich das Hemd aus der Hose und wischte daran die Brille ab. Doch die Gläser beschlugen gleich wieder, als er den Eimer über die Sau hielt. »Für Nebel bin ich nicht gemacht.«

»Probiers mal mit Fit«, schlug Sabine vor.

Die Schlachterin tauchte das Vorderbein in den Eimer. »Oder Spucke.«

»Spucke?« Er spuckte auf die Gläser. Sonja verzog das Gesicht.

»Alter Tauchertrick.« Sie zog die Klauen vom Vorderfuß herunter und schabte mit Glocke und Messer die Schnauze sauber.

»Die alten Hausmittel sind die besten«, sagte Achim. »Wenn uns früher bei einem Spiel neue Fußballschuhe drückten, weil sie noch nich eingelaufen waren, haben wir uns hinter nen Baum gestellt und reingepinkelt. Mit solchen Schuhen hatte man nen richtigen Torriecher.«

Sie zerrten die Sau auf die andere Seite.

Unten, am Ende des Hofpflasters klärte sich das versickernde Wasser; an einem verwachsenen Apfelbaum hob sich dunkel die aufgeweichte Erde ab. In dünnen

Adern verlief sich das Rinnsal neben dem eingefassten Ascheplatz. Ein paar Borsten, die bis zu den letzten Kopfsteinen mitgeschwommen waren, klebten an Erdbrocken, Gras und Queckenstielen. Andere hatte es an den Rand der Rinne gespült, die sanft den Hof hinunterführte. Unter den vom Garten zum Hühnerstall gespannten Wäscheleinen schwamm ein Klümpchen Blut in einer Kuhle. Eine Hornklaue war bis vor die Haustür geflogen, zwei weitere lagen in einer dreckigen Pfütze vor dem Kuhstall, der seit einem Monat leerstand. Um die Leiter herum, bis wohin das Brühwasser geschwappt war, zog sich ein Ring alles Abgeschabten und Abgewaschenen: Borsten, Hautfetzen, Dreck vom Schwein, Schlamm vom Hof, Schlieren Blut. In der immer wieder freigespülten Mitte standen die Schlachterin und ihre Helfer. Von der Leiter bis hinunter zu den Apfelbäumen dampfte der Wasserlauf. Es war ein kalter Dezembermorgen.

Die Schlachterin fackelte mit dem Gasbrenner die Borstenreste ab. Es roch stechend. Unter kaltem Wasser schrubbte Wolfgang das Schwein mit der Bürste. Sie ging noch einmal mit dem Messer die Schwarte entlang. Das Schwein leuchtete rosig frisch. An einigen Stellen gab es vom intensiveren Schaben rote Streifen.

Sie hievten das Schwein erst an dem einen, dann an dem anderen Ende hoch, um die Leiter sauber zu machen. Sie stach die Augen und das Innenohr aus. Außer dem Loch in der Stirn hatte der Kopf nun vier hässliche Stellen. René sah den blutigen Knorpeln nach, wie sie in den Abfalleimer flogen. »Die wichtigsten Körperteile schmecken am wenigsten«, sagte er zu seinem Vater.

»Wie mans nimmt. Meine Mutter hat vom Karpfen die Augen gegessen. Das sei das Beste, sagte die immer, wenn sie den Kern davon ausspuckte.«

Die Schlachterin legte mit vorsichtigen Stichen die Fersensehne der Hinterbeine frei und zwängte das Krummholz zwischen Flechse und Knochen. Mit dem Strick, an dem sie die Sau aus dem Stall geführt hatte, band sie das Holz an die Leiter. Zu viert hoben sie die Leiter von den Böcken und lehnten sie an den Stall. Gekreuzigt mit dem Kopf nach unten, rutschte dem Schwein das Gedärm in den Brustkorb. Aus den Wunden im Kopf, in der Brust, aus dem Maul und der Nase lief Blut.

Sie tauschte die Messer, zog sie am Stahl ab und schnitt die Haut vom Becken bis zum Kopf vor. Die Männer stellten die Böcke neben den Autohänger vor die Durchfahrtsscheune und legten die lange Heuleiter darauf. Mit dem Stichmesser öffnete die Schlachterin unterm After das Becken und führte den Schnitt sauber zwischen den Keulen durch das weiße, straffe Bindegewebe. »Das Schloss.« Hörbar löste sie mit dem Messer den Hüftknochen aus dem Gelenkknorpel.

»Geknackt.« René sah ihr auf die Finger.

Sie wechselte das Messer und schnitt die Blase und das Geschlecht heraus. »Will jemand die Blase?«

Sonja wehrte ab. »Als Kinder haben wir die aufgeblasen. Hatten wir nen Luftballon zum Spielen.«

»Mir wär ne geräucherte Sülze lieber«, sagte Wolfgang.

»Kann ich alles machen.«

Achim stieß Wolfgang in die Seite: »Steck ich letztens einen Wurf Karnickel auseinander, dass die Böcke nicht anfangen, rammeldösig zu werden. Kuckt mir Sonja über die Schulter und fragt, wie ich die Rammler von den Häsinnen unterscheide. Ich sage: *Musst du blasen*, und halt ihr einen hin. Pustet die dem tatsächlich zwischen die Hinterläufe und sagt allen Ernstes: *Ich sehe nichts!*« Er hielt vertraulich die Hand zwischen seinen Mund und Wolfgangs Ohr: »Meine hat doch von Tuten und Blasen –«

»Achim, was zum Lecken!« Die Schlachterin warf ihm das Geschlechtsteil auf den Bauch zu. Im Reflex fasste er danach. Der Schreck in seinem Gesicht ging in Ekel über, als er das Fleisch in seinen Fingern spürte. Sie starrten die Schlachterin an, die schallend lachte: »Da ist ganz schön Blut dran. Die wird doch nich ihre Tage haben?« Achim machte ein bedeppertes Gesicht. »Tja, nu is Not am Mann, nu is Not am Mann.«

Wolfgang ging einen Schritt von seinem Schwager weg: *Blödmann, die hätte doch alles für den getan, wenn er es richtig angestellt, wenn er es gewollt hätte.*

»Schamlose Schweinerei.« Sabine kicherte hinter Achim. Der schmiss das Geschlecht in den Eimer zu den Augen und ging ins Haus.

»Apropos! Hat hier irgendeine ihre Mengenke?« Die Schlachterin sah mit drohenden Brauen zu den Frauen. Selbst René war klar, was sie meinte, obwohl er das Wort zum ersten Mal hörte.

Die Lippen vorgestreckt, schüttelte Sonja den Kopf.

»Nö«, sagte Sabine empört.

»Noch ein bisschen.« Kathrin zog eine Schnute bis unter die Nase. Sie hatte ein kleines, hübsches Gesicht mit dunklen Augen und rundlichen Wangen. Sabine empfand etwas wie Schadenfreude.

»Habt ihr ja vielleicht schon gehört, dass die beim Schlachten nichts verloren hätten?« Die Kampradt stützte die Hände in die Hüfte. »Dass die das Fleisch verderben.«

Wolfgang nickte. Sonja zog die Unter- über die Oberlippe und sah zu ihrer Tochter.

»Schwachsinn. So alt wie die Bibel. Die Frau als unreines Wesen! Damit fängt der ganze Karren an.« Die Schlachterin sah wütend aus. »Steh du mal ruhig deine Frau. Solange die *Sau* nicht rauschig ist, wird die Wurst schon schmecken. Eine kleine Schüssel.« Sie leerte und spülte die Blase aus. »Wässern und rein auf den Schlachtetisch.« Sie wusch sich die Hände und schnitt vorsichtig, um die Därme nicht zu ritzen, den Bauch zwischen der doppelten Zitzenreihe auf.

»Wie viele Brüste ein Schwein hat!« Kathrin staunte. »Das müssen fruchtbare Tiere sein.«

»Das ist die Milchstraße. Davon träumen die Ferkel.« Sie fasste in die Bauchhöhle, löste den Mastdarm und hob die Eingeweide aus der Bauchhöhle. Leicht quollen sie heraus, dampften und rochen.

Achim kam zufrieden aus dem Waschhaus. Die Schlachterin sah seine gelockerten Züge: »Wenn die Sau am Haken hängt, wird der erste eingeschenkt!«

Sonja, die ihren Mann vorwurfsvoll angeblickt hatte und nicht recht wusste, ob sie sich ärgern oder schämen sollte, schaute überrascht auf. Achim ließ sich das nicht zweimal sagen, kehrte um und brachte alsbald eine nicht mehr ganz volle Flasche und Gläser: »Pfeffi. Was anderes rückt Hertha noch nicht raus.«

»Grüner.« Abschätzig hielt Wolfgang zwei Gläser hin. Achim schenkte ein. Wolfgang reichte der Schlachterin ein Glas.

»Ist ja wirklich noch früh«, sagte Sonja zögerlich.

»Wo sie recht hat, hat sie recht.« Achim lachte. Zu viert stießen sie an. Sie leerten die kleinen Gläser auf einen Zug, außer Sonja, die den Mund verzog, obwohl ihr der klebrige Likör schmeckte.

»Einen Bottich.« Wolfgang und René hoben die Wanne unter die Därme. Die Speiseröhre band und trennte die Schlachterin eine Handbreit vor dem Magen ab. Schwer purzelten die Eingeweide in die Wanne. Sie schnitt die Brusthöhle an, löste das Zwerchfell von den Rippen, grub die Leber, das Herz und die Lunge hervor. »Im Schlachthof macht jeder nur ein paar Handgriffe, und die müssen sitzen, so genau wie die Organe im Schwein an ihrem Ort. Von den Schlachthöfen in Chicago hatte Ford die Idee: Fließband, Arbeitsteilung, Massenproduktion. Dasselbe Prinzip, nur umgedreht: genormte Einzelteile zusammenmontieren und eine Blechhaut drüber.« Die dicken hell- und dunkelroten Lappen hingen der Sau auf der Brust, während sie behutsam die Gallenblase von der Leber abzog.

»Wer da keine ruhige Hand hat«, sagte Sonja, »kann das ganze Fleisch verderben.«

»Was kann man denn bei einer Sau noch versaun?«, rief Sabine herüber.

»Alles schon passiert«, sagte Sonja. »Die Galle ist dem Schlachter rausgespritzt, und obwohl der alles gleich mit reichlich Wasser abgewaschen hat, schmeckte die Leberwurst später nicht. Sechsundsiebzig, im November. Kann ich mich noch gut dran erinnern, wegen Biermann.« Sie überlegte. »So eine kleine Sau und so ein bittrer Nachgeschmack.«

Das Brustbein machte der Schlachterin keine Mühe. Sie zerrte die Speise- und Luftröhre frei, schnitt die Zunge heraus, das Herz, den Schlund auf, spülte sie mit kaltem Wasser aus und – Sonja gab ihr den Fleischerhaken – hängte das ganze Geschlinge hinten an die Leiter. Sie zog das Schmer vom Bauch, als ein kleiner Mann mit Arzttasche den Hof heraufkam, löste die Nieren aus dem Bauchfett und entfernte die Harnstränge.

»Guten Morgen, die Damen und Herren.« Er tippte mit der freien Hand an seinen grauen Hut. Die Leute um die Schlachterin taten so, als ob sie ihn jetzt erst bemerkten, und nickten grüßend. Die Schlachterin drehte sich um, die Nieren in der Linken, das Messer in der Rechten.

»Heidewitzka!« Er machte hinter seinen Brillengläsern die Augen eng: »Silbermann.« Er beugte den Kopf leicht nach vorn.

»Klingt schön. Kampradt.« Sie schnitt die Nieren ein.

»Sehr erfreut. Ein ordentliches Schwein. Gutes Schlachtewetter, kalt und trocken, kühlt das Fleisch schneller aus. Was hat es denn gewogen?« Erst jetzt wandte er den Blick von der Frau ab.

»Was glauben Sie denn?« Diana Kampradt schätzte den Mann – glattrasiertes Gesicht, große, abstehende Altmännerohren – auf Mitte sechzig. Die Nase hielt sie eher von der morgendlichen Kälte als von gewohnheitsmäßigem Trinken gerötet.

»So eine schmale Sau hab ich bei Albrecht noch nicht gesehen. Wie sie jetzt dahängt, sinds keine drei Zentner. Bist du mir mal behilflich.« Er drückte Kathrin seine Tasche an den Bauch und holte ein Messerchen, eine Pinzette und zwei Glasplättchen heraus. »Fette Saun will ja gar niemand mehr. Neuerdings werden die Brote ja nur noch belegt, nicht mehr geschmiert. Statt Wurst wollen die Leute jetzt Schinken drauf. Die Tasche kannst du schon ins Waschhaus bringen, meine Kleine, aber Vorsicht. Gestatten?« Er zwackte etwas von der Niere in der Hand der Schlachterin ab und trat hinter die Leiter ans Geschlinge.

Die Schlachterin legte die Nieren in die Schale: »Dorthin, wo das Blut ist.« Sie wusch sich die Hände und formte das weiße Schmer auf dem Brett zu einem flachen, runden Kuchen: »Auf die Leiter.«

Der Trichinenbeschauer stach in die Lunge, schnitt ein Stückchen Muskelfleisch ab und trat mit einer schwungvoll einladenden Handbewegung zurück, als die Schlachterin sich bückte und den Kopf hinter den Ohren einschnitt.

»Wenn ich fragen darf, ich kenne ja die meisten Schlachter in der Gegend: Sie sind nicht von hier?«

»Eine Fremde bin ich nicht.« Sie hielt den Kopf an der Schnauze, den Ohren, drehte mit einem Knack das Genick ab und führte das Messer zwischen Hinterhauptbein und erstem Halswirbel hindurch. »Eine Schüssel.«

Silbermann fuhr sich mit der Zunge über die unteren Backenzähne und folgte den anderen ins Haus. Die Schlachterin nahm die Stockhacke und schob die Schüssel rechts an den Hackeklotz. Die linke Kopfhälfte hielt sie fest am Ohr, die rechte fiel mit dem vierten Schlag in die Schüssel. »Einen Teller.« Das ging schneller, als René gedacht hatte. Die Schlachterin nickte hinüber zu den Jacken an der Wand: »Die kommen weg.« Kathrin brachte sie fort. Am Schlachtetisch kratzte sie das Hirn auf den Teller – tatsächlich war der Schlagbolzen durch die Stirnplatte gegangen und hatte den vorderen Teil des Gehirns zerdrückt.

Silbermann beugte sich über die Schädelhälfte auf dem Tisch, um die Lymphdrüsen zu untersuchen. »Der Sargträger, der im Januar in Borna an der Kaufhalle einen erstochen hat, zumindest steht er deswegen jetzt vor Gericht, der will an dem Abend dreiundzwanzig Bier und sechzehn Kirschwhisky gesoffen haben. Muss man sich mal vorstellen. So ist der vielleicht noch in seinem Moskwitsch rumgekurvt.«

»Übelste Possen.« René schüttelte den Kopf.

»Ab Januar gilt für Autofahrer im Osten die 0,8-Promille-Grenze«, sagte Sonja.

Silbermann lachte und steckte die anderen damit an, auch Sonja. »Sechsundzwanzig ist der Hirnie und hat nicht mal eine Fahrerlaubnis.«

»Wie viel Promille«, fragte René, »hat man denn mit dreiundzwanzig Bier und sechzehn Kirschwhisky?«

»Vier, würde ich sagen.« Silbermann nickte bedächtig. »So was überlebt man nur auf der Intensivstation.«

»Dafür hat er aber noch ein gutes Gedächtnis gehabt«, sagte Wolfgang.

René folgte der Schlachterin auf den Hof: »›Wenn die Sprache materielle Güter erzeugen könnte, wären die Schwätzer die reichsten Menschen der Welt.‹ Jossif Bessarion Dschugaschwili, genannt Stalin.«

»Juristen werden auch mit der Sprache reich«, sagte Sabine.

»Wenn sie mehr können, als an den Worten drehn.« Es ärgerte Wolfgang, wie sie an der Tür herumstand. Er musste sich zusammenreißen, dass er nicht gegen den Besen trat, auf den sie sich stützte. Sabine schnitt im Rücken ihres Vaters Grimassen.

»Jetzt muss sich das Schwänzchen entscheiden, auf welche Seite es will!« Sie hackte die Sau durch die Wirbelsäule in zwei Hälften.

»Ich möchte Sie noch etwas«, Silbermann blickte sie wieder mit engen Augen an, als ob er gar nicht sah, sondern vielmehr nachdachte, »fragen. Geht mich ja nichts, ich meine, ich bin ja vielleicht ein bisschen, aber war Ihr Vater Schlachter?«

Sie lächelte herzerwärmend und machte dem Trichinenbeschauer Platz. »Wenn Sie noch einen Blick aufs Rückenmark werfen wollen?«

»Freilich«, sagte Kathrin, »zwei ganz gleiche Hälften sind es nie, können es auch nicht sein, weil natürlich nur eine Hälfte den Stängel hat.«

»Eine Linksträgerin«, rief Sabine. René grinste. Der Trichinenbeschauer ging ins Haus.

»Links ist dort, wo das Herz schlägt.« Sonja versuchte einen Witz über sich selbst zu machen. Die Schlachterin schnitt das Ringelschwänzchen aus dem Hinterteil.

»Dieser hier, dieser lange«, Kathrin stupste den Schweineschnörkel mit dem Zeigefinger, »das ist so recht ein Stängel nach dem Herzen meines Bruders. Den kann er anfassen wie ne Makkaroni und hochhalten und alles von unten her betrachten.«

Die Schlachterin griff unter ihre Schürze und brachte eine große Sicherheitsnadel zum Vorschein, die sie in die Schwarte gleich hinter dem Schnitt, wo das Schwänzchen leicht blutig war, hinein-, am Knorpel vorbei- und wieder durch die Schwarte hinausstach. »Eine Schlachterin muss auch für die Lacher sorgen. Das steckt in ihrem Beruf drin.«

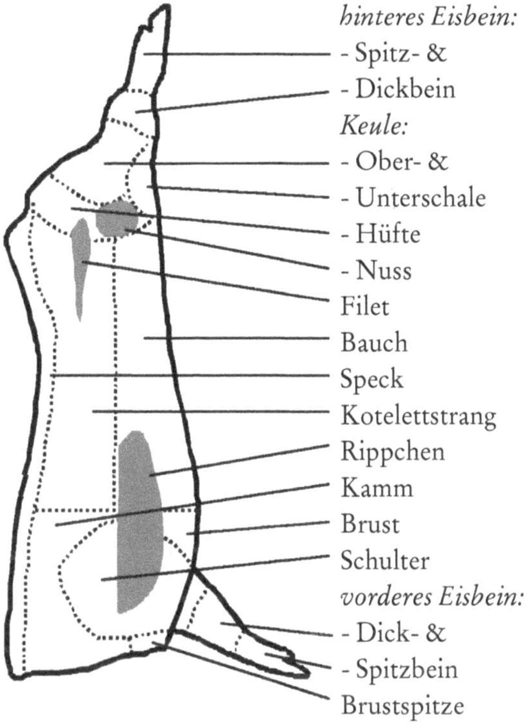


## 17

Sie ham ja noch gar nichts gegessen«, rief Hertha. Silbermann hatte das Mikroskop eingepackt und sich die Hände gewaschen. »Sie setzen sich aber noch ma hin, sonst werd ich gemeene. Albrecht, sag doch du ooch ma was.« Sie stieß ihren Mann in den Rücken.

»Nur keine Sorge, so schnell wirst du mich nicht los. Hab ja noch nicht mal den Schein ausgeschrieben.« Silbermann setzte sich an den Tisch. »Hast du nicht ein Stück Kuchen? Ich kriege früh keine Wurst runter.«

»Ja, verdammisch!« Sie brachte eine Tüte aus der Speisekammer und schüttete schon etwas eingefallene Pfannkuchen in eine Schüssel: »Von gestern, aber gut.«

Der Trichinenbeschauer griff zu. »Wenn ich nur wüsste, was mir an der bekannt vorkommt?«

»An der Frau? Kennen Sie die etwa?« Annegret setzte sich neben ihn.

»Ach wo! Hier in der Gegend hat noch nie eine Frau geschlachtet. Erleb ich zum ersten Mal.«

»So, wie sie spricht, könnte sie von hier sein«, sagte Annegret und legte ihrem Vater einen Pfannkuchen auf den Teller. Silbermann rieb den Zucker zwischen Zeigefinger und Daumen. Albrecht griff zu.

Hertha schlug ihm auf die Finger: »Du frisst ooch alles, was man dir vorsetzt.«

»Mama!«

Albrecht leckte sich beleidigt die Finger. Hertha legte den Pfannkuchen zurück in die Schüssel. »Die bleiben für de Kinder. Der hat schon genug. Sitzt hier n ganzen Morgen rum und kuckt draußen nich ma nachm Rechten.« Sie leckte sich ebenfalls den Zucker von den Fingern, setzte sich und fühlte sich plötzlich schwer.

»Vielleicht kenn ich der ihren Vater. Hertha, hast du nicht ne Tasse Kakao?« Da Hertha so schnell nicht wieder hochkam, holte Annegret aus dem Schrank eine große gelbe Packung. »Ich meine richtigen.« Schließlich fand Annegret die kleine Packung. »Ich erinnere mich an einen, mit genau so einem Blick, ein schöner Mann mit dunklen Haaren, der hat ein paarmal geschlachtet in unsrer Gegend.« Silbermann überlegte, wo er in den Pfannkuchen beißen sollte. »Und da war auch ein Mädchen dabei.« Hertha rührte am Herd Kakao und Zucker in die Milch.

»Wie lange ist das denn her?«, fragte Annegret.

»Das kann ich dir sagen. Albrecht, wann seid ihr in die LPG?«

»Was? In de LPG? Kurz vor Stallins Tod.«

Silbermann schob seine Brille die Nase hoch. »Gezwungenermaßen.« Seine Zunge suchte das Marmeladeneinspritzloch.

»Quatsch«, empörte sich Albrecht. »Wir sin mit die ersten in der LPG gewesen, die keene Neubauern warn.«

»Reg dich nich off.« Hertha hielt mit Rühren inne: »Du Ochse hast dich doch mit Hammer un Sichel rasiert.« Annegret feixte.

Pfeifend kam René herein, wusch sich die Hände, spülte die Brille ab, rieb die Gläser mit Fit ein und experimentierte damit am Ofen über dem großen Wassertopf. Dann spülte er noch einmal die Brille ab, rieb sie trocken und setzte sich an den Tisch. Hertha schob ihm die Schüssel mit Pfannkuchen hin. Aber René machte sich nichts aus Süßem.

»Ich will euch ämal was sagen.« Albrecht warf den Kopf zur Seite und verharrte so einen Moment. Dann hob er sein Haupt: »De Genossenschaften, das war weeß Gott nich verkehrt. Das war Lenins Idee. Der wollte, dass den Bauern der Boden, de Maschinen, de Tiere un de Saat gemeinsam gehört, genau wie den Arbeitern de Betriebe, dass es kee Unterschied mehr gibt zwischen Stadt un Land, Kommunismus ebend.« Der Trichinenbeschauer schleckte die Marmelade aus. »Beim Eintritt in de LPG is Freiwilligkeit Gesetz«, rief Albrecht. »So hieß es un so wars.«

»Wie der sich wieder offspielt.« Hertha rührte weiter.

»So war es vielleicht am Anfang«, bemerkte Silbermann kalt, »beim Typ I und II. Nur kam die SED damit nicht weit. Während sie die Industrie verstaatlichten, blieben die meisten Leute auf dem Land Kleinbauern. Und Ulbricht, das Großmaul, wollte bis einundsechzig Westdeutschland im Verbrauch bei Nahrungsmitteln und Konsumgütern überholen.«

*»Einholen und überholen.«* Annegret lachte höhnisch. *»Chemie gibt Brot, Wohlstand und Schönheit.«* Ihre Zähne blitzten. René sah die braunen Augen, den kräftigen Mund: Wie schön seine Tante war.

»Seitdem«, sagte Silbermann, »machten sie Druck, dass die Kollektivierung vorankam.«

»Natürlich musste man den een oder andern erst überzeugen«, räumte Albrecht ein.

»Überzeugen?«, rief Silbermann aufgebracht.

»Der Kakkoo is fertig.« Hertha hoffte, dass sich der Trichinenbeschauer beruhigte.

»Danke, Hertha.« Er hielt die Tasse unter die Nase, bevor er über den Rand pustete, wovon seine Brille anlief. »Betraf ja nicht nur die Bauern, dass sie in den Typ III getrieben wurden. Ich schloss achtundfünfzig mein Studium ab in Leipzig. Auf einmal gab es meinen Beruf nicht mehr, haben die keine freien Tierärzte mehr zugelassen, wurde der Berufszweig verstaatlicht. Selbst wenn man wollte, als Privater kriegte man keine Impfstoffe mehr. Man konnte nur abhauen oder in eine staatliche Gemeinschaftspraxis gehen.« Er schlürfte, ohne dass es unmanierlich klang, vom Tassenrand Kakao ab. »Hm. Gerade richtig der Zucker.« Hertha lächelte: Auf einen Löffel Kakao hatte sie vier Löffel Zucker gegeben.

»Frag ma een, der in der LPG war, ob er heute selbständig werden will. Da findst du nämlich keen. Nich, weil man nich reich wird, sondern weil die ä bessres Leben gewöhnt warn! So, nu weeßte alles.« Albrecht schob sein Kinn vor.

»Und was hat das«, Annegret sah Silbermann kühl an, »mit dem Mann zu tun?«

Silbermann trank seinen Kakao in kleinen Zügen. »In der Zeit, neunzehnhundertsechzig, bin ich dem begegnet. Der kam von Eilenburg rüber.«

»Fünfzig Kilometer?«, stutzte Annegret. »Für eine Sau?«

»Das war dem gerade weit genug. Der war nämlich hinter ganz was anderem her.«

»Was?«, fragte Annegret misstrauisch.

»Der war«, Silbermann sprach leiser, »eine Zeitlang so eine Art Geheimwaffe der Kommunisten. Albrecht, weißt du, welcher Kreis in der DDR als erster voll genossenschaftlich war?« Der Großvater streckte die Lippen vor. »Eilenburg«, sagte Silbermann. »Schon im Dezember neunundfünfzig. Die Kollektivierung ging dort so schnell über die Bühne, weil die Bauernfamilien meistenteils zerstritten waren.«

»Miteinander?«, fragte Annegret.

»Mit jemand, mit dem man zerstritten ist, macht man doch kein Geschäft auf. In sich die Familien: ein Bauer mit der Bäuerin, ein andrer mit der Schwiegertochter oder einer großen Tochter. Die kamen auf ihren Höfen nicht mehr klar. Die Frauen machten, was sie wollten. Bei manchen soll innerhalb von einem Jahr der Hof richtig runtergekommen sein. Und das waren vorher ganz vernünftige Frauenzimmer.«

»Die reinste Anarchie«, rief René begeistert.

»Die Bauern wussten nicht mehr aus noch ein.«

»Sei Hof kann kee Bauer halten ohne seine Frau.« Hertha strich sich über die Schürze. »Wenn die das Gelumpe nich zusammhält, kann er noch so viel schuften, s geht doch n Bach runter.«

»Den Bauern kam die Kolchose gerade recht. Denen war schon alles egal. Die Kommunisten wunderten sich selbst, dass denen um Eilenburg die Bauern so zuliefen, und haben natürlich nachgeforscht.« Silbermann drehte die leere Tasse hin und her, ohne dass jemand darauf reagierte. »Dabei sind die dem Mann auf die Spur gekommen, der in der Gegend hausschlachtete.«

»Was soll denn der gemacht ham?« Hertha wurde die Geheimniskrämerei zu viel.

»Der muss den Bauern reihenweise Hörner aufgesetzt haben. Ob sie es wussten oder nicht, den Frauen hat der ein Licht angesteckt, die waren nicht mehr dieselben.«

Hertha blickte ungläubig. »Woher wissen Sie denn das alles?«, fragte Annegret.

»Der hat mir zwar imponiert, der Mann, ich meine, ich bin dem vielleicht zwei, drei Mal am frühen Morgen begegnet. Aber mitgekriegt hab ich davon nichts. Hat mir ein Schlachter erzählt, der war bei der Firma.« Er hielt Annegret seine Tasse hin: »Wenn du so lieb sein könntest.« René holte sich eine Tasse und übernahm am Herd die Kelle. »Mein Bekannter hat in dem Winter neunundfünfzig-sechzig nur bei Bauern geschlachtet, die schon in der LPG waren. Bei den anderen Schlachtern, die zu den Einzelbauern gehen wollten, hat die Stasi kurzfristig immer was gefunden, dass sie die verhinderten und stattdessen ihren Dietrich einschoben.«

»Und der Bock hat den Braten nicht gerochen?«, fragte Annegret.

»In seiner Gegend war es für den immer schwieriger geworden. Die meisten Bauern ahnten nichts, aber in manchen Dörfern durfte der sich gar nicht mehr blicken lassen. Er musste immer weitere Wege gehen, und die Stasi hat dem die Schlachttermine eingefädelt, immer dort, wo ein widerspenstiger Bauer saß.«

»Gibts doch nich.« Albrecht fuhr sich über die Glatze.

»Die haben dem sogar ein Auto besorgt, ohne dass der mitbekam, wer dahintersteckte. Konnten sie ihn bis nach Karl-Marx-Stadt schicken, wo sie mit der Kollektivierung ziemlich hinterherhinkten.«

»Aber der kann doch nich, so mir nichts, dir nichts, hier und dort, eene nach der anderen.« Hertha zupfte an ihren gelblichen Haaren, wie sie es machte, wenn Achim fotografierte.

»Der konnte.«

»Er nimmt die Frauen«, sang René, »wie er will, bei ihm hält jede still.«

»Was war denn an dem so Besondres?«, fragte Annegret.

»Wie der das angestellt hat?« Silbermann zuckte die Schulter. »Irgendwas ging von dem aus, auch für die Männer. Dabei war das kein Frauenheld, einer, der sich großtat. Im Gegenteil. Tja, wie soll man sich das vorstellen. Glatt ein bisschen unheimlich, das.«

– pfiff der Chorknabe hinterher.

»Und das ging lange gut?«, fragte Annegret.

»Eben!« Silbermann setzte die Tasse ab. »Im Frühjahr sechzig hatten sie die Kollektivierung so gut wie durchgezogen, und die Schlachtsaison war auch erst mal vorbei. Danach wollten sie ihn in seinem Beruf nicht mehr ranlassen. Der soll in den Westen gegangen sein, ob von sich aus oder im Auftrag, vor oder nach der Mauer, konnte er dort sein Handwerk treiben, wer weiß?«

»Der Agent mit dem Bolzenschussgerät.« René grinste.

»Mit der Kleinen?«, fragte Hertha.

»Wie alt war die denn?«, fragte Annegret.

»Sechs könnte sie gewesen sein.«

»Ginge sie ja«, Annegret staunte, »auf die vierzig zu?«

»Iewoo!« Hertha winkte entschieden ab.

»Auf die würde ich ein Auge haben«, sagte Silbermann. »Die Frau hat sich gewaschen.«

Beunruhigt sah Annegret ihn an: »Wie meinen Sie denn das?« Der Trichinenbeschauer holte lächelnd einen Quittungsblock aus der Arzttasche, richtete das Blaupapier für die Durchschrift aus und fing an zu schreiben.

»So ein Humbug. Papperla–.« Hertha drückte das rutschende Gebiss nach hinten, als ob sie sich räusperte.

»Sie immer mit ihren Geschichten.« Sie wischte mit der Hand den Zucker auf dem Tisch zusammen und ging zur Spüle: »Off die Frau lass ich nischt kommen.«

## 18

An dem entblößten Katafalk der Leiter hing nur noch das Krummholz. Auf der langen Heuleiter vor der Durchfahrtsscheune lag das grob zerteilte Schwein auf insgesamt acht Brettern. Sonja passte auf, dass keine von den Katzen, die zurückgelassen und verwildert das Dorf beherrschten, daran ging. Achim fegte den Hof, Kathrin stand mit einer Schippe dabei. Wolfgang sah sich in den Schuppen und Ställen um und ließ seine Winde fahren. Am Mist hatte die Schlachterin die Därme voneinander gelöst, ausgestreift und auf eine handliche Länge geschnitten. Nun spülte sie die äußeren Fett- und die inneren Verdauungsreste aus den erschlafften Häuten. Es stank in ihrer Nähe.

René kam heraus, nahm seiner naserümpfenden Cousine den Eimer Wasser ab: »Fit funktioniert«, und stellte sich neben die Schlachterin. »Wie viel Meter sind denn das?«

»Neunzehn dünn, sechs dick.« Sie zog ein Darmende auf einen kurzen Blechtrichter in ihrer Hand und ließ warmes Wasser hineinlaufen.

»Und wie viel haben wir?«

»Sieben bis neun.« Sie trieb die Wasserblase schmatzend durch den Darm. »Je nachdem, ob man als Kind mehr Fleisch oder Gemüse gekriegt hat.« Grün spritzte es am anderen Ende heraus. »Bring das auf den Mist.«

Er ging vorsichtig auf dem Brett bis zur Kuppe des Misthaufens, auf dem zuletzt auch Zeitungspapier, Quarkbecher und Hausmüll gelandet waren. *Alles, was nicht zu verwerten ist, Auge, Geschlecht, Gehör, Schlussmuskel – trifft sich in dem Eimer, komische Kombination, das Hochentwickeltste, Sensibelste und der letzte Dreck, gerade das, womit wir aus uns herauskommen, schmeckt nicht.*

»Es heißt, von einem Schwein wird alles verwertet außer der Stimme«, sagte Diana Kampradt, als René wieder bei ihr stand, »aber ein bisschen mehr fliegt schon fort.« Flutschend ließ sie den leeren Darm durch sich selbst laufen.

»Genauso war die Wende.« Wolfgang lehnte, zufrieden mit seinem kleinen Spaziergang, an der Stallmauer. »Wir haben uns die Därme ausgespült, damit wir wieder zu gebrauchen waren, damit wieder was reingeht.« Mit dem Stiefelabsatz kratzte er über die blanken Bruchsteine; es gab da schon lange keinen Putz mehr. Zwischen den Steinen rieselte feuchter Sand hervor. Wolfgang ging ins Waschhaus.

»Wenn«, René sah seinem Onkel nach, »Wende hin und her. Kommt da wirklich nur eine neue Füllung in den Darm?«

Silbermann kam aus dem Waschhaus, zog an seiner

Hutkrempe und knöpfte die Jacke zu. »Ich bin wirklich froh, dass ich in meinem Leben mal einer Schlachterin begegne.«

»Die gerade ein bisschen in der Schlampampe steckt.« Sie lächelte, dass es dem Veterinärmediziner die alten Knochen wärmte.

»Ihr Vater, lebt der noch?«

Sie schnippte sich den Schmodder vom Zeigefinger. »Kennen Sie den denn?«

»Ich hab drinnen nachgedacht und glaube, dem bin ich, bevor die die Mauer bauten, begegnet.« Er zog einladend die linke Braue hoch.

Sie blickte ihn an. »Nichts ist vorbei, woran man sich erinnert.«

Er wartete. Sie lächelte, aber es wurde ihm nicht mehr warm davon. »Offenbar haben Sie kein Händchen frei zum Quatschen.« Silbermann tippte sich enttäuscht an den Hut.

»Wasser.« Sie sah dem Trichinenbeschauer nach, wie er den Hof hinunterging. Achim und Kathrin waren fertig und verzogen sich ins Waschhaus. Sonja schlug sich an der Scheune die Arme um die Brust.

René brachte einen neuen Eimer. »Wie, wie ist das nun mit den Därmen?«

»Bei den dünnen, für die Bratwurst, bleibt innen innen. Die anderen Därme werden umgekrempelt. Für den Darm ist die Wurst eine Revolution.«

René nickte. »Also kommt nur die Bratwurst dort rein, wo vorher die Scheiße war.«

»Nicht gleich Scheiße! Was vorher eben verdaut wurde. Scheiße ist das erst auf den letzten Metern.« Die Därme glitten ihr durch die Finger.

»Also«, er überlegte, »das Schwein, das frisst, und was es frisst, das geht durch seinen Bauch, wandert von vorn nach hinten, und davon wird das Tierchen fett.«

Die Schlachterin sah, wie René das Thema beschäftigte. *Ein Nachdenker,* dachte sie, *der etwas Zeit braucht.*

»Und wenn es groß genug ist und schwer, kommt es unters Messer, wird kleingeschnitten, durch den Wolf gedreht, gewürzt und –.« Seine Hände glitten ineinander, als ob er sich einseifte. »Ich meine, das, was das Schwein angesetzt hat, das Fleisch, Fett, die Muskeln, was dadurch entstanden ist«, er verschluckte sich, »gewachsen ist, dass es die ganze Zeit gefressen und verdaut hat im Magen, in allen dicken und dünnen Därmen, das kommt am Ende dort hinein, woraus es gewissermaßen erwächst. Das ist«, er ordnete die Worte auf seiner Zunge, »das ist, als ob sich beim Schlachten das Schwein selbst auffrisst. Am Ende steckt es gewissermaßen in seinem eigenen Darm und ist nicht wiederzuerkennen.«

»Das ist die Magie des Schlachtens.«

René sah durch sie hindurch: »Sozusagen hat jedes Tier eine Außen- und eine Innenwand«, er sah wieder klar, »außen Haut, innen Darm. Und was dadrin ist, der Darminhalt, der fliegt beim Schlachten fort, und an seine Stelle kommt alles, was zwischen Darm und Haut ist.«

»Ohne Knochen.«

Er sah auf, verstand mit Verzögerung, was sie sagte, und freute sich, dass sie ihm folgte. »Aber ist das nicht pervers? Ich meine, weil das Schwein das weder will noch alleine hinbekäme.«

»Unter gewissen Umständen, wenn es sich nicht um Schweine handelt ...«

»Könnte man so eine Art vollständiger Selbstverwurstung, wo ›das Selbst diesen ganzen Reichtum seiner Substanz‹«, er strahlte, »›zu durchdringen und zu verdauen hat‹, natürlich wie Hegel als das Absolute, das absolute Wissen ansehen.«

»›Nur‹«, sie lachte, »›aus dem Kelche dieses Geisterreiches schäumt ihm seine Unendlichkeit.‹«

Er lachte schüchtern, beeindruckt, wie sie miteinander sprachen, dachten. Dabei war sie die ganze Zeit über die Kutteln gebeugt. Die Spritzer, die er abbekam, störten ihn so wenig wie der Geruch. »Dann«, er stieß die Stiefelhacken zusammen, »dann ist es kein Zufall, dass die Deutschen so viele Philosophen und Würste machen. Die Wurst ist eine Meisterleistung. Und Sie ist eine Meisterin aus Deutschland.«

»Kaldaunen und Kalauer. Ein Eimer warmes.«

René riss sich los.

Etwas weiter weg vom Mist wusch sie sich mit dem frischen Wasser die rotgedunsenen Hände. »Komm, spül mir mal den Latz ab.« Ihre Stimme machte ihn verlegen. Er wusste nicht, wie er es anstellen sollte, nahm den Eimer und schwappte zaghaft an die Schürze.

Sie hielt die sauberen Hände hoch und kicherte. »In der Mitte, noch ein bisschen.« Beim zweiten Schwapp kicherte sie wieder. »Ein bisschen reiben vielleicht?« Ihm wurde heiß. Er rieb ihr vorsichtig über den Bauch und war sich nicht sicher, ob sie dabei schnurrte oder die Schürze das Geräusch verursachte. »Dich kann man auf schöne Gedanken bringen.« Sie warf ihren Zopf herum, ging zu der Leiter mit den Fleischbrettern, blickte sich noch einmal um, »Bring die Därme rein«, wendete die flachen Schmerkuchen und versprach Sonja, jemanden für sie herauszuschicken. Mit einer Kopfhälfte ging sie davon. Blinzelnd sah Sonja die Sonne durch die Ritzen des Scheunentors über die Tenne strahlen.

## 19

Die Zunge fuhr in dem Pappmaul herum. Sein Schädel brummte, die Augen waren verklebt. Er rieb sich das Gesicht. *Das kurze Bett, wie bin ich bloß? Pullover an, Jeans* – er bewegte die Zehen –, *Strümpfe auch.* Als er sich aufsetzte, schwangen die Gewichte in seinem Hinterkopf aus: Zu schnell durfte er sich nicht bewegen. Er blies durch die Lippen, beugte sich langsam nach vorn, kniff die Augen zusammen: *Schuhe, Brille* – Fehlanzeige, beugte sich tiefer hinunter, doch darauf sprach sein Magen an, weswegen er eilig zurückfuhr, was die Gewichte in seinem Kopf in Schwung brachte. Es dauerte eine Weile, bis sich die Systeme einpegelten. Seine Knie taten weh. Langsam ging er auf alle viere, steckte den Kopf unters Bett; von der Brille keine Spur. Weil ihm schwummerig wurde, verharrte er in dieser Stellung. *Vielleicht bin ich zuerst in Kathrins Bett gefallen?* An der Tür stand ein Schuh. Er ging hin, setzte sich. In dem dunklen Gang, an der Tür, stieß er auf den zweiten. *Hier!* Er trat ein, kroch umher, erkannte unter dem Bett die Brille, schob den Kopf über die Bettkante, grapschte nach dem Gestell und wollte sich – das ging alles nicht so schnell bei ihm an diesem Morgen – gerade wundern, wie warm das Bett war, als ihn ein fürchterlicher Schlag traf.

»Hab ichs dir« – er wäre von der Wucht wahrscheinlich in das Regal hinter ihm geflogen, hätten sich seine Hände nicht unten in das Bettgitter verkrallt – »nicht gesagt!« Elke trat nach. Statt den Kopf einzuziehen, reckte Lukas ihn in völliger Verwirrung und Verkrampfung nach oben. Sie strampelte die Zudecke weg und traf ihn härter. Als er endlich begriff, woher das kam, als er Kathrins Tante erkannte, ließen seine Finger das Gitter los. Er schoss in die Höhe, krachte jaulend gegen die niedrige Decke und vollführte, als seine Füße wieder die Dielen berührten, seine Hände haltlos in die Luft griffen, eine solch kunstvolle Pirouette, dass ihr, so wie er über sie fiel, das hinterrücks an seinem Pullover befestigte Schwänzchen in den aufgerissenen Mund flog und den Entsetzensschrei erstickte.

Sie biss reflexartig zu. Augenblicklich verstand sie,

dass es sich dabei um etwas absolut Widerwärtiges, Unmögliches handelte, etwas, dessen Berührung jeden Versuch, es abzuschütteln, erübrigte. Der Geschmack von rohem Äußeren und Exkrement durchdrang sie.

Um ihn und in ihm drehte sich alles. Die Klöppel in seinem Kopf schlugen Sturm. Sein linkes Ohr war Feuer. Wären die Schmerzen nicht so heftig gewesen, er hätte wohl mehr auf seinen revoltierenden Magen achtgegeben.

René war die Treppe hochgeschlängelt und lauschte an der Tür, ratlos über die Stille nach dem, was sich wie ein Kampf angehört hatte.

Elke hielt den steifen Zipfel zwischen den Zähnen, ohne dass sich ihre Lippen darum schlossen. Es sah aus wie ein gefrorenes Wiehern. Die Borsten, die beim Saubrühen tatsächlich das wenigste Wasser abbekommen hatten, kitzelten ihren Rachen. Mit einem Mal erbebte ihr ganzer Körper, stieß sie Lukas von sich herunter, kippte sie selbst hustend und würgend aus dem Bett. Sie kotzten in die gleiche Richtung.

René vernahm das erbärmliche Röcheln und hatte keine Ahnung, warum sich anscheinend beide übergaben. Er überlegte, ob er nicht lieber Kathrin hochschickte, ob sie ihm mit der Brille auf die Schliche kommen würden, riss die Tür auf, trat, »Uh!«, auf Elke zu, fasste ihr unter die Arme, »Heiliger Strohsack!«, erblickte, gebückt, die Brille, ließ die Tante, die sich mit seiner Hilfe gerade aufrappeln wollte, neben ihren Auswurf zurücksinken, kniete sich, »Ah!«, hinter Lukas, erwischte die Brille und ließ von den Bemühungen, Lukas aufzurichten, sogleich wieder ab. »Ich hol Eimer und Scheuerlappen.« Schon war er zur Tür hinaus an der Treppe, streifte die Stiefel ab, tippelte in die Eckkammer und legte die Brille an ihren alten Platz.

Als er den Eimer und den grauen Scheuerlappen brachte, saß Lukas am Bett und zerrte an seinem Pullover. So sehr, wie seine Hände zitterten, brauchte er eine Weile, bis er die Sicherheitsnadel aufbekam. René staunte: Das war nicht auf seinem Mist gewachsen.

»Guten Morgen!« Kathrin stand in der Tür. »Stör ich?« Lukas blickte mitgenommen auf. Kathrin betrachtete angewidert das Desaster. »Hättest du dir nicht einen anderen Ort aussuchen können?«

Lukas wedelte hilflos mit dem Schwänzchen in der Hand. Der Schmerz in seinen Zügen überwog die Fassungslosigkeit. »Ich bin hier reingekommen, weil ich«, er drehte sich stöhnend um und kroch unters Bett.

»Pass auf, Mensch!« René hielt seine Beine fest, damit sie nicht in seinen Brei rutschten.

»Hier lag«, Lukas' Stimme zitterte, »ich bin hier reingekommen, hab meine Brille unter dem Bett gesehen, wollte gerade zugreifen, als die wie wild nach mir austrat. Wo ist denn jetzt das Ding hin!« Er wackelte auf den Knien um sein Häuflein herum und suchte den Boden ab. »Die ist völlig ausgerastet. Hier!« Er hielt Kathrin sein brennendes Ohr und den geschwollenen Hals hin. »Ich werd verrückt. Das verdammte Ding ist weg!« Er schlug auf die Dielen. »Ich bin vor Schmerzen an die Decke gesprungen! Und dann auf sie draufgefallen.«

»Und davon hat Sie«, René sah ungläubig Elke an, »gekotzt?« Die funkelte böse zurück.

»Hier ist nichts.« Lukas streckte die Beine aus. »Ich glaub, ich spinne.«

»Deine Brille? Hab ich gestern unter dein Bett gelegt. Du warst dazu ja nicht mehr fähig.«

»Dort ist sie aber nicht.«

Kathrin stampfte davon und kam mit der Brille zurück. »Die hier? Dass du überhaupt aufstehen konntest.« Lukas griff fassungslos nach der Brille.

»Ohne Brille sieht man eben schlecht«, sagte René verständnisvoll.

Die Schmerzen hämmerten in seinem Kopf und vereitelten jeden weiteren Versuch, sich Klarheit zu verschaffen. »Wer weiß, was noch kommt«, sagte Lukas resigniert. »Die sind doch verrückt hier. Schreien alle durcheinander. Das hält doch im Koppe niemand aus.«

»Das war immer so«, beschwichtigte René. »Für uns ist das wie Radio im Hintergrund.«

»Ich brauche unbedingt ein Aspirin.«

»Eine Aspirin«, berichtigte ihn René.

»Hier gibts höchstens Eudolin«, entgegnete Kathrin kalt.

Elke hatte bislang noch kein Wort gesagt. Sie wollte nicht, dass ihre Zunge irgendwo in ihrem Mund anstieße. Mit vorgeschobenem Unterkiefer starrte sie auf das Ringelschwänzchen neben dem Bett. Wenn sie rauskriegen wollte, wer ihr die Sache eingebrockt hatte, musste sie das widerliche Ding an sich bringen. Und weil ihr Rachedurst größer war als ihr Ekel, streckte sie sich unauffällig danach und zog hinter ihrem Rücken die Sicherheitsnadel aus dem Bürzel.

»Am besten, ich mach mal Kaffee.« Es stank erbärmlich, und beim Aufwischen wollte René nicht unbedingt behilflich sein. Kathrin schloss sich ihm an. Vor der Tür stießen sich die Geschwister mit dem Ellenbogen an und grinsten.

Am Küchentisch las Albrecht Zeitung. Die Hornbrille saß ihm schief auf der Nase. René füllte Wasser in die Kaffeemaschine. »Du, Achim, äh, René«, beeilte sich Albrecht, der sah, wie sich sein Enkel nach der Kaffeedose streckte, »der is Elken. Aber Anne hat ne Packung mitgebracht.«

»Mensch, Opi! Fünf Stück Butter im Kühlschrank, aber am Kaffee darf man sich nich vergreifen, weil die Tante die Tassen zählt.«

Als René zurückkam, stand der Eimer an der Treppe. Elke saß auf dem Bett, Lukas im Sessel. In den beißenden Geruch mischte sich Zigarettenqualm. René schenkte Kaffee ein. »Darf ich?« Elke nickte. René zündete sich die Zigarette an und ging zufrieden davon: *Das hätten sie auch einfacher haben können!*

»Tut mir leid wegen der Tritte«, sagte Elke. »Ich dachte«, sie nickte Richtung Tür, »das wär schon wieder der.« Lukas sah sie verständnislos an. Sie sagten eine Weile nichts.

»Die haben mich gestern ganz schön abgefüllt.«

»Mein Nervenarzt hat mir Alkohol verboten. Rauchen darf ich. Irgendwas braucht der Mensch.«

»Hab ich dir weh getan?«

»Geht schon. Ist gar nichts gegen das größte Erbrechen aller Zeiten.«

»Das größte was?«

»Erbrechen aller Zeiten.« Sie lächelte. »In Altenburg gabs mal eine Dienstmagd, Katharina Geilerin, dreißig Jahre alt, die fühlte sich plötzlich unwohl. Der Hausherr glaubte, es wäre die Pest, und hat sie sofort entlassen. Der blieb nichts andres übrig, als in ihr Dorf, zu ihrer Mutter zurückzukehren. Das Gerücht, dass sie die Seuche hätte, war aber schneller, und die Bauern wollten sie nicht aufnehmen. Also hat sie sich auf einer Wiese, in einer Heuhütte verkrochen. Aber schlecht gings der immer noch und natürlich kam niemand, um ihr zu helfen oder was zu essen hinzustellen. Auf allen vieren kroch die zu den Pfützen und Tümpeln um wenigstens ihren Durst zu stillen. Nach einiger Zeit, als es ihr wieder besserging, schwoll ihr der Bauch an, wurde immer dicker, bis sie das große Kotzen kriegte. Am Anfang war das eine dicke Masse, die aus ihr rauskam, und sie hat weiter nicht drauf geachtet. Aber am sechsundzwanzigsten Juni sechzehnhundertsiebenundvierzig hat sie zwei große und zwei kleinere Kröten und zwei Eidechsen erbrochen – alle lebendig. Und am zwölften Juli hat sie eine lebendige mittelgroße und eine große und eine kleine Kröte, beide tot, von sich gegeben. Am achtzehnten Juli hat sie Unmengen stinkendes Wasser ausgespien, eine gelbe zähe Brühe, in der es funkelte wie Augen, im Jahr darauf am neunundzwanzigsten März dreieinhalb Eidechsen und einen Frosch, der hat noch sechs Tage gequakt. Am vierten April sind zwei lebendige große grüne Frösche aus ihr rausgekommen und am elften April haben sie noch eine fette Kröte mit spitzen Klauen tot unten aus ihr rausgezogen. Dann war Ruhe. Die Frau wurde wieder gesund und hat sechzehnhundertsechzig noch gelebt.«

Lukas hatte Elke mit immer größeren Augen angestarrt. Dann hatte er sie gar nicht mehr angeschaut, sondern sich entfärbt und gegen einen neuerlichen Brechreiz angekämpft, bis er plötzlich – als der Frosch nicht mehr quakte – Halt unter seinem Magen fand. Vorsichtig, alsbald in der glücklichen Überzeugung, dass die Sache auch seinerseits ausgestanden war, blickte er auf.

Elke lächelte: »Was aus einer Migräne alles werden kann.«

## 20

Eintausend Leute?« (Wolfgang hatte es in der DDR als studierter Maschinenbauer im Lippendorfer Leichtmetallwerk bis zum Leiter der Spulenproduktion gebracht.)

Die Schlachterin kam mit der Kopfhälfte. Kathrin

und René standen am Tisch, Achim und Wolfgang hinter dem Kessel, davor saß Sabine auf einem Hocker.

Achim nickte. »Ein Sechstel der Belegschaft ist übrig. Und so ists in der ganzen Region.«

»Ist das jetzt das Ende von der Fahnenstange?« (Im November neunundachtzig trat Wolfgang aus der Partei aus. Er sah die Agonie der Genossen, die Chancenlosigkeit der diskussionswütigen Reformbewegung, die anschwellende Macht des Westens, der sich kaum die Überraschung aus den gierigen Augen gerieben hatte. Für ihn stand fest, dass kein Stein auf dem anderen bleiben würde.)

Sie legte den Kopf auf dem Hackeklotz ab.

»Das waren hier in der Braunkohle mal sechzigtausend Beschäftigte und in der Lausitz noch mal so viele«, sagte Achim.

Die Schlachterin schabte mit einer Plastescheibe systematisch die Reste vom Tischaufsatz über die Ecke, wo die Randleiste fehlte, in den darunter stehenden Eimer. »Kathrin, zieh dir mal ne Jacke an und lös draußen Sonja ab. Die soll die andere Hälfte reinbringen.« Über ihnen polterte es. René schlüpfte zur Tür hinaus.

Kathrin blieb stehen und drehte sich wieder um. »Was ist denn oben bei Elke los?«

»Ganz schön Remmidemmi«, sagte Sabine.

»Wird doch nicht aus dem Bett gefallen sein.« Kathrin grinste. Die Schlachterin goss eine Kelle heißes Wasser über den Tisch und wiederholte die Prozedur.

»Die alten Dreckschleudern«, sagte Achim, »wollte ja

niemand von der Treuhand. Nicht mal geschenkt. Und an Sanierung ist in Espenhain nicht zu denken. «

»›Schnelle Privatisierung, entschlossene Sanierung, behutsame Stilllegung!‹«, zitierte Wolfgang das Motto der Treuhand. (Im Januar neunzig ging sein Betrieb, Zulieferer für die Altenburger Nähmaschinenwerke, in Kurzarbeit. Das Ergebnis der Volkskammerwahlen im März überraschte ihn nicht. Er ordnete seine Sachen und zog einen Strich unter sein bisheriges Leben. Er war dreiundvierzig.)

»Von wegen«, schnaubte Achim.

»Ich sag nur Allianz.« (Nach der Währungsreform, als Wolfgangs Abteilung auf null Arbeit gesetzt wurde, verließ er den Betrieb, ohne auf eine Abfindung zu warten, absolvierte einen dreimonatigen, von der Hamburg-Mannheimer in Leipzig für die Ostrekruten veranstalteten Schnellkurs in Versicherungsrecht, -verkauf und -betreuung und machte sich noch vor der Wiedervereinigung als Vertreter selbständig.)

Sabine nickte: »Von einem Monopol ins andere.«

Die Reste der Ohrdrüsen warf Diana Kampradt in den Abfalleimer, das gute Fleisch am Halsansatz in den Kessel.

Jemand sprang die Treppe herunter. René kam herein. »Was ist denn dort oben los?«, fragte Kathrin.

»Kavaliersdelikt.« René schaute vielsagend seine Schwester an und griff nach dem halbvollen Wassereimer neben der Tür: »Scheuerlappen?« Achim zeigte in die Ecke.

Die Schlachterin führte das Messer an Schädelknochen, Oberkiefer, Gebiss und Unterkiefer entlang. Hinter den Backen lag viel gutes Fleisch.

»Willst du deinem Freund nicht helfen?«

Kathrin warf Achim einen bösen Blick zu: »Du musst dich grade lustig machen.« Sie wusste nicht, auf wen sie wütender war, ihren Vater oder ihren Freund, der unbedingt und von Anfang an beim Familienschlachten hatte dabei sein wollen. Beleidigt ging sie ihrem Bruder hinterher.

»Manchmal kotzen sie erst am nächsten Morgen.« (Das Klinkenputzen empfand Wolfgang nicht als demütigend, sondern als reell. Er war gern draußen und, zumal der Familie und Bekannten gegenüber, alles andere als zurückhaltend.)

»Halbbesoffen ist rausgeschmissenes Geld«, entgegnete Achim. Sie griffen beide nach ihrem Bier im Fenster und stießen an.

Nach einer Weile kam Sonja herein. »Ihr habts ja hier gemütlich!«

Die Schlachterin nickte zum Tisch. Sonja setzte die zweite Kopfhälfte ab und stellte sich an den Kessel. Innen gemasert von Fett, Fleisch und Sehnen, lag die Schwarte mit Ohr, Rüssel, großem Augenloch und Schnauzenfjord als blutiges Konterfei des Saukopfs auf dem hellen Holz. Sie nahm ein Handtuch und brach den Unterkiefer heraus.

»Da ist mehr dran, als man denkt«, sagte Sonja.

»Kommt alles in den Wolf.« Sie ließ Fleisch und Knochen auf der Siebschaufel abtauchen, die Schwarte warf sie in einen sauberen Eimer.

»Und?« (Nach anderthalb Jahren waren die Primärakquisitionen abgeschlossen, die kleinen Vertreter gefressen, das Gebiet unter den Westfirmen verteilt. Wolfgang hätte fortan seine Klientel pflegen und ein gutes Auskommen haben können. Er wollte aber nicht nur annehmlich leben – das hatte er im Ostmaßstab schon gehabt und war ihm im Westmaßstab zu anständig gedacht –, er wollte durchaus reich werden.)

»Egal, wie es hier weitergeht, ob der eine oder andere Tagebau noch produziert, Wasser wird bis zuletzt fließen, und die Rohrleitungen muss jemand planen.« Achim grinste.

»Du hast Glück«, sagte Sonja. »Von den Frauen hat nur noch jede Fünfte ihre Arbeit.«

Die Schlachterin nahm sich die andere Hälfte vor.

»Steht es wirklich so schlimm um die Kohle?« (Am Goerdelerring fing die Leipziger Treuhandfiliale an, das Volkseigentum zu privatisieren, und Wolfgang sah durchaus nicht ein, warum er sich von dem, was ihm einmal mitgehört hatte, nicht ein Stück zurückholen sollte.) Sonja blickte forschend Wolfgang an, der sich nie für die Tagebaue, Kraftwerke und Chemiebetriebe ringsum interessiert hatte.

»Vor der Wende«, holte Achim aus, »gabs hier zwanzig Tagebaue. Jetzt braucht niemand mehr die Karbochemie; der Absatz von Briketts bricht immer weiter ein. Als Rheinbraun und andre Westkonzerne Biedenkopf überzeugt hatten, dass unsre Braunkohle nichts taugt, wollte der den ganzen Laden hier abwickeln.«

»Kann man sich denken, dass die ihren Markt nicht teilen wollen«, sagte Sonja.

Achim nickte: »Vor allem wollen die ihre Milliardensubventionen nicht teilen.«

»Wenn die Kohle kaputtgeht, ist doch hier die Hälfte arbeitslos.« (Wolfgang arbeitete Annegret in das Versicherungsgeschäft ein und verlegte sich auf Immobilien. Oft fehlte es ihm an Kapital. An juristischem und marktwirtschaftlichem Wissen konnte er es bald mit den meisten westdeutschen Geschäftsmännern aufnehmen; an Chuzpe sowieso.)

»Eine Schulter«, rief die Schlachterin.

»Genau«, sagte Achim. »Deswegen geht denen doch jetzt die Muffe. Denn – von Vorruhe mal abgesehn – Kurzarbeit, Nullarbeit, ABM, Umschulung, das ist alles mal zu Ende, un dann wollen die Leute wieder irgendeine Arbeit haben.«

»ABM – Arbeit bis Mittag«, schimpfte Sonja.

»Da kam McKinsey«, sagte Achim.

Mit vorgestreckten Armen brachte Sabine das Vorderbein: »Ich hoffe, ich habs nicht auf dem falschen Fuß erwischt.« Die Schlachterin nickte ihr zum Tisch zu.

»McKinsey?« Wie immer, wenn Wolfgang daran dachte, was für Honorare Unternehmensberater einstrichen, wie großspurige Investoren die Treuhand abzockten, knirschte er mit den Zähnen.

»In Sachsen-Anhalt. Die wollten von denen ein Gutachten, was sich mit der Kohle noch machen lässt, Fördermengen, Heizwerte, Entschwefelungsanlagen, ob Schkopau statt mit Importsteinkohle mit einheimischer Braunkohle betrieben werden kann.«

»Sonja, hol mal deine Mutter.« Sie drückte Wolfgang die Siebschaufel in die Hand und warf die Schwarte in den Eimer. Er hob das Fleisch und die Knochen in den Kessel. Mit der Scheibe kratzte sie die Reste zusammen und warf sie hinterher.

»Auf dem Weltmarkt ist Kohle doch drei- bis viermal billiger.« (Die Privatisierungen liefen auf Hochtouren, doch ein größeres Geschäft hatte Wolfgang noch nicht gemacht. Er befürchtete schon, dass vom Volkseigentum in zwei Jahren nichts mehr übrig sein würde, als ihm ein alter Freund die Beteiligung an einem vielversprechenden Management-Buy-out vorschlug.)

»Klar muss der Staat bei der Kohle die Hand drüberhalten«, räumte Achim ein. »Aber wenn man an die Beschäftigung denkt, den Standort, rechnet sich das. Mit vierhundert Millionen Landeszuschuss wird dort jetzt das Kraftwerk gebaut.«

Die Kampradt hob das Bein über die Tischkante, schnitt um das Gelenk rundherum ein, knackte die Haxe hinunter und trennte das Spitzbein ab. Sonja kam mit Hertha, Annegret und René. Die Alte zupfte sich an den Locken. Es wurde eng um den Tisch. »Wenn ihr das Gehirn braten wollt, das liegt dort auf dem Teller.« Sie schnitt das Dickbein vor.

»Mir is das immer zu schwer.«

»Kommts in die Wurst.« Sie sägte das Dickbein ab. »Ihr müsst mir mal sagen, was aus dem Schwein werden soll: Eisbeine, Braten, Schnitzel, Schinken, Speck, Wurst in den Darm oder in die Gläser.« Sie löste den Schulterdeckel vom Schulterblatt. »Mehr einkochen, räuchern oder einfrieren? Was ihr wollt. Nur lebendig kann ichs nich mehr machen.« Sie zog den Blattknochen heraus und begann den Oberarmknochen auszulösen.

»Schinken wären nicht schlecht und Speck.« Achim mochte Gepökeltes.

»Schinken kriegst du doch heute überall.« Sonja ärgerte sich, dass ihr Mann als Erster das Wort ergriff, obwohl es nicht seine Sau war.

»So gut wie selbstgemacht ist keiner«, erwiderte Achim.

Sie schwartete nicht zu scharf ab, trennte die dicke von der dünnen Schulter, schnitt den Bug- und den Blattbraten rund, rief nach einem Brett und der zweiten Schulter, verteilte vier Messer und zeigte, auf welche Größe das restliche Schulterfleisch geschnitten werden sollte.

»Und wer soll das pökeln?«, fragte Sonja.

»Mama, hast du genug Gläser?«, fragte Annegret.

»Hertha, du hast das doch immer gemacht«, sagte Achim.

Sabine brachte die Schulter auf dem Brett herein. Die Schlachterin hatte das zweite Dickbein vorgeschnitten und nahm die Säge zur Hand. »Wollt ihr das Eisbein pökeln, einfriern, Gulasch daraus machen oder Sülze? Das müsst ihr mir nun mal sagen.«

»Wir ziehn in zwee Wochen aus, da werd ich doch kee Schinken mehr einlegen.«

»Einen Nachmieter gibts doch nicht, oder?«

Annegret und Sonja warfen Achim einen bösen Blick zu.

»Die vorderen Eisbeine würde ich in die Wurst machen. An den hinteren ist mehr dran. Ich sage: So viel wie möglich in den Darm.« Wolfgang wusste, dass das für die Fleischerin die meiste Arbeit bedeutete.

Daraufhin schwartete sie die vorderen Spitz- und Dickbeine ab, nickte Wolfgang zu, dass er sie mit einigen fetten Stücken im Kessel versenkte, und warf die Schwarten in den Eimer.

»Gerade deswegen. Zum letzten Mal«, versuchte Achim Hertha umzustimmen, aber die beachtete ihn gar nicht. »Mach ichs eben selber, so schwierig kann Pökeln ja nicht sein.«

»Da bin ich aber gespannt«, murrte Sonja.

»Und wer kriegt dann die Schinken?«, fragte Sabine. »Die lassen sich nicht durch vier teilen.«

»Speck umso besser«, lenkte Achim ab.

»Speck braucht man immer«, stimmte Wolfgang zu.

»Also Speck«, hakte die Schlachterin diesen Punkt ab und schnitt zwei der vier Braten klein. »Schick deine Tochter mit einem Hinterteil rein.«

»Und trotzdem«, Achim war froh, an die frische Luft zu kommen; er hatte Blähungen, »ein Sauschlachten ohne Schinken ist Humbug. Da kriegt ein anderer eben nen Braten oder ne große Sülzwurst für.«

Kathrin stieß mit dem Schlachtebrett gegen den Türflügel. Sonja half ihr. Für längs passte das Brett durch die Tür. Sie setzten es auf dem Tisch ab. Die Schlachterin zog den Schlegel herunter: »Das Kleingeschnittene da drauf, schön verteilen, und das Brett wieder raus. Wolfgang, sieh mal zu, dass die Tür ganz aufgeht.«

»Machts doch so, wie ihrs immer gemacht habt«, schlug Sabine vor.

»Geschlachtet hat hier die letzten Jahre immer ein anderer«, sagte Annegret.

»War das denn so verschieden?«, fragte Sabine.

»Und ob«, sagte Sonja. »Mit den Kühltruhen haben wir natürlich viel mehr Fleisch eingefroren.«

Das hintere Spitzbein knackte. Das Fleisch kam in den Kessel, die Schwarte unter den Tisch. Wolfgang versuchte kniend den verrosteten Mechanismus der Flügeltür zu bewegen.

»Wir hatten das Einkochen ja satt«, sagte Annegret.

»Das Gemehre mit den Ringen«, schimpfte Hertha. »Un zwee, drei Gläser sin immer offgegang.«

Wolfgang nahm die Axt und ein Stück Holz aus dem Kohleneimer und schlug die Halterung nach oben. Die Säge ging durchs hintere Bein.

»Seit der Wende machen die Leute vor allem wieder Würste«, sagte Sonja. »Heute gibts ja Fleisch und Schinken – das hat man früher nur zu Weihnachten gesehen.«

»Ich sag doch, eine gute Hausgemachte ist noch was wert.« Wolfgang nickte zufrieden. Diana Kampradt ließ den ausgelösten Schwanz- und Beckenknochen in den Kessel gleiten und machte sich an die Nuss. »Also die Därme machen wir voll«, sagte Wolfgang. »Blutwurst, Leberwurst, Bratwurst und Sülze.«

»Und Schnitzel.« Schnitzel waren das Einzige, was Sabine vom Schwein schmeckte. Alles andere war ihr zu fett oder zu derb. Die Schlachterin schnitt den oberen Kniegelenkskopf frei, löste ihn heraus, entfernte die Kniescheibe. Das Fleisch zum Kleinschneiden schob sie zur Tischmitte.

»Besser Koteletts. Müssen ja nicht alles ausschälen.« Wolfgang mochte es, wenn ein Stück Knochen dran war und das Fleisch beim Braten saftig blieb.

»Heut Abend würd ich gern Rippchen offn Tisch stelln«, sagte Hertha, »un Kurzbrater.« Die Schlachterin wartete mit der Schale und schnitt zuerst den Schinkenspeck von der Hüfte.

»Und zwei Eisbeine.« Annegret lächelte zu Wolfgang hinüber. Sie kannte seinen Geschmack; immerhin war sie seine Leibköchin, selbst wenn er der Küchenmeister blieb und gelegentlich sein Können zur Schau stellte. Die Schlachterin setzte das Messer auf die Unterschale.

»Ein Eisbein genügt. Besser doch einen Schinken«, sagte Sonja im letzten Moment. Die Fremde lächelte.

»Nu streit euch nur nich«, schimpfte Hertha im Hinausgehen. »Die Sau is groß genug.«

Die Messer zogen durchs Fleisch. Das Kleingeschnittene häufte sich auf dem Tisch. An den Wänden kondensierte das Wasser.

»Was man alles aus nem Schwein machen kann«, wunderte sich Kathrin.

»Von ein paar Spezialitäten abgesehen, kann man sich beim Hausschlachten nur für mehr Wurst oder mehr Fleisch entscheiden. Je nachdem, wie viel Speck die Sau hat, ergibt sich der Rest von selbst.« Wolfgang blickte zur Schlachterin hinüber, ob er wegen seines Sachverstands einen Blick von ihr einheimste. »Mehr Fleisch für Schinken, Braten, Schnitzel und Koteletts bedeutet weniger Bratwürste, deswegen aber nicht weniger Leberwürste: Der Rest muss schließlich auch verwertet werden. Je feiner die Wurst, umso mehr Fettes ist drin. Viele bevorzugen Leberwurst statt Blutwurst, weil sie nicht sehen oder wissen wollen, woraus die ist. Blutwurst ist denen zu heftig. Dabei ist viel besseres Fleisch drin.« Endlich blickte sie ihn an. Wie am Morgen in der Küche fühlte er sich groß und leer. Diesmal wandte er sich nicht sogleich ab, verkrampft und verwirrt, sondern nahm etwas auf von ihr.

Sabine sah, wie ihr Vater unter dem Blick der Fremden schmolz, wie sich die dunkel über die Augen gewölbte Stirn glättete und eine Milde in das Gesicht zog, die sie nicht kannte – sah die Bestürzung ihrer Mutter darüber.

Die Schlachterin bog das letzte Spitzbein über den Tisch. »Na, dann ist ja jetzt alles geritzt.«

## 21

Albrecht hatte geglaubt, das wäre ein für alle Mal vorbei, zumindest in dem Teil Deutschlands, dem Teil der Welt, an den er glaubte. Doch auf einmal, als hätten die Leute alle Lehren der Geschichte vergessen – vierzig Jahre Sozialismus auf deutschem Boden über den Haufen geworfen, siebzig Jahre russische Revolution einfach weggewischt –, ging alles von vorn los. Manchmal hoffte er, die Zeitung wäre wieder so unbeirrbar, großspurig, dass er darüber einnickte. Fassungslos schlug er nun die Seiten um, ein Alptraum, viel zu stark, als dass er sich hätte lediglich aufregen können. Er wusste gar nicht, wo er zuerst hinschauen sollte: Betriebsschließungen, Entlassungen, Arbeitslose, Verbrechen, all die Verwirrung, das Elend seiner Jugend, die Parteien wie vor Hitler; alles etwas anders, aber eigentlich dasselbe. Und die Leute dachten gar nicht daran, auf die Straße zu gehen. Von dort kamen sie ja gerade her. Jetzt mussten sie die Suppe, die sie sich eingebrockt hatten, erst einmal löffeln. Bald würde man gar nicht mehr verstehen, dass es eine Zeitlang anders gewesen war.

*Schuppenscheißer!*, dachte Albrecht über der Zeitung auf dem Küchentisch. Das Schimpfwort hatte sein Vater bei Lenin aufgeschnappt, als der 1900 in Propstheida die *Iskra* druckte, die der sechzehnjährige Lehrling denjenigen Leipziger Genossen brachte, die Russisch lesen konnten. *Es gibt Kommunisten und Kuhmist* – das zweite Wort aus Lenins Mund, mit dem Albrecht aufwuchs. Friedrich Albert Schlegel war ein Mann, der einen Streik organisieren und führen konnte. Als Kapp 1919 putschte und die Freikorps durchs rote Sachsen zogen, versteckte er sich im Oberholz. Den zehnjährigen Jungen nahm er mit, Frau und Tochter blieben zu Hause. Die Mutter verbarg sich hinter der Gardine und schleuderte Briketts gegen die Köpfe der schwarzen Reichswehr. Es hieß, die Soldaten hätten sich aus Wut, dass sie des Aufrührers, der auf ihrer schwarzen Liste stand, nicht habhaft werden konnten, an der Frau vergangen. Als Friedrich und Albrecht aus dem Wald zurückkamen, war sie verstört, kränkelte und starb einige Monate darauf.

Albrecht wuchs in kommunistischen Jugendorganisationen und Arbeitersportvereinen auf. Ungetauft wie seine Schwester, war er vom Religionsunterricht befreit und hatte mit vierzehn Jugendweihe. Er wusste, wo Links und Rechts waren und dass es Oben und Unten immer weiter geben würde, wenn die unten nichts dagegen taten. Er selbst schuftete sein ganzes Leben.

Im Februar neunundsiebzig, dem Katastrophenwinter, stürzte er auf dem Weg zur Arbeit mit dem Moped. Wochenlang humpelte er in der Rinderzuchtanlage herum. *Rheuma*, meinten die Kollegen und grinsten hinter seinem Rücken. Er rieb sich mit allen möglichen Salben ein. Im Mai brachten Annegret und Sonja ihn in die Betriebspoliklinik Espenhain. Im Kreiskrankenhaus Borna röntgten sie ihn erneut, und auch an der Universitätsklinik Leipzig staunten sie noch: *Sagen Sie mal,*

*Herr Schlegel, wie haben Sie denn mit einem doppelten Oberschenkelhalsbruch drei Monate arbeiten können?* Er weigerte sich, die schief zusammengewachsenen Knochen noch einmal brechen zu lassen, und ging an Krücken mit fast siebzig in Rente.

Sie hatten Kälber, Schweine, Hühner, Enten, manches Jahr Gänse, doch vormittags saß er nun eine Stunde in der Küche und las die *Leipziger Volkszeitung*, zehn Jahre, bis zum Herbst neunundachtzig. Da hörte er damit auf. So, wie Albrecht auf Gorbatschow geschimpft hatte, glaubte Annegret, er verkrafte die Wende nicht und wolle von Politik nichts mehr wissen. Als sie jedoch bemerkte, dass sich ihr Vater auch beim Fernsehen weiter weg setzte, schickte sie ihn zum Augenarzt.

Nach der Währungsunion wurde Hertha nicht mehr in der LPG gebraucht. Sie hatte zehn Jahre über das gesetzliche Rentenalter für Frauen hinaus in der Pflanzenproduktion gearbeitet. Ihre Naturaliendeputate hatten das Viehzeug zu Hause satt gemacht und Albrecht auf Trab gehalten. Als Hertha mit *über* – wie sie stets betonte – siebzig in Rente ging, war es mit Albrechts Mußestunde Essig. Sie konnte ihn einfach nicht sitzen, erst recht nicht Zeitung lesen sehen. Sie stritten sich dauernd, schrien sich an, bis er wütend davonhumpelte.

Der rechte Bügel seiner Brille brach ab, als sich Hertha einmal draufsetzte. Einen ganzen Vormittag verbrachte er damit, einen Bindfaden am Bügelscharnier zu befestigen. Elke half ihm schließlich, so dass er wieder lesen konnte.

»Sag ma, träumst du hier am hellerlichten Tag?«

»Was?«, fuhr Albrecht auf.

»Schnarchst hier un unsereener rennt sich die Hacken ab!«

»Hab ich nich!«

Hertha knallte das Brett mit dem gewürfelten Speck und dem Schmer auf den Tisch und richtete sich ächzend auf. »Der Kerl hat sich doch noch nich ma rasiert.«

Albrecht stützte sich am Tisch auf.

»Mach, dass du ins Bad kommst. So setzt du dich nich an Tisch.«

»Das hast du mir noch lange nich zu sagen, wo ich hingehe un wo ich mich hinsetze.« Er stemmte die Fäuste auf den Tisch.

»Wenn du dir nich bald deine Gusche polierst, dann kannst du sehn, was du zu fressen kriegst!«

Albrecht schnaufte. »Pass nur off mit deim Mundwerk, dass du in deiner neuen Hütte nich alleene am Tisch sitzt!«

»Du!« Hertha wich einen Schritt zurück. »Du willst hierbleiben! Alleene off dem Hof? Da lachen ja die Hühner!« Sie stemmte die Fäuste in die Hüfte.

»Dich brauch ich bestimmt nich.«

»Du kannst dir doch nich ma ä Ei braten. Denks du, Sonja und Anne bring dir das Essen vorbei un waschen deine Wäsche.« Sie lachte höhnisch. »Oder möchte der Herr vielleicht nachkomm, wenn der Bagger vor der Tür steht?« Sie glotzte ihn an.

Seine Wut zerfiel zu einem elenden Häuflein. Er hatte

ja keine Wahl. Sie scheuchte ihn mit kreisenden Händen ins Bad. »Nu lass mich doch. Ich geh ja schon.« Albrecht verdrehte die Augen. »Wo is denn nur der vermaledeite.« Er fand den Stock.

»Un wenn du fertig bist, siehst du nach dein drei Hühnern«, schickte ihm Hertha hinterher, »sonst komm die heute ooch glei mit weg.«

Albrecht stockte, ließ die Krücke fallen und drehte sich langsam um. Er bebte. »Seidels! Unten. Seidels, hörst du! Hast du mich verstanden!« Seine Gesicht war rot, ohne dass er schrie. Hertha erbleichte.

Entsetzt stand Annegret in der Tür.

»Der wollte ooch nich fort.« Albrecht presste die Worte hervor. »Mach mich nich verrückt. Ja nich!«

»Papa!« Sie rannte zu ihrem Vater, nahm seine zitternde Hand, hob den Stock auf. »Mama! Das, so dürft ihr doch nicht!«

»Nich fort, schon vor der Wende.« Albrecht stützte sich auf seine Tochter. »Un als es nach der Wende hieß«, er schluchzte, »Muckau kommt trotzdem weg, hat er sie am Strick gefunden un sich danebengehängt.«

Annegret führte ihn zum Tisch. Sie hatte das Ehepaar, das sich umgebracht hatte, gekannt. Weinend setzte sie sich neben ihren Vater. Streichelte seine Hand. »Sag das nie, denk so was nie mehr. Papa.«

Hertha machte zwei Gasflammen an. »Is ja gut.« Aber der Schreck saß auch ihr in den Knochen. »War ja nich so gemeint. Nich wahr, Albrecht?«

Albrecht atmete durch und nickte. Hertha holte die Bratenpfanne und einen großen Kochtopf aus dem Küchenschrank, schaufelte mit den Händen Speck hinein und setzte sie auf den Herd. Annegret stand auf. »Ich rühre.«

»Aber nich zu heiß machen, dass es spritzt un anbrennt.«

Albrecht ging ins Bad, wo es nur ein Waschbecken mit kaltem Wasser und die Badewanne mit dem hohen Emaillekessel gab, den Hertha am Morgen geheizt hatte.

Annegret schaute ihm hinterher. »Mama, wann warst denn du das letzte Mal beim Friseur?« Hertha überlegte. Annegret nahm die Wischtücher von der Leine. »Ich kann dir ja dann die Haare eindrehen. Dass du ein bisschen nach was aussiehst. Gerade wenn Fremde im Haus sind.« Hertha nickte.

Vor dem Spiegel dachte Albrecht an die Fremde. Nach einer Weile spürte er ihre Hand auf der Hüfte.

## 22

Der Erscheinungskünstler vermag sich im ersten Augenblick eine beherrschende Gestalt zu geben. Mit der Zeit jedoch kann die Arbeit selbst den stärksten Eindruck aufweichen und zersetzen, weswegen sich einige Erscheinungskünstler alsbald aus dem Staub machen, den sie aufwirbeln. Sie verschwinden, weil sie die Verwirrung und den Raub, nicht aber den Betrug lieben. Vielleicht reicht ihr Sinn oder ihre Kraft nicht weiter. Oft sind es Spieler, die es mit der Schnelligkeit des Glücks zu halten wissen. Andere verstehen sich darüber hinaus auf ein Metier, in dessen Schutz sie ihrer Kunst nachgehen. Da sich ihnen naturgemäß allenthalben Möglichkeiten eröffnen und also die Wahl ihres zweiten Handwerks kaum dem Zufall überlassen bleibt, bringen sie es in der Regel auch hierin weit.

Ich weiß die Menschen anzustellen: einfache, kurze Anweisungen, ohne ihnen in die Augen zu sehen, ob etwas fraglich sei, als ob ich sie mit einem Blick verpflichten oder wissen müsste, wie sie reagieren. Das erübrigt sich durch mein Auftreten. Ich weiß, wem ich welche Arbeiten gebe, wie und wann ich jemanden müde, betrunken oder kirre mache. Einer rennt mehr, ist eher schlapp und durstig. Eine bleibt in meiner Nähe, um zu schwatzen. Einer schneidet vom Wellfleisch die fetten Stücke, isst nur wenig, verträgt den Schnaps. Eine findet nur Mageres, das sie erwärmt und mutig macht. Sie staunt über ihre roten Wangen: Woher diese Munterkeit? Er verspürt ein Glühen in der Brust: Woher diese klaren Gedanken?

Ich versuche stets, zwischen Männern und Frauen ein bisschen durcheinanderzubringen. Und ganz gern trinkt bei mir einmal eine Frau zu viel.

Über die Verteilung und Dosierung der Arbeit, des Essens und Trinkens, des Gesprächs und meiner Ausstrahlung kann ich die Szene beeinflussen, an diesen vier Strippen im Hintergrund ziehen, dass die Menschen aus sich herauskommen und anfangen zu begreifen, dass es kein Zufall ist, wie eins zum andern kommt.

## 23

Sie schnitten das Fleisch am Schlachtetisch. Immer wieder sahen sie auf die Hände der Schlachterin, die das Messer tanzen ließ, die Linke jeweils nur Millimeter neben der Klinge. Sie waren mit dem Bauchfleisch fertig, den Rippchen, dem Wolf- und Kochfleisch, dem Speck und den Schwarten. Das Fleisch im Kessel kochte. Annegret brachte Kaffee, Wolfgang von draußen das lange Kotelettstück. Die Schlachterin bekam eine Tasse mit Unterteller. Sie schlürften den Kaffee, und für eine Weile verdrängte das bittere Aroma den süßlichen Dampf des Fleisches. Annegret sammelte die leeren Tassen ein. »Und, Grete«, rief ihr Wolfgang hinterher. Sie drehte sich um mit dem Tablett vor dem Bauch. »Dass das Telefon an ist.«

»Telefon?«, fragte René.

Wolfgang nickte: »Kannst du und können sie dich überall anrufen, vorausgesetzt, du schleppst die Kiste mit dir rum. Steht in der Großen Stube.«

»Wie?« René verstand nicht.

»Mobilfunk, ohne Kabel, über Netze.«

»Übelst.«

Lukas öffnete die Waschhaustür. Er zupfte an seiner Nase. »Ist also schon ohne mich losgegangen.« Kathrin zog beleidigt eine Schnute. Die anderen sahen amüsiert zwischen den beiden hin und her. »Kann man nichts machen.« Außer der Frau am Tisch schienen ihn alle zu mustern. Von dem braunen Zopf sah Lukas den Rücken, die Hüfte, die Schenkel hinunter zu den Reitstiefeln und wieder hoch, riss sich von dem Anblick los, schaute in die Runde: Die von draußen oder dem Kesseldampf geröteten Gesichter schienen nicht nur an den Anblick frischen Fleisches gewöhnt, sondern hungrig zu sein. Er wusste nicht, wie lange er den Geruch aushalten würde. Seine Brille beschlug.

Kathrin betrachtete ihren blassen Freund, wie er unter der Lampe, neben dem Kessel stand. Sie sah ihn wieder wie in der Krankenhauskantine. *Schlaksig und die wilden Haare, wie er angibt mit Büchern und Filmen, aber erzählen kann er nicht, acht Jahre älter, ich hatte zehn geschätzt, und auch wieder nicht, sagt er selbst, dass ich ihm in manchem überlegen bin, mit Menschen, mir ein Rätsel, wie man zehn Jahre studieren kann, fühlt sich wohl hier, nimmt sich nichts raus, obwohl, bei mir könnte er sich manchmal ruhig mehr erlauben.* Zwischen ihrer Familie empfand sie den Unterschied wieder so groß wie am Anfang. *Gestern, so laut, hektisch, gar nicht aufgepasst, wie betrunken er wurde, blöde Idee, vorher zu kommen, von wegen Bauernhof, ver-*

*lassenes Dorf, jetzt hängt ihm die Romantik zum Halse raus, und nach seinem Doktor, was wird dann, aber* – sie erschrak und wurde traurig – *vielleicht ist er es gar nicht, der nicht hierher, sondern unsre Familie, die nicht mehr in die Zeit passt.* Annegret kam wieder, drängte sich an Lukas vorbei und hielt der Schlachterin eine Bratenplatte für die Lende hin. Als ihr steifer Freund durch die Rempelei ins Wanken geriet, wachte Kathrin auf.

»Sag ichs nicht«, Wolfgang fuhr mit der Hand nach oben, als ob er etwas beim Schopfe packen wollte, »bei den Filetstücken taucht garantiert ein Wessi auf!« Alle lachten, auch Lukas und Kathrin. Die Schlachterin trennte an der Spitze der letzten langen Rippe das Filet vom Stielkotelett.

»Von dem, was die Genossen und die Firma nicht mehr unter sich verteilen konnten«, sagte Achim Richtung Sonja, schließlich war er als Einziger von der Sippschaft nicht in der Partei gewesen – er und Elke.

Lukas ging einen Schritt an den Tisch heran. Er zeigte auf Kathrins Hand.

Sonja schaute erst Achim, dann die Fremde an. Sie spürte keine Furcht: *Drei Jahre jetzt diese Leisetreterei, dass sie mich ausfragen kommen, es sich herumspricht, ich die neue Arbeit in der Stadtbibliothek verliere.* Sie lächelte ungläubig.

Die Schlachterin schob das vom kurzen Karree ausgelöste Fleisch in die Tischmitte, nahm die grüne Flasche und schenkte Sonja und sich ein.

Endlich begriff Kathrin und gab Lukas ihre Tasse, das

Einzige, was ihn noch im Waschhaus hielt. Der Kaffee war lauwarm: *Wer ist die Frau, was ist hier eigentlich los, die waren doch gestern alle anders?* René brachte das zweite Kotelettstück. Lukas nickte Kathrin gequält zu und verdrückte sich.

»Früher, als es hier nur Altenburger gab«, Achim betrachtete die leere Flasche Wernesgrüner in seiner Hand, »jede Flasche einzeln hat man hochgehalten, ob das Bier trübe war.«

»Altenburger Sterbehilfe«, sagte René.

»Am besten keine grünen Flaschen. Kann man sich heute gar nich mehr vorstellen. Hast du das Wernesgrüner besorgt?« Sonst gab es bei Achims Schwiegereltern nur Sternburger.

Wolfgang schüttelte den Kopf. »Wer macht denn hier die Einkäufe?«

»Wo wir zum letzten Mal hier zusammen sind«, erklärte Sonja die Abwechslung.

Achim wurmte es trotzdem. »René, trinkst du ein Bier mit?« Sonja ärgerte sich über seine Frage und sah zu ihrem Sohn.

»Klar«, antwortete der nicht zu laut.

»Steht in der Speisekammer. Bring am besten den ganzen Kasten mit.«

»Ist eng genug hier«, schimpfte Sonja.

»Er auch?«, fragte René Wolfgang. Der nickte. René brachte drei Flaschen. Achim stellte sein Bier in einen Topf mit Wasser unten an den Ofen. René gab ihm seins dazu. »So kaltes Bier mag ich auch nicht.«

»Wo hast du denn das Biertrinken gelernt?«, zeterte Sonja.

»Mutti!« Kathrin verdrehte die Augen.

Eine Weile waren nur die Messer auf dem Tisch zu hören.

»Also, Schkopau«, sagte Wolfgang. Sonja warf ihm erneut einen misstrauischen Blick zu.

»Vor einem Monat haben die dort den ersten Spatenstich gemacht. Der erste Kraftwerksneubau im Osten nach der Wende.« Achim holte die beiden Flaschen aus dem Topf und öffnete sie nacheinander aneinander: »Prost!« René unterließ es mit Rücksicht auf seine Mutter zurückzuprosten, hielt wie zum Gruß die Flasche hoch und nickte. »Jetzt wollen sie auch in Lippendorf ein neues bauen.«

Die Schlachterin legte das Stielkotelett auf den Klotz und hackte zwischen den Rippen durch die Wirbel. Die Kotelettscheiben fielen zur Seite, blieben aber aneinanderhängen. Die Tür ging auf. Albrecht, frisch rasiert, kam herein und verzog den Mund. Ohne etwas zu sagen, ohne jemanden anzuschauen, ging er durchs Kessel- ins Grasehaus, wie sie den einstigen Kuhstall nannten, in dem sie das Futter für das Viehzeug machten, und warf die große, schmutzige Brettertür hinter sich zu.

»Noch streiten die sich, wer den ganzen Laden hier kriegt. Erst gings um die Altlasten. Die sind mittlerweile vom Tisch. Jetzt gehts um den Preis und wer am meisten investieren will.«

Auf dem Tisch schnitt die Schlachterin die Koteletts auseinander. »Und wer bietet mit?«, fragte Wolfgang.

»Die Amerikaner zusammen mit den Engländern gegen die westdeutschen Kohle- und Energiekonzerne.«

»Wieso?« Sonja stutzte. »Ich denke, die haben die Kohle hier totgeredet.«

»Deswegen haben wir doch in Leipzig demonstriert, zwanzigtausend Bergleute. Nicht dass es die kriegen, die die Kohle abmurksen wollten.«

»Kaputt haben sie es nicht gekriegt, aber ein andrer solls auch nicht kriegen.« Sonja war empört.

»Genau.« Achim blickte sie an. »Jetzt haben sie Schiss, dass die Konkurrenz über die ostdeutsche Braunkohle in ihr Energienetz eindringt.«

»Und wie viel Kohle braucht Lippendorf«, fragte Wolfgang.

»Eben!« Achim stieß kurz Luft aus der Nase. »In fünf Jahren wirds hier bestenfalls noch ne Handvoll Tagebaue geben.« René brachte das Geschlinge und die inneren Organe.

»Und Espenhain?« Wolfgang hob die Augenbrauen.

»Die Schwelerei ist ja schon eine Weile dicht, und Briketts werden auch nicht mehr gepresst.« – Albrecht kam mit einem Blechnapf Körnern und einer Schüssel Küchenabfälle aus dem Grasehaus. – »Wird nicht mehr lange dauern, bis der Tagebau stehenbleibt und die das Kraftwerk abschalten.«

»Die Hunde«, schimpfte der Alte. »Ham alles kaputtgemacht. Jetz sind sie selber dran!«

»Albrecht«, rief Achim, »war nicht dein Großvater noch Flößer?« Der Alte drehte sich um und überlegte. »Vor hundert Jahren, auf der Pleiße«, mutmaßte Achim. Albrecht winkte ab. »Warte doch mal«, rief ihm Achim hinterher. Aber Albrecht stapfte davon.

»Muckau kommt doch weg?«, fragte Sonja, als ob das versprochen war.

»Wenn du mich fragst«, Achim rieb sich den Bart, »eher nich.« Wolfgang hielt auf der Siebschaufel das Gehirn in den Kessel. Die Schlachterin schabte den Tisch ab. »Flößer«, schnaubte Achim. »Solche Berufe haben vielleicht Zukunft. Am Ende gibts hier lauter Seen, und wir leihen den Leipzigern am Wochenende Tretbote aus.«

Kathrin stieß René in die Seite: »Willst du nicht mal deine Cousine ablösen?«

Singend ging René davon: »Lass dein sanftes Wehen auch bei uns geschehen, dämpfe Fleisch und Blut.«

»Am Ende«, wiederholte Sonja. »Wann soll denn das sein?«

Achim zuckte die Schultern: »In zwanzig Jahren vielleicht. Wenn die Bauern dann noch ihre Felder hätten, da wäre manches Wassergrundstück dabei.«

## 24

Annegret brachte das letzte von fünf großen, offenen Gläsern mit heißem Schmalz in die Speisekammer, ging aus der Küche und kam mit einem grauen Ordner wieder. Sie wusch ihrer Mutter die Haare, kämmte sie, ohne dass Hertha ein einziges Mal murrte, und drehte die glatten Strähnen auf den ersten, den zweiten und den dritten Wickel.

»Nu zeig schon her«, sagte Hertha träge. Haarewaschen und Kopfmassage hatten sie beruhigt.

»Lukas? Kannst du, bitte? Den Ordner und den Kugelschreiber. Das sind«, erklärte sie ihrer Mutter, »vier Verträge: Haftpflicht, Gebäude, Hausrat und extra Haushalt für Elke.« Sie nickte Lukas zu, dass der den Ordner aufschlage, und nahm ein grünes Röllchen aus dem Körbchen.

Hertha zeigte mit dem Kinn auf den Packen Papier. »Wer soll denn das alles lesen?«

»Musst du nicht. Ich erklärs dir, und wenn irgendwas ist, regel ich das.« Sie steckte Mittel- und Zeigefinger in ein gelbes Röllchen, ließ eine Strähne durch ihre Hand laufen und drehte sie auf die borstige Spule, bis sie auf der Kopfhaut saß. »Privathaftpflicht müsst ihr haben. Da ist auch die Umweltversicherung für eure Öltanks drin.«

»Sag bloß, die Dinger gehn kaputt?«

»Nee. Aber falls doch und das Öl kommt ins Grundwasser – das kann keiner bezahlen.« Sie nickte. Lukas schlug die Blätter einzeln um. »Stopp! Kugelschreiber.« Er hielt der Alten den Stift hin. Annegret beugte sich ebenfalls nach vorn und zeigte mit dem kleinen Finger auf die Stelle für die Unterschrift: »Hier!«

Lukas schob das unterschriebene Blatt über die glänzenden Bügel.

»Wohngebäudeversicherung«, bestimmte Annegret.

Die Tür ging auf. In einem blassrosa Mieder und Pantoffeln kam Elke in die Küche. Lukas spitzte den Mund; solche Unterwäsche kannte er nur aus Westernfilmen. Sie war klein, aber gut gebaut – er sah auf ihre Brüste –, vielleicht etwas mollig, aber schön, wie ihm erst jetzt klar wurde, trotz des wohl von ihren Medikamenten leicht aufgequollenen Gesichts. Die rötlichen Haare hatte sie gekämmt. Er mochte die Tante, vielleicht weil sie beide hier nicht ganz zählten.

Annegret drehte sich um. »Elke! Mensch, so kannst du doch hier nicht rumlaufen.« Sie schaute beschämt zu Lukas und ärgerlich auf die Versicherungspapiere.

»Kann meine Mutter mit den Dingern ooch nich! Mama, wo issen mein blaues Kleid?«

»Im Bad«, antwortete Annegret. Elke kam mit dem Kleid aus dem Bad und stellte sich hinter Hertha, was Lukas einen Großteil der Sicht nahm.

»Du holst dir noch n Hund«, jammerte Hertha.

»Bei euch piepts aber ooch ganz schöne. Nebenan wird geschlachtet un du drehst der Locken auf den Kopp.« Elke zwängte sich in das Kleid. »In Meißen gabs mal einen Junker, Wolfgang von Schleinitz. Der soll so schön gewesen sein, dass ihn die Leute einfach den Schönen von Schleinitz nannten. Aber eingebildet hat der sich darauf gar nichts. Im Gegenteil. Der wollte auf seinem Grabstein so abgebildet werden, wie er aussieht, wenn er erst ma paar Wochen in der Erde gelegen hätte.«

»Frisch ausgegraben sozusagen«, nickte Lukas. »Mir gehts genauso.«

»Das war fünfzehnhundertdreiundzwanzig, und so soll der auf dem Stein heute noch in der Kirche dort zu sehen sein: als Gerippe mit großen Würmern um den Hals, die Arme und Beine.« Sie schaute zu Hertha. »Und vielen kleinen Würmern auf dem Schädel. Kannst du mal?« Sie drehte sich um, und Annegret, erleichert, dass ihre Schwester Geschichten erzählte und also grundsätzlich gute Laune hatte, zog ihr den Reißverschluss zu.

Das Kleid schien aus den Siebzigern zu sein. Lukas staunte, dass er das so ohne weiteres erkannte. Demnach mussten die Siebziger im Osten denen im Westen ähnlich gewesen sein. Das Kleid war ihr etwas eng, aber sie gefiel ihm darin. Elke ging zum Küchenschrank und streckte sich nach der Kaffeedose.

»Probier mal den.« Annegret hielt ihr die mitgebrachte Packung hin.

Elke stellte ihre Dose zurück, betrachtete die Packung wie ein Geschenk für sich, als sie die Papiere auf dem Tisch sah: »Ah! Macht ihr schon wieder Geschäfte? Hast du meine alte Dame an den Haaren herbeigezogen und wickelst sie jetzt ein. Hä, Mama?! Willst wohl deiner Großen ein paar neue Abschlüsse verschaffen, dass ihr Mann mit ihr zufrieden ist?«

Da Elke die Packung nicht aus der Hand legte, glaubte Annegret, dass die Diskussion glimpflich verlaufen würde, und riss sich zusammen. Sie war am rechten Ohr. Mit einer Haarklemme befestigte sie die Rolle über der Schläfe: »Das sind Versicherungen für das neue Haus. Ich erklär der Mama gerade, dass sie für dich eine Extraversicherung abschließen muss, wenn du einen Anfall hast, hinfällst und was kaputtgeht.«

»Eine Versicherung für meine Knochen oder das Mobiliar?«

Annegret lächelte. »Wenn du was zerdepperst, obwohl du ja nichts dafür kannst, dass die Versicherung das bezahlt.«

»Un dafür machst du den Handlanger«, fuhr Elke Lukas an, »dass es niemand weh tut, wenn ich mir weh tue?«

Lukas lächelte: Trotz der Schrammen, die das Gegenteil bezeugten, war die Frau nicht auf den Kopf gefallen.

Annegret trocknete sich die Hände ab und schlug den ganzen Stapel um, blätterte die letzte Seite zurück: Jetzt gerade musste sie weitermachen. »Die Haushaltsversicherung für Elke, hier.« Sie zog Lukas den Stift aus der Hand und hielt ihn Hertha hin. Die beugte sich nach vorn und kniff, da sie schlecht sah, die Augen zusammen.

René kam herein. »Omi, Omi«, amüsierte er sich auf dem Weg in die Speisekammer über das bunte Kopfgesteck. »Omi, Omi«, ging er mit drei Bier davon. Annegret rollte genervt die Augen. Hertha unterschrieb. Sie nahm ihr den Stift aus der Hand. Elke setzte eine Maschine Kaffee auf.

»Willst du nich was frühstücken«, fragte Hertha leise.

»Jetzt nicht«, antwortete Elke.

Annegret nickte Lukas zu: »Wohngebäudeversicherung.« Der schlug den Stapel Blätter wieder nach hinten. »Das ist für«, sie nahm eine neue Rolle, Herthas Kopf war schon dicht besetzt, »Sturm, Hagel, Leitungswasser, Feuer.«

»Gegen!«, rief Elke. Annegret sah sie verständnislos an. »Gegen Feuer, Sturm, Wasser!«

»Von mir aus: gegen«, gab Annegret nach. Lukas hatte das Unterschriftenblatt gefunden. Annegret nickte. Er hielt den Stift hin. Hertha unterschrieb und fing, während sie wieder stillsitzen musste, an, mit dem Stift zu spielen. Annegret nahm ihn ihr weg. Am Hinterkopf, wo es am schwierigsten war, benutzte sie zusätzlich Klammern, damit die Rollen hielten. »Und Hausrat«, Lukas suchte die Seiten, Annegret dankte es ihm mit einem erschöpften Blick, »gegen Feuer, Einbruch, Diebstahl, Leitungswasser, Sturm, Hagel.«

»Feuer, Wasser, Teufel hatten wir doch gerade«, mischte sich Elke ein.

»Das war fürs Haus, jetzt für das, was drin is.«

»Wenn das mal hilft«, seufzte Elke. Hertha unterschrieb.

»Hilft nicht dagegen, aber danach! Wegen der Bezahlung red ich mit Sonja.« Annegret drehte Hertha die letzte Rolle ins Haar, schlug die Blätter auf die rechte Seite, klappte den Deckel zu und ging ohne ein weiteres Wort davon.

»Hab ich der was getan?« Hertha verzog beleidigt den Mund. Elke zuckte gleichgültig die Schultern. Die Kaffeemaschine hatte ausgeblubbert. Sie goss den Kaffee in eine Thermoskanne, nahm eine Tasse aus dem Schrank und ging in die Stube. »Sie sehn aber blass aus. Haben Sie denn schon was gegessen?« Lukas schüttelte vorsichtig den Kopf. »Sie müssen doch was essen.«

»Etwas später vielleicht.« Er stand auf, nahm eine Tasse und ging dem Kaffee hinterher.

»Dass die jungen Leute heute alle nichts mehr essen«, murmelte Hertha vor sich hin. »Was aus den bloß werden soll?«

## 25

Annegret riss die Tür auf: »Telefon!« Jetzt hörte es auch Wolfgang klingeln.

Die Verbindung knackte. »Schauer«, rief Wolfgang in den Hörer, als er seinen Freund erkannte, und nickte Annegret zu, die ihm in die Große Stube gefolgt war. Elke und Lukas sahen herüber. Für einen Moment überlegte Wolfgang, ob er den Kasten auf den Hof schleppen sollte. »Was?«, schrie er. »Siegel? Verkauft? Und das sagen die uns jetzt?« Konsterniert hörte er nur zu und gab zwischendurch einsilbige Laute von sich, dass er noch dran war und verstand, was sein Geschäftspartner ihm mitteilte. Er legte auf, biss die Zähne zusammen und ging hinaus auf den Hof zu seinem geleasten Audi 100. Fünfmal hörte er sich das Surren der Zentralverriegelung an. Dann drehte er sich zu Annegret um: »Mit Holzhausen wird nichts. Die haben Schauer die ganze Zeit verarscht.« Sie hatte nur große Augen. »Und ich dachte, endlich mal was Großes. Nicht immer nur den Leuten hinterherrennen.« Grimmig ging er weg.

Sie hätte ihn trösten wollen. Sie stand da und wusste nicht weiter. Schließlich ging sie ins Haus, schnorrte von Elke eine Zigarette – »Aber nicht verraten!« – und rauchte draußen vor der großen Traktorenscheune.

In der Tür zum Kesselhaus blieb Wolfgang stehen. Angewidert zog er die derbe Schlachteluft ein, in der sich der Geruch des Rohen und des Gekochten, kalten Blutes und gewaschener Därme mit dem Atem der Menschen, dem Aroma der Gewürze und dem Qualm der Kohlen mischten. Der Betonfußboden glänzte fettig. Er betrachtete die Schlachterin, Sonja, Achim, Kathrin, seine Tochter und verstand, dass es nicht der Alkohol war, der sie vereinte, sondern ein viel älterer Rausch. Das Schweinefleisch atmete, lebte weiter, verband sich mit den Elementen, durchdrang alles, eine Apotheose. Er machte einen Schritt vorwärts und ging auf in dem Dunst aus Schwein und Mensch, Feuer und Wasser, der an der niedrigen Decke entlang zur Tür hinauswaberte.

»Nun macht aber mal hin«, drängte Achim. Die Schlachterin rührte mit der Siebschaufel im Kessel. »Und Senf«, rief Achim Kathrin hinterher.

Wolfgang goss sich vom Grünen ein, sah fragend in die Runde und füllte drei weitere Gläser: »Auf die Schweine!« Sonja kicherte. Sabine lachte über die Tante.

Die Schlachterin legte das dampfende Fleisch auf den Tisch und drückte kurz den Daumen hinein. Für die Sülzwurst war es gerade weich genug. Sie zog die Messer ab, holte noch zwei Stücke aus dem Kessel und fing mit schnellen Bewegungen an, Scheiben herunterzuschneiden, kaum dass sie die heißen Batzen berührte. Sie sahen der Schlachterin auf die Finger und schluckten den Speichel hinunter. Die erste Scheibe, fettes Bauchfleisch, schob sie Sonja zu. »In etwa so.« Ihr Messer fuhr fünfmal für hoch und längs durch die Scheibe. »Das magere in große, das fette in kleine Würfel. Ist der Anschnitt schöner.«

»Blutwurst?«, fragte Achim.

»Sülze«, antwortete die Schlachterin.

Sonja hielt mit spitzen Fingern ein Stück Fleisch abwechselnd in der einen und der anderen Hand und blies. »Verbrenn dir nicht die Pfoten«, rief Achim.

Gierig kostete Sonja. Ihr war heiß. Sie legte die blaue Schürze ab und zog sich den dunklen Pullover über den Kopf. Die Bluse, die sie darunter trug, glitt in die Höhe. Weiß leuchtete das Unterhemd. Sabine hielt geistesgegenwärtig die Bluse fest. Sonja strampelte in der Höhe mit den Armen. Der Pullover knisterte elektrisch. Hochrot kam sie zum Vorschein. Ein paar Haare standen aufgeladen ab. Sie strich sich über den Kopf, zupfte ihre Sachen zurecht und zog die Schürze über.

Die anderen aßen von dem durchwachsenen Fleisch. Achim wartete, denn das fette vertrug er nicht und das magere wollte er sich nicht einfach herausschneiden.

Sonja war seltsam leicht zumute. Gestern Wolfgangs Andeutung, heute wieder eine von Achims Spitzen. Sie wussten es alle, doch das Wort Stasi war bei Schlegels nie gefallen.

Die Wut über Sonjas Arbeit in der Leipziger Bezirksstelle hatte Achim jahrelang hinuntergeschluckt und den Tumor davon mit Alkohol behandelt. Früher getraute er sich nicht, sie deswegen offen zu attackieren – wie sollte sie auch einfach den Arbeitsplatz wechseln, einmal Stasi, immer Stasi –, später schämte er sich genau deswegen. Am liebsten wäre es ihm gewesen, er hätte von der Sache nichts gewusst und sie wäre mit einem Knall herausgekommen, dass er als der Betrogene hätte dastehen und, Schwamm drüber, verzeihen können.

Sonja stand neben der Schlachterin, und ihr wurde klar, dass die ganze Stasi-Geschichte weiter zurücklag, als sie gedacht hatte. Gerade dadurch kam sie sich und ihrer Vergangenheit unvermutet ein Stück näher. Kathrin brachte einen großen Teller mit geviertelten Brotscheiben, zwei Untertassen mit Salz und Pfeffer und einen Becher Senf herein.

René sang vor der Tür. »Sie leiden am Fleische wie andere Sünder, sie essen und trinken nach nötigem Brauch.«

»Was so ein richtiger Thomaner ist«, sagte Sabine. René kam herein, schnitt sich eine Scheibe Wellfleisch klein, schüttete Pfeffer und Salz auf eine Untertasse und ging damit wieder hinaus.

»Jetzt nur noch die Glut halten«, sagte die Schlachterin. Wolfgang legte zwei Briketts auf.

Achim rümpfte die Nase: »Sind das Espenhainer?«

Wolfgang zog ein langes Brikett aus dem Eimer: *»Rekord.«*

»Siehst du.« Achim nickte.

An der Leiter bei den übriggebliebenen Schlachtebrettern spürte René dem derben Geschmack frischgeschlachteten, in nichts als Wasser gekochten Fleisches nach. *Wie sich das zusammenzieht, trocken wird, obwohl es im Wasser schwimmt.* Er kaute darauf herum. *Wie schwer sich das beschreiben lässt, diese Masse, der Geschmack, wie der sich entfaltet, in uns, und vergeht, gerade wenn man glaubt, ihn zu fassen zu kriegen.* Als er merkte, dass er gar nichts mehr schmeckte, schluckte er. *Man müsste eine Ästhetik der Abstumpfung verfassen, wie die einzelnen Sinne erlahmen.*

Sie schaufelte das Fleisch, die Schwarten und die Knochen aus dem Kessel in einen Trog. Einige größere Stücke, die länger brauchten, ließ sie weiterkochen. Die fettesten Stücke vom Bauchfleisch schnitt sie gleich wolffertig und schob sie in die gelbe Wanne unter dem Tisch. Die besseren Stücke vom Bauch-, Stich- und Kopffleisch schnitt sie in Scheiben; der eine Teil kam in die Zinkwanne für die Blutwurst, der andere zum Würfeln an die am Tisch verteilten Messer. Sie schnitten eifrig, steckten sich Fleisch in den Mund und schoben mit fettigen Fingern Brot nach. »Lass noch was übrig für die Wurst«, rief Achim seiner Frau zu. Kathrin zog den roten Anorak aus, die Schlachterin öffnete den zweiten Hemdknopf und goss sich und Sonja ein. Achim getraute sich nicht, sein Glas hinzuschieben.

»Vor vier Monaten klingelt es an unserer Tür. Achim war Ich-weiß-nicht-wo.« Sonja meinte die Kneipe.

»Zwei Mann. Ich krieg einen Riesenschreck. *Wer bei uns zu Hause koche?* Ich sage: *Na ich!* Und die: *Womit denn?*«

»Wasser«, rief Sabine.

»Dass mal welche vor deiner eigenen Tür stehen, wer hätte das gedacht.«

Sonja warf Achim einen nachsichtigen Blick zu. »*Wie womit?* Ich wusste gar nicht, was die wollten. Dann haben die mich zugequasselt. Das lief wie am Schnürchen: Edelstahl, verstärkte Kochplatte, magnetischer Topfrand, perfekter Deckelsitz. Ich hab mich in dem Moment schon geärgert, dass ich überhaupt noch an der Tür stand. Doch ich konnte nicht weg, und mir war klar, dass die nur abziehen würden, wenn ich die hundertzwanzig Mark bezahlte. Ich wusste nicht mal, ob wir so viel im Schrank hatten und was die in der Zwischenzeit anstellen könnten, wenn ich das Geld tatsächlich da draus hervorholte. Schließlich hab ich das sechsteilige Topf-Set gekauft.« Sie schnaubte. »Hab ich später, hatte mich schon genug geärgert, wirklich haargenau dasselbe, für fünfundsechzig in Leipzig im Kaufhaus gesehen. Mittlerweile koch ich damit.«

»Tja, auch die Marktwirtschaft hat ihre Agenten, die de einfachen Leute verfolgen.« Achim ließ nicht locker.

Sonja schien es nicht zu stören. »Letzte Woche kommen wieder welche. Holländer. Mit einem riesigen Besteckkasten. Ich hab mich an der Tür festgehalten, als die den Koffer aufklappten: zwei Etagen, zwölfteilig, plus Kuchengabeln, Tortenheber, Soßenkellen. Wieder für hundertzwanzig. Ich war wie gelähmt. Die redeten und redeten. Ich konnte nichts sagen. Zwecklos. Hab ich gleich gewusst. Dabei hatte ich vierundachtzig zur Olympiade in Moskau ein sechsteiliges Set gekauft.«

»Achtzig«, verbesserte sie Achim. »Ihr habt die Goldmedaillen gezählt, während die Zahnärzte unsre Löcher mit Amalgam stopften.«

»Für sechzig Rubel im GUM!« Sonja konnte sich darauf verlassen, dass die anderen noch wussten, wie viel Geld das umgerechnet war.

»Das wir nie benutzen.«

»Ich dachte die ganze Zeit, ob die irgendjemand auf mich angesetzt hat, ob das die Rache ist«, sie schaute zur Schlachterin, »dass ich bei der Stasi war.«

Wolfgang und Sabine sahen von ihren Messerspitzen auf. Kathrin stand der Mund offen: Sie hatte sich immer über die Anspielungen ihres Vaters geärgert und ihre Mutter vor sich selbst gerechtfertigt.

»Dabei hab ich nur im Archiv gearbeitet. Aber ich stand da, hab die Fragen beantwortet, genickt und bezahlt, als ob ich mildernde Umstände schaffen wollte. Zwei Männer an der Tür, und ich fühlte mich schuldig.«

Achim wusste nicht, was er dazu sagen sollte. Indem sie sich selbst ihrer Vergangenheit stellte, nahm sie ihm die Luft aus den Segeln. Er verstand, dass durch Sonjas Bekenntnis ein neues Niveau erreicht war. Erstaunt betrachtete er seine Frau.

Kathrin schluckte. »Das war früher doch ganz anders. Hing mit dem ganzen System zusammen. Kann man doch heute gar nicht mehr vergleichen, beurteilen im Einzelnen.« Sie steckte sich ein Stück Fleisch in den Mund. Wolfgang hielt die blaue Wanne unter die Tischkante. Sie schoben das Geschnittene hinein. Sonja entspannte sich. Sie empfand Erleichterung. Die Schlachterin rührte im Kessel.

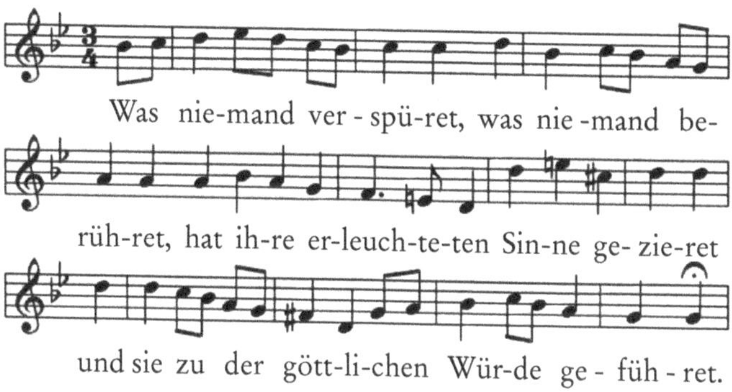


»Der kanns nicht lassen«, sagte Sabine.

Diana Kampradt fischte die Knochen und die kurzgebrühten Innereien heraus, die Hälften der Kopfschwarte – die Ohren waren fast durchsichtig –, die beiden Herzhälften: kein rotes, beeindruckendes Organ mehr, sondern ein graugekochter Klumpen. Sie schnitt zwei Scheiben davon klein, dippte ein Stück ins Salzgemisch, probierte, tupfte ein anderes Stück ein: »›Es ist ein köstliches Ding, dass das Herz fest werde‹«, hielt es Sonja hin und steckte den Rest Achim in den Mund.

»Darauf müssen wir«, Achim schluckte, »trinken.«

Wolfgang schien nur auf eine solche Gelegenheit gewartet zu haben. »Mal sehn, was Hertha noch hat.« Er kam mit einer Flasche Klaren. »Trinken Sie mit?«

»›Komme, wen dürstet, und trinke, wer will!‹«

»Den trinkst du doch?«, wandte er sich an Achim.

»Weißen sieht die Leber nicht.«

»Dass ihr immer saufen müsst«, ärgerte sich Sonja.

»Dumm frisst, intelligent säuft«, konterte Achim.

Jaulend ließ Kathrin das Messer fallen. »Ihr müsst euch auch immer streiten!« Sie betrachtete ihren linken Zeigefinger, schaute sich um, ob sie das Blut irgendwo abwischen konnte, als ein Tropfen auf das letzte Stück Herz fiel. Sie steckte den Finger in den Mund. Sonja verzog das Gesicht.

»Zeig mal her«, sagte die Schlachterin.

»Ist nich tief«, wiegelte Kathrin ab. Sie gingen ins Grasehaus an den Wasserhahn neben der Tür. Die Schlachterin hielt Kathrins Hand, besah sich den Schnitt und wickelte ihr Taschentuch darum. »Und mit meinem Blut, ich meine?«

Die Schlachterin fasste ihr unter die Achseln, hob sie hoch wie ein kleines Mädchen und lachte ihr ins Gesicht. »Davon wird niemand rauschig.« Die nahen Worte kitzelten Kathrin im Ohr. »Der soll die Speckseiten mit reinbringen.« Mit einem glühenden Ohr ging Kathrin an die frische Luft. »Und hier noch mal Dampf untern Kessel.«

René kam mit dem Speck herein und staunte vor den Fleischtöpfen: »›Mein Gott, du krönst das Jahr mit deinem Gut.‹«

»Halleluja«, fiel Achim ein.

»›Und deine Fußstapfen triefen von Fett.‹«

»Halleluja.« Achim kannte die evangelischen Kirchensprüche.

## 26

Nee, nee, nee!« Sie griff nach seiner Hand, in der ihre Dame verschwunden war. »Rückwärtsspringen geht nich.«

»Rückwärtsziehen, hast du mir gesagt.« Er befreite seine Hand nicht aus ihrem Griff.

»Springen auch nicht«, bestand sie auf den Regeln und bog seine Finger auf.

»Aber du machst das doch dauernd mit dem Turm.« Er ließ ihr die Steine.

»Mit der Dame! Die darf rückwärtsziehn und -springen.« Sie platzierte die beiden Steine. »Bist immer noch dran.«

»Ich setze aus.« Sie lachten beide.

»Nee, mein Lieber, das gibts nich.«

Sie saßen an einem schmalen Tisch links, an der fensterlosen Wand, Elke mit dem Rücken zur Küche. Albrecht lag vorn auf dem Kanapee. Elke schenkte Lukas Kaffee ein und lächelte großzügig. Der Teil der Stube war einmal die Kleine Stube gewesen, bis Wolfgang die Zwischenwand zur Großen rausgebrochen und den kleinen Berliner Ofen gleich mit abgerissen hatte; der große heizte die vereinten Zimmer mühelos. Bis dahin hatte Elke die Kleine Stube für sich gehabt. Seit Wolfgang aufgehört hatte zu rauchen, durfte sie in der Großen Stube nicht mehr rauchen.

Es sah auch in der dritten Partie schlecht für Lukas aus. Seinen letzten drei Steinen standen fünf Steine und eine Dame gerade so gegenüber, dass er mit jedem Zug ins offene Messer lief. »Harakiri ist das.« Er zog.

»Na, wer sagts denn!« Sie sprang.

Er musste lachen über sie, so offen, wie sie sich freute, und über sich. Denn es war nicht so, dass ihre Schadenfreude ohne Wirkung auf ihn blieb. »Gefällt dir das neue Haus?« Zumindest wollte er sie ein wenig hinhalten. Sie verzog abfällig das Gesicht. »Würdest du lieber hierbleiben?«

»Alleine?« Sie zeigte ihm einen Vogel.

»Mit deinen Eltern.«

»Hier wohnt doch keiner mehr.«

»Deine Eltern, sind die hier geboren?«

»Mein Vater kommt von da.« Sie winkte mit dem linken Daumen über ihre rechte Schulter. »Das gibts nicht mehr. Meine Mama kommt von dort. Das kommt weg.« Sie zeigte ihm über die Schulter.

»Und wieso wohnen sie gerade hier?«

»Den Hof hat mein Opa gekauft. Ziehen!«

Er fasste seinen vorletzten Stein an. »Dann haben sich deine Eltern schon lange gekannt?« Er ließ den Stein wieder los und griff nach dem anderen.

»Gekannt schon, nur«, sie vergewisserte sich, dass ihr Vater schlief, »grün waren die sich nie. Was gibts denn da«, rief sie wieder lauter, »noch zu überlegen?«

Er zog: »Wie?« Sie sprang und zuckte mit den Achseln. Er sah sie erstaunt an und zog seinen letzten Stein.

Sie sprang mit ihrer Dame darüber, grinste und bot ihm eine von ihren 100er *Club* an: »Kosten genauso viel wie die kurzen.«

*Wie schön,* dachte Lukas, *sich doch das Alte mit dem Neuen verbinden lässt, Ostzigaretten in der Klappschachtel, ein deutscher Einheitserfolg:* »Und mein Papi hat keinen Pfennig dazubezahlt.« Er fingerte eine Zigarette aus der lila Schachtel. *Dachten die sich so, dass sie den Osten kriegen, wie ein Kassengestell, wo sie höchstens noch was drauflegen, wenns ein bisschen was Besseres sein soll; einen Tag, hat Mutter zur Wiedervereinigung gesagt, wenn wir einen Tag für den Osten arbeiten, dann steht dort alles, n Schnäppchen.*

Elke gab ihm und sich Feuer. »Noch ein Spiel gefällig?« Er nahm die schwarzen. Sie bauten ihre Viererreihen auf. »Schwarz beginnt, weiß gewinnt.«

Er versuchte aggressiv zu spielen, schob seine Steine nicht schützend an den Rand, sondern ins Zentrum. Tatsächlich überlegte Elke etwas länger. »Warum haben die dann geheiratet?«

Sie hatte genauso viel Steine gewonnen wie verloren, und viel besser stand sie auch nicht. »Vier Jahre im Krieg, aus der englischen Kriegsgefangenschaft geflohen – als mein Vater zurückkam, war er siebenunddreißig.«

»Und wie alt war sie?«

»Siebenundzwanzig.«

»Nach dem Krieg gabs wenig Männer, da hat sie ihn genommen«, vermutete er.

»Es war was unterwegs.«

»›Und wie Hertha grün, sind sie die Kinder des Himmels.‹«

»Im Dezember siebenundvierzig, einem Dreizehnten, haben die geheiratet. Im Januar kam Anne. Ziehen!« Er zog, hatte kaum losgelassen, da schnappte sie sich triumphierend seinen Stein: »Pustekuchen«, hielt ihn vor den Mund, blies ihn an: »Springen ist Pflicht.«

Mit einem Mal stand er offen wie ein Scheunentor, durch das sie in aller Ruhe marschieren konnte. Trotzdem ärgerte er sich nicht weiter: Er hatte verstanden, wie er sie zum Sprechen bringen konnte, und das interessierte ihn mehr als das Spiel. Sie bekam eine Dame; er konnte das Ende nur noch etwas hinauszögern. »Und warum mochten die sich nicht?«

»Das interessiert mich nicht.« Nebenan in der Küche klirrten Gläser.

Er musste so gut spielen, dass sie ihn würde ablenken wollen. Im folgenden Spiel bekam er seine erste Dame und erfuhr, warum Albrecht nicht vor dem Krieg geheiratet hatte: Sein Vater ließ ihm kaum eine freie Minute.

»Wenn mein Papa mal eene mitgebracht hätte, der hätte die glatt vom Hof gejagt.«

Den Hof hatte Friedrich, der Witwer, mitten in der Weltwirtschaftskrise von einem verschuldeten Bauern übernommen. Dessen Tochter durfte mit ihrem unehelichen Sohn auf dem Hof bleiben. Albrecht kannte sie, sie war nur wenig älter als er. Seine Freundin lief ihm weg, als sie von dem Geschäft erfuhr. Doch nicht Albrecht, sondern der alte Schlegel heiratete die Frau und bezahlte Kostgeld, dass sie ihren Jungen bei Fremden unterbrachte, bis er volljährig war.

Endlich sprang Lukas. Blitzschnell angelte sie sich seine Dame aus dem Brett und hielt sie sich vor den Mund: »Damesprung geht vor!«

»Wie bitte?!«

»Du musst zuerst mit der Dame springen.« Sie freute sich.

»Was soll denn das nun schon wieder?«

»Das sind die Regeln. Hab ich am Anfang aber gesagt.« Sie zog. Das Spiel war entschieden.

»Muss ganz schön hart gewesen sein für deinen Vater.«

»Das interessiert mich nicht.«

Der Ton ärgerte und reizte ihn. Er musste ihr die Familiengeschichte regelrecht aus der Nase ziehen. Dabei erstaunte es ihn weniger, wie fraglos sie die Ereignisse hinnahm, als vielmehr wie sehr sie ihr Wissen vor sich selbst versteckte, wie resistent sie gegen ihr eigenes Denken war. Sie konnte sich sehr gut dumm stellen. Wenn er nämlich weiterfragte, wusste sie mehr, als sie sich den Anschein gab. Nur musste er sie bei der

Stange halten. »Und wie war dann das Verhältnis zu seiner Stiefmutter?«

»Gut.«

»Entschuldige, aber mit einer Stiefmutter kommt man nie einfach nur gut aus, erst recht nicht, wenn sie gleich alt ist.« Sie spielten nicht Dame, sie spielten Blindekuh.

»Gut«, wiederholte sie strikt. Die Fragerei wurde ihr unangenehm. »Die kamen gut miteinander aus. Mein Papa hat eine englische Triumph gekriegt.« Mit einem Doppelsprung machte sie dem Spiel und seinen Fragen ein Ende.

Annegret kam mit einem Teller belegter Brötchen herein, sah zu Albrecht hinüber. »Sagt mal! Hier drin wird nicht geraucht. Elke!«

Elke zeigte mit dem Finger auf Lukas. Lukas konnte ihre Gemeinheit kaum fassen.

»Macht ja das Fenster auf!«

Elke stand auf, öffnete das Fenster und setzte sich mit einem süßen, schuldbewussten Lächeln an den Tisch.

»Das hättest du mir auch sagen können«, beschwerte sich Lukas, als Annegret gegangen war.

»Macht nichts.« Sie grinste.

Lukas staunte über die dicke Butterschicht unter dem Aufschnitt. Er hatte Hunger, und das Essen tat ihm gut, zumal ihm Elke Kaffee nachgoss. Sein Zustand war mittlerweile fast erträglich.

»Butter ist gut für die Nerven, sagt mein Nervenarzt.«

Die neunte Partie hätte sie fast verloren, wenn er am

Ende mehr aufgepasst hätte. Stattdessen bekam er heraus, warum Albrecht und Hertha stets einen Bogen umeinander gemacht hatten: Sie verehrte Hitler, ihr Bruder war bei der ss. Vielleicht dachte ihre Familie nach dem Krieg, dass es unter den Russen nicht ganz so schlimm werden würde, wenn Hertha den neuen Bürgermeister heiratete.

Annegret kam herein, schloss das Fenster und nahm den leeren Teller mit hinaus.

Lukas zog – Elke wusste gar nicht, welche Steine sie ihm zuerst wegnehmen sollte. Sie sprang. »Moment.« Er nahm sich ihren Stein. »Jetzt kann ich dir mal einen blasen.«

»Pusten! Wieso?«

»Doppelsprung geht vor.«

»Nö.« Sie holte sich ihren Stein wieder. »Wenn es keine Dame ist, ist es gehuppt wie gesprungen.«

»Das hast du mir nicht gesagt.«

»Weil es die Regel nicht gibt.« Sie legte ihren Stein zurück.

Lukas ärgerte sich über die Unvollkommenheit der Regeln und ihre Genugtuung. »Ich arbeite in Dösen. Das heißt jetzt Parkkrankenhaus.« Sie nickte, ohne ihn anzusehen. »Weswegen warst du dort?« Kathrin hatte es ihm erzählt.

»Tabletten.«

Er kam sich schäbig vor. Das Spiel endete remis.

# 27

Mit langen Armen trugen Wolfgang und René den Fleischwolf herein. Das gusseiserne Stück auf dem Holzuntersatz wog mit Motor drei viertel Zentner. Auf einem Stuhl, an dem die Schlachterin probehalber wackelte, setzten sie die Maschine ab. Achim klemmte das Kabel an den Starkstromanschluss für den Kartoffeldämpfer: »Um dreizehn Prozent ist letztes Jahr der Stromverbrauch im Osten zurückgegangen.«

»Sind so viele rübergemacht?« René grinste.

Sie wolften die festeren Schwarten mit rohen Zwiebeln. Die Schlachterin salzte aus der hohlen Hand, pfefferte und kümmelte mit vier Fingern, mischte in der blauen Wanne das Kleingeschnittene mit der Wolfmasse, Kesselbrühe, Essig, schmeckte ab und forderte Sonja auf zu probieren. Doch die wollte nicht, obwohl sie eigentlich alles aß, was sie kannte, nur gerade Sülze nicht so, lose aus der Wanne. Wolfgang kostete mit gekrümmtem Zeigefinger, verschmierte sich zwangsläufig den Mund und ließ genüsslich die Zunge drüberfahren. »Die Blase und den Magen«, rief die Schlachterin. Achim sah Sonja an, die sich aber genauso wenig rührte wie vorher, als nach Zwiebeln und einem Wischlappen gerufen wurde.

»Weils früher nichts gekostet hat«, gestand Sonja ein, »genau wie die Wohnungen und das Brot. Das war doch das ganze Problem, dass die Leute nicht geschätzt haben, was sie am Sozialismus hatten. Die Schüssel steht in der Speisekammer«, rief sie Wolfgang hinterher.

»Und? War das gut?«, fragte Achim scharf.

»Kommunismus ist, wenn jeder von allem genug hat«, versuchte René einen Streit zwischen seinen Eltern zu verhindern.

»Gutgehen konnte es jedenfalls nicht«, antwortete Sonja bitter. »Von sich aus ist der Mensch träge. Und stimulierend war bei uns vor allem der Mangel, bis zu dem Punkt eben, wo er halbwegs behoben war.« Die Schlachterin schraubte die Überwurfmutter ab, schob mit zwei Fingern den Schmand zwischen Schnecke und Gehäuse zusammen, warf ihn in die Schüssel, pulte die Drei-Millimeter-Scheibe heraus, setzte die Acht-Millimeter-Scheibe für die Blutwurst ein. Wolfgang zog die Zinkwanne unterm Tisch hervor. »Wir hätten eine ganz neue Gesinnung entwickelt gehabt haben müssen, damit das trotzdem attraktiv gewesen wäre«, Sonja überlegte, »einen Sinn fürs Einfache, Schöne. Solange die Ökonomie den Ausschlag gibt, hat der Sozialismus keine Chance.«

»Kommunismus«, versuchte es René noch einmal, »ist, wenn keiner mehr stirbt.« Über den Tisch gebeugt, zwei Fäden zwischen den Lippen, band die Schlachterin jeweils ein Ende von der Blase und dem Magen ab.

»Erst wenn die Menschen«, Achim schaltete den Wolf ein, Sonja sprach trotzig lauter, »nicht mehr arbeiten müssen, wenn die Erde wirklich rund ist, dann wird der Kommunismus kommen, wenn er nicht mehr nötig ist, er wird erst nach seiner Ankunft kommen, nicht am letzten Tag, sondern am allerletzten.«

»He!«, rief Achim seinem Sohn zu. »Steck den Finger nicht so tief rein.«

René wandte den Blick von seiner Mutter: »Ich werd schon nicht durchdrehen.« Er hob das Fleisch aus der Zinkwanne und drückte es in den Trichter auf dem Fleischwolf. »Drei Sorten Blut wären auch ein bisschen viel.«

»Vielleicht«, sagte Sonja, »war der Kommunismus auch bloß so ein tröstlicher Glaube.«

Wolfgang hielt die Blase auf. Die Schlachterin schaufelte mit den Händen Sülze hinein, band, das Gesicht überm Tisch, ab, massierte, als auch der Magen gefüllt war, die schweren Säcke, versenkte sie, zog das Thermometer aus dem Kessel und drehte es vor Sabine ein wenig um seine Achse. »Achtundsechzig Grad«, sagte Sabine.

»Brings allmählich auf dreiundachtzig und halts dort zweinhalb Stunden, nicht drüber, sonst platzen die Blunsen.« Sie setzte wieder die Drei-Millimeter-Scheibe ein, sah sich die Schwarten an und gab Wolfgang den Eimer: »Die Hälfte davon mit den gerösteten Zwiebeln zweimal durch.« Wolfgang ging in die Küche. Durch Sonjas Schultern lief ein sanfter Schauer der Genugtuung: Wie die Männer spurten. Wolfgang kam mit einer Pfanne. Achim trug auf ein Nicken der Kampradt die blaue Wanne in die Küche. Sie schickte Sabine hinterher zum Gläserfüllen, bereitete die Därme für die

Blutwurst vor, schlug einen Nagel in den Schlachtetisch, legte Bindfaden darüber in kleinen Schlingen, die sie mit einem Schnitt durchtrennte. Achim und René trugen die Wurstspritze herein, hoben die Zinkwanne auf den Schemel. René kam mit dem Eimer Blut. Achim hielt das Sieb über die Wanne. Den Schaum und die violetten Klumpen im Sieb schwenkte Achim im Kessel, bevor er das Ganze in die Leberwurstwanne schlug. Sie mischte die Blutwurst, kostete mit links, warf noch ein Händchen Majoran daran. »Wenn den Herren danach ist?«

Wolfgang nahm diesmal zwei Finger: »Vom Feinsten.«

Achim musste sich überwinden, es ihm nachzutun. »Probier mal«, forderte er mit blutigem Finger seinen Sohn auf. Der tat ihm den Gefallen.

»Ich schau mal nach, wie es Kathrin geht.« Statt rechts hinauf, ging Wolfgang draußen den Hof hinunter. Kathrin nahm an, er würde irgendwo an einen Zaun, eine Mauer oder einfach so im Freien pinkeln. Aber dafür blieb er zu lange weg. Sie wollte ganz gern wieder ins Warme. Endlich kam er, die Hände auf dem Rücken: »Komisches Wetter.«

»Wie ein letzter Urlaubstag.«

Er schaute sich um: »Jammerschade um den Hof.« Sie nickte. »Mach, dass du reinkommst. Und schick Grete raus. Die soll sich was anziehen.« Die Sonne stand knapp über dem Dach des Wohnhauses, schien auf das hohe Stallgebäude, auf die Mauer hinter dem Mist, traf die Verschläge. Die Bretter auf der Leiter mit dem Gehackten würde sie nicht erreichen. Wolfgang knatterte es in der Hose.

Annegret kam aus dem Vorbau, schaute sich um und schlurfte in ausgetretenen Halbschuhen ihres Vaters den Hof herauf. Er ging einen Schritt auf sie zu, griff nach den offenen Anorakschlägen und zog sie fest übereinander. »Zieh dir ein paar ordentliche Schuhe an.« Annegret machte kehrt und kam mit ihren Winterstiefeln zurück, die für die Küche zu warm gewesen waren. Er überlegte. Sie wartete und versuchte ihre Unruhe zu verbergen, was er nach Schauers Absage vorhatte. »Mit Muckau ist es nicht zu Ende.« Er machte eine Pause. »Sagt Achim und der muss es wissen. Obwohl die vielleicht ein neues Kraftwerk bauen.«

»In Lippendorf.«

»Bist auf Zack, meine Schwarze.« Er lächelte. »Aber so viel Kohle wird nich mehr gebraucht. Die werden sich überlegen, was sie noch auskratzen oder schon vollllaufen lassen, ob sie jetzt wirklich noch mit der Abrissbirne hier rumfuhrwerken oder vorm Ortsschild stehenbleiben, so dass denen Muckau noch mal von der Schippe springt und die Leute zurückkommen auf ihre Höfe, wenn sie sie wiederkriegen können. Denn ein paar Mark wird es kosten, aber auch nicht die Welt. Rückübertragung an Alteigentümer, Investitionsvorrang spielt hier ja keine Rolle.«

Sie sah ihn mit großen Augen an. »Und wenn sie das nicht wiederhaben wollen?«

»Der eine oder andere ist vielleicht froh, dass er hier fort ist und nun in der Stadt oder einem modernen Haus wohnt. Aber so ein großes Grundstück wie bei deinen Eltern, mitten im Dorf, selbst mit lauter runtergekommenen Buden, lässt man sich nicht entgehen. Dafür wirst du sorgen.« Hilflos blickte sie zu ihm auf. »Gibt drei Möglichkeiten: behalten und sanieren, zerteilen und verkaufen oder was dazwischen. Mich interessiert nur die eine.«

Annegret schluckte. Sie hatte sich in all den Jahren damit abgefunden, dass Muckau wegkäme, und konnte nicht so schnell umdenken. »Und was ist mit Sonja, Achim? Mit Elke? Die werden …«

»Uns das natürlich nicht einfach so überlassen.«

»Wenn wir es wollen, dann wollen die das auch, wollen die ganz sicher mitmachen.«

»Genau. Deswegen wollen wir es nicht.«

Annegret begriff nicht, und Wolfgang erklärte ihr im Einzelnen, wie er an den Hof ihrer Eltern zu kommen gedachte, Schritt für Schritt, bis sie alles verstanden hatte. Sie freute sich, dass er etwas Neues gefunden und die Schlachterin offenbar vergessen hatte. Doch es war auch ihr Elternhaus. Hier war sie groß geworden, hatten sie gelebt. Immer wieder glitten ihre Gedanken weg. Sie fühlte sich nutzlos und dumm. Sie wusste, dass er es ernst meinte, dass er ihr immer überlegen sein würde, und wünschte sich nichts anderes, als dass er ihr sagte, was sie tun sollte, und sie in die Arme nahm.

Er wartete, bis sie erschöpft »Ja«, und noch etwas, bis

sie »Einverstanden« sagte. Dann zog er sie an sich und stubste sie mit seiner Belmondo-Nase, was fast einem Kuss gleichkam, so plattgedrückt war die. Eine Wärme durchströmte sie; sie fühlte sich geborgen.

»Und dass du Bescheid weißt: Wenn deine Leutchen fort sind, kommen wir her und zünden unten als Erstes das Fachwerkhaus an, das brennt am besten. Jetzt, wo sich keiner ums Dorf schert, müssen wir handeln, das spart Geld. Und den Schweinestall und Lenins Haus gleich mit, am besten noch irgendwo im Dorf was Kleines, dass es nach wahlloser Brandstiftung aussieht. Werden wir ganz alleine machen, dass die Buden schon mal fort sind. Und umhören werden wir uns, wer nicht zurück will auf seinen Hof, zu dem müssen wir hin, dass wir noch zwei, drei Höfe kriegen, dass das unser Dorf wird«, er drehte sie aus seinen Armen, »bis wirs verkaufen.«

## 28

In seinem Traum fuhr er in die Lehre, immer hin, am frühen Morgen, kein einziges Mal zurück (zweieinhalb Jahre zu Hugo Koch am Connewitzer Kreuz, die restlichen anderthalb Jahre zu Schmierwerner & Stein am Dösener Weg; beide Firmen gehörten ab 1926 zur Leipzig-Coswiger Schnellpressenfabrik der Gebrüder Queens aus England, die die Koch-Werke in einer seit dem Krieg stillgelegten Munitionsfabrikhalle von Schmierwerner & Stein gleich neben der Großmarkthalle unterbrachten). Es regnete oder hatte geregnet. Er trug eine Gummijacke, Schnürschuhe und dicke Strümpfe, in denen die Hosenbeine steckten. Er wusste, dass ihm die fünfzehn Kilometer nichts ausmachen sollten. Doch alles knirschte: das Tretlager, die Kette auf den Zahnrädern, die Pedalen und er selbst vor Anstrengung mit den Zähnen, so schwer fiel ihm das Treten, als ob sich jemand an seinem Gepäckträger festhielte. Sie wohnten in Göltzschen am Dorfteich. Wegen des Regens konnte er nicht durchs Göseltal fahren (von Magdeborn durch Cröbern rechts an den Auenwäldern von Crostewitz vorbei nach Oetzsch, durch die Pleißewiesen nach Dölitz, über die Schienen am Lößniger Bahnhof nach Connewitz). Die Wege waren bis Oetzsch aufgeweicht. (Er sah nicht die Peter-und-Pauls-Kirche auf dem Hügel in Cröbern, die hohen Lebensbäume des Friedhofs, kam nicht vorbei an den Lehmgruben und verwachsenen Wäldern, den herrschaftlichen Villen und Parks der Leipziger Verleger, Bankiers und Professoren.) Er musste von Magdeborn rechts ab nach Göhren die neue Staatsstraße über Wachau nach Probstheida nehmen – das Kopfsteinpflaster rüttelte ihn durch; sein Vater hatte die Straße mitgebaut –, um dort, wenn er je bis dahin kam, gegen den Westwind links nach Connewitz abzubiegen.

Später musste er in seinem Traum von Muckau auf den Weg nach Störmthal ausweichen um über Güldengossa auf die alte F 95 zu stoßen, so hoch stieg das Wasser über die Wege, die er sonst genommen hatte. Die Gedenkobelisken am Wegesrand (bei Güldengossa am vierzehnten Oktober 1813 die größte Reiterschlacht der Neuzeit) – er dachte nicht an das Aufgebot der Kavallerie, zehntausend Berittene, nicht an tausend tote Pferde, sondern an das Futter, das sie für all die Tiere hatten herbeischaffen müssen. In Kleinmeusdorf die Strafanstalt gerade bezugsfertig, als er mit der Lehre begann – er meinte, die Zuchthäusler müssten stolz sein auf ihr neues Domizil (im Krieg wurde Meusdorf Frauengefängnis, danach zentrales Haftkrankenhaus). Dahinter die Heil- und Pflegeanstalt Dösen (1899 gebaut, seit 1901 in Betrieb, 1913 Sächsische Landesanstalt), mit den großen Backsteingebäuden im Villenstil, dem Park ohne Mauern, dem schönen Tor. *Die elenden Dreckschweine* – wen genau er damit verfluchte: die Ärzte oder die Nazis, und wer zu denen alles zählte, war keineswegs klar – sollten hier schon vor dem Krieg Nervenkranke und Behinderte sterilisiert und getötet haben. Dass sie den Knast gleich neben die Heilanstalt hatten bauen müssen, als ob das zusammengehöre, Verbrechen und Krankheit, als ob das beides irgendwie Besserungsanstalten waren. (Später wurde es Bezirkskrankenhaus für Psychiatrie, und er kam einige Male wegen Elke her.) Die Anstalt war der traurigste Ort, an dem er vorüber musste. Von dort bis nach Probstheida (auf dem trockengelegten Gelände von Napoleons einstigem Gefechtsstand) wuchs drohend dunkel (nicht mehr der helle, kaum zwanzig Jahre gebrochene Granitporphyr seiner Lehrlingszeit) das Völkerschlachtdenkmal in seinen Weg. (Er war vier Jahre alt, als das Denkmal fertig wurde. Sein Großvater hatte für die Helden- und Opferpyramide gespendet und ihn und seine Schwester nach Muckau mitgenommen, als dort der Reitverein in eigens angefertigten historischen Uniformen für den Festzug probte – das Früheste, woran sich Albrecht überhaupt erinnerte. Der Kaiser selbst sollte den Koloss, das Symbol kämpferisch-nationaler Gesinnung, einweihen. Aber der Vater verbot, dass sie zur Feier gingen: »Der Schlachteturm is genauso hohl wie ne Pickelhaube. Drei Maurern hat er das Leben gekostet. Un wenn das Volk dem Säbelrassler noch n bisschen lauter zujubelt, dauerts nich mehr lange, dann hammer nen ganzen Haufen mehr Toter.« Ein Jahr später war Krieg.) Albrecht mochte das Völkerschlachtdenkmal nicht. Es war überhaupt nichts, was man mögen konnte. (Am Ende des nächsten Krieges verschanzte sich darin noch tagelang SS und hielt den mitgeschleppten Volkssturm bei der Stange. Die Amerikaner warteten einfach, bis der Hunger sie aus ihrer Trutzburg trieb. Spätestens seit dieser Zeit hätte man aus diesem in den Himmel gebauten Verlies ein Gefängnis machen sollen, wenn das nicht zu viel Strafe gewesen wäre. Es blieb ein Denkmal. Der Rundgang über der Ruhmeshalle in fast siebzig Meter Höhe wurde ein beliebtes Ausflugsziel für Selbstmörder, bis man leuchtend grüne Netze unter die Kuppelränder spannte.)

In seinen Träumen stand das verwünschte Land linker Hand unter Wasser oder lag im Nebel, und er nahm rechts ab den Leidensweg.

## 29

*Darmdicke ist Kochzeit, hat sie gesagt*, dachte René, *beim Magen geht die Füllung los, Blase, vielleicht noch Blinddarm, alles Sülze, Blutwurst bis zum Mitteldarm, dann Leberwurst, die kleinsten Kaliber für die Bratwurst; Dicke ist Lust, aufs Volumen kommts genauso an, hat Tilo, unser stämmiger Bariton, behauptet und im Kasten das Schwanzmessen revolutioniert, indem er neben dem Zollstock den Schlüsselfaktor einführte, dass, angespannt, nicht mehr nur die Länge, sondern zusätzlich die Dicke zählte, so dass eine dreißiger Leberwurst von sechzehn Zentimeter Länge eine vier Zentimeter längere Thüringer Rostbratwurst auf die ein fünfundzwanziger Ringschlüssel passte, ausstach.*

»René, mein Schatz«, zirpte die Schlachterin, »wisch mal hier durch, bevor wir mit der Bratwurst anfangen.«

Sabine sah unwillig auf – so hatte die Schlachterin noch zu keinem gesprochen – und ließ die letzten Leberwürste in den Kessel plumpsen, dass die Kampradt die Braue hob. Achim und Wolfgang brachten die Bretter mit Gehacktem. René war mit einem Mal hellwach, wie von einer unerwartet warmen und festen Berührung.

Sie stieß die kalten Gehackteslaiber in eine Wanne, warf Salz und Pfeffer darüber und stockte beim Kümmel. »Der ist zu groß! Gibts hier im Haus einen Kümmelspalter?«

Sonja fragte Hertha und fing in ihrer Not mit Achim und Kathrin an, die Körner einzeln zu spalten, bis Wolfgang sich das Grinsen nicht länger verkneifen konnte und schließlich alle lachten.

Sie mischte zwei zerdrückte Zehen Knoblauch unter. Achim wagte nicht, seine Bedenken vorzubringen: Er liebte Zwiebeln, konnte Knoblauch allerdings, vor allem wenn jemand danach roch, nicht ausstehen, obwohl er ihn bei einigen wenigen Gerichten, beispielsweise Lammbraten, als notwendig akzeptierte und selbst verwendete.

Sie zwackten für später reichlich Gehacktes ab; die Schlachterin formte drei Köpfe und legte sie auf die bereitgestellten Teller.

Dick drückten sie das Gehackte auf die Brotscheiben, streuten Zwiebel darüber und bissen zu – Wolfgang noch schneller als Sonja –, als Elke finsteren Blickes im Kesselhausdunst auftauchte.

»Dass wir dich hier mal zu sehen kriegen!«, spottete Kathrin.

»Pass auf, dass du nicht zu tief einatmest«, warnte Wolfgang.

»Willst du nicht mal probieren?« Sonja hielt ihre Schwester für bockig und sogar verzogen, wenn die sich manchmal wochenlang weigerte, Fleisch zu essen.

Nicht nur Sonjas Essgewohnheiten, sondern ihr ganzes Leben waren von der Devise bestimmt, dass gegessen wird, was auf den Tisch kommt. Von Vegetariern hatte sie noch nie gehört; wahrscheinlich hätte sie denen gegenüber sogar Mitleid empfunden.

»Soll ich Ihr eine Bemme schmieren?« René ließ sich leicht anstiften. »Gehacktes ist schließlich auch Rohkost.«

Der Spott prallte an Elke ab. Argwöhnisch ging sie um den Tisch. Sie vergaß ihren Ekel vor der Tierverwertung. Die Sicherheitsnadel fiel ihr aus der Hand auf den Tisch. Die Fremde lächelte. Sie griffen beide danach. Die Nadelspitze sprang aus der Halterung, stach in die Hand. Elke erschrak, ließ los. Die Frau zuckte kaum, drückte die Nadel zusammen und steckte sie ein.

Achim zwängte seine Zungenspitze zwischen die Backenzähne.

»Pass auf, dass du nicht in die Wanne krümelst und der ganze Mist sauer wird«, ermahnte Wolfgang René, der neben der Rohmasse sein Brot mampfte.

René betrachtete die Schlachterin, ihre drahtigen Arme, die Schwünge ihres Pferdeschwanzes, wie sie die Fleischbälle formte und von über ihrem Kopf in das Füllrohr der Wurstspritze schmetterte. Als er mit heißer Kesselbrühe die Leberwurstreste aus der Spritzdüse spülte und sich die Hand verbrühte, fing er einen Blick von ihr auf und vergaß darüber den Schmerz.

Achim spitzte sich ein Streichholz zurecht und pulte

nach hängengebliebenen Fleisch- beziehungsweise Fettfasern. Wenn er etwas hervorgeholt hatte, schob er es auf die Zungenspitze, zerdrückte es mit den Schneidezähnen und schluckte es hinunter. Elke glotzte die Schlachterin an. Als sie die Därme für die Bratwurst auf die Tülle stopfte und Kathrin anfing zu kurbeln, hielt René es nicht länger aus im Kesselhaus. Er nahm Elke am Arm und zog sie hinaus.

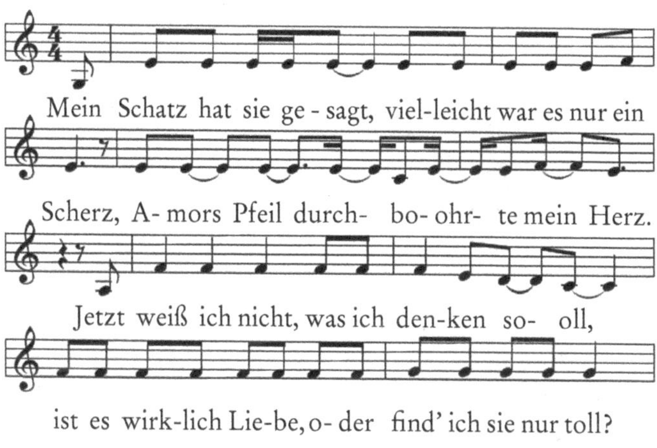


Hinter der Tür ließ er Elke stehen und verschwand auf Toilette. *Wie schnell sie die Häute auf das handliche Rohr schiebt, durch die Hölzer vorn unter dem Sockel steht die Spritze leicht nach oben, dass sie besser darunterfassen kann.* Seine rechte Hand schmerzte. *Drückt den Daumen auf das Rohr, als Kathrin anfängt zu kurbeln, dass sich die Füllung noch etwas verdichtet.* Er wechselte die Hand. *Wischen, wischen, wichsen.* Doch mit links fand er keinen Rhythmus. Er schaute an die Decke, biss die Zähne zusammen. *Die Masse schiebt sich vor in die zarte Hülle, sie drückt ab mit einer Hand, wirft die Wurst um die eigene Achse, fertig.*

So offen wie er dastand, wurde ihm kalt. Er sah die dunkelrote Wärmelampe, hielt inne, schloss die Tür auf und fuhr hastig mit der rechten Hand durch den Spalt hinaus an der Wand entlang, bis er den Lichtschalter fand. *Eine Bratwurst nach der anderen fährt ihr aus der Hand: ein Zaubertrick.* Die Höhensonne machte sein Gesicht noch röter; weiter tat sich nichts. Er schlug den Deckel nach oben, stützte sich links und rechts an der Wand ab und kletterte auf den Schüsselrand, was mit heruntergelassener Hose gar nicht so einfach war.

Tatsächlich wärmte die Lampe seinen Bauch, aber höher als eben diesen halben Klometer kriegte er ihn deswegen auch nicht. *Enge Därme, Schafsdärme im Mittelalter, einseitig zugeknotet als Verhütungsmittel, kurze, gerade Würste, abgedrückt, herumgeworfen, die Nächste bitte*. Schweiß trat ihm auf die Stirn; er war der Lampe gefährlich nahe. Erneut versuchte er es mit der Rechten, aber abgesehen von dem Schmerz durfte er die Sache auf dem Schüsselrand auch nicht zu schwungvoll betreiben. *Strüffelt neuen Darm auf die Tülle, zusammengestaucht: weiß, auseinandergezogen: durchsichtig, dass sich das helle Fette deutlich vom dunklen Muskelfleisch abhebt.* Das von innen herausgetriebene Feste, Dunkle irritierte ihn. Die ›*Verknüpfung des Hohen und Niedrigen, welche an dem Lebendigen*‹ – im ungünstigsten Moment kam ihm Hegel in den Sinn – ›*die Natur in der Verknüpfung des Organs seiner höchsten Vollendung, des Organs der Zeugung, und des Organs des Pissens naiv ausdrückt*‹, blockierte ihn restlos. Sein Gesicht und seine Hand brannten. Resigniert hielt er inne. Er konnte vulgo keine Scheiße ejakulieren. Umständlich stieg er von seinem Podest herunter, spülte ordnungshalber, wusch sich die Hände und machte das Fenster wieder auf.

## 30

Auf dem Gasherd kochten in hohen Zinktöpfen die Gläser mit Sülze, auf dem Küchenofen im großen Wassertopf die ersten Blutwurstgläser ein. Annegret kontrollierte die offenen Gläser auf dem Küchentisch und ging mit einem Tuch die Ränder nach, wenn sie Wurstspritzer darauf fand. Hertha legte die Ringe und den Deckel darauf. »Wie das mit dem Umzug gehn soll, von nem Bauernhof in ä halbes Haus, würd ich gerne ma wissen.«

»Ihr zieht ja nicht an einem Tag um. Fahrt eben immer hin und her, bis das meiste drüben ist. Irgendwann sind die Betten weg, dass ihr dort schlafen müsst, und so lange, wie was fehlt, holt ihrs von hier oder kaufts neu.«

»Ich weeß nich. Was die Leute nich alles reden, dass die Kohle nich mehr gebraucht wird.« Hertha spannte die Spangen auf die Gläser.

»Ihr kriegt Öl und ein ordentliches Haus.« Annegret hob die riesigen Topfdeckel hoch, um zu kontrollieren, ob das Wasser brodelte. Elke kam herein, trat auf sie zu und schlug die Deckel wie Becken zusammen. Sie lachte in die verärgerten Gesichter und wollte ins Bad gehen. Lukas stand am Waschbecken. Ungeniert betrachtete sie den Mann, der sich schließlich weiterrasierte.

»Heißen die nun Einkoch- oder Einwecktöpfe?« Elke zeigte auf den Herd.

»Das is eenerlee.« Hertha winkte ab. »Wie mans eben kennt. Wir sagen Einkochtöpfe, die im Westen Einwecktöpfe. Früher hatten wir ooch Einweckgläser un alles, mit so ner Erdbeere.«

»Da stand Weck drunter«, ergänzte Annegret.

»Ach! Das is ne Marke.« Elke schaute zu Lukas, der innehielt, um zu nicken.

»Weck, so hieß der, der das, ich will ma nich sagen erfunden hat, aber damit reich geworden ist. In der DDR gabs das dann nich mehr. Hatte zwar jeder noch so Gläser, aber mit der Zeit fiel immer ma eens runter, ging kaputt un wurdens eben weniger. Was suchst du denn? Willst du was essen?«

Elke machte den Kühlschrank wieder zu.

»Sag doch.«

»Nichts, Mama, nichts.«

»Das hab ich gerne, wennse nich sagen, wasse wolln.«

»Hab wirklich keinen Hunger, nur so mal gekuckt.«

»Hunger nich, aber Appetit?« Hertha ließ nicht locker. »Das kannsch aber leiden.«

»Vielleicht einen Quark«, sagte Elke unschlüssig, »wie für eine Quarktorte, mit einem Ei, Milch, Zucker und Mandeln.«

»Elke!« Annegret funkelte böse ihre Schwester an. Sie wusste, dass sie den Quark selbst zubereiten würde, um zu verhindern, dass ihre Mutter Elke bediente.

Hertha drückte ihren Rücken durch: »Weißt du was, meine Gutste? Ich geb dirs Zeug raus, un du rührst dir das selber zusammen, un dem jungen Mann stellst du ooch glei nen Napp mit hin!« Sie drehte sich um, öffnete den Kühlschrank, hielt eine Quarkpackung, eine Flasche Milch und zwei Eier hinter sich, dass Elke zugreifen musste. Annegret reichte ihrer Schwester lächelnd die Tüte mit Mandelstücken, eine Schüssel und einen Quirl.

Mit dem Quark stapfte Elke schließlich davon. Wütend zog sie in der Stube das größte Buch aus dem Regal, schlug es auf und landete bei dem Bild einer jungen Frau in einem weißen, sportlichen Hemd, das Haar so hoch wie lang, die Augen stolz nach vorn ins Unbestimmte gerichtet, das Angebot der Rückenlehne ausschlagend, strahlend: Valentina Tereschkowa. Sie griff in die Seiten, sah in schwarzem Mantel, schwarzem Rock, schwarzen Schuhen grinsend »›N. K. Krupskaja auf dem Roten Platz in Moskau‹«, Seiten weiter eine »›junge kubanische Milizionärin‹« mit Zopf über dem Ledermantel, die linke Hand in der Manteltasche, die rechte an der geschulterten Maschinenpistole, eine Frau auf einem »›Mähdrescher im sowjetischen Neulandgebiet‹«, Rosa Luxemburgs kurzen Hals – das Maskenhafte des Porträts ließ die Augen nur umso durchdringender leuchten –, in weißen Kitteln und Häubchen zwei »›malinesische Medizinstudenten an der Medizinischen Fachschule in Quedlinburg‹«, denen eine Deutsche eine Spritze vorführte. Elke hielt den Kopf aus dem Fenster.

Als sie fertig geraucht hatte, besah sie sich die Bilder noch einmal: die Tereschkowa neben Valeri Bykowski in Uniform auf der DDR-Botschaftscouch nach der Auszeichnung mit der DSF-Ehrennadel in Gold, die Krupskaja 1919 mit – welch Glanz auf seinen Schuhen! – Lenin, der den hochgestiefelten Bolschewiken vor ihr in seine Gedanken einzuweihen schien, das Foto der Kubanerin neben dem Fidel Castros in Uniform, genau wie das der Luxemburg neben dem von Karl Liebknecht; am Steuer des Mähdreschers selbstredend ein Mann. Immer standen die Frauen neben Männern, nie allein für sich. Nur bei den Afrikanerinnen, wo das Machtgefälle der Hautfarbe und der Solidarität schon groß genug war, reichte eine weiße Frau.

Lukas kam herein und stellte sich an den Ofen. Elke sah nicht auf: *Aber die Frau dort drüben steht alleine, nicht neben oder unter einem Mann.* »Hast du schon mit der Frau gesprochen?«

»Mit der Frau? Hab sie gerade mal von der Seite gesehen«, er blies durch die Lippen. »Aber irgendwas läuft dort drüben.«

»Und zwar ganz schön anders.« Sie blätterte. »›Mit achtzehn Jahren tat er einen überaus glücklichen, aber ebenso verpflichtenden Schritt. Er verlobte sich mit der schönen Tochter des mit seinen Eltern befreundeten Barons von Westphalen, mit Jenny, seiner Jugendgespielin. Die Verlobung blieb zunächst geheim, da beide die Missbilligung der Familie von Westphalen fürchteten, die die vielumworbene Jenny standesgemäß verheiraten wollte. Nur Marx' Vater wusste davon und billigte am Ende trotz schwerer Bedenken diesen Schritt. Für Karl Marx aber war Jennys Jawort der größte Ansporn, nun durch seine Leistungen sich ihrer würdig zu erweisen.‹«

»Und was ist aus der Braut geworden?«

»›Dank der ständigen materiellen Hilfe von Engels, dank aber auch der in ihrer Zuversicht trotz aller Entbehrungen niemals erlahmenden Jenny hat Marx sein Hauptwerk, *Das Kapital,* schreiben können.‹« Sie lächelte säuerlich: »Ein zähes Mütterchen.«

»Und, äh«, er schnippte mit dem Finger, »Engels?«

»In England ›durchstreifte er die Arbeiterviertel der großen Industriestädte, häufig von der irischen Arbeiterin Mary Burns begleitet, die seine Lebensgefährtin werden sollte.‹«

»Schwul waren die also nicht.« Den heißen Ofen im Rücken, strich Lukas über die gelbbraunen Kacheln. Er hatte gegessen, die Tablette tat ihre Wirkung, nur Kathrin müsste ihm noch verzeihen. »Was liest du denn da?«

Sie schlug ganz nach vorn: »›Dieses ist das Buch der Wahrheit.‹« Er zog die Stirn zusammen. »›Die Duckmäuser‹«, las sie weiter, »›die schwarzbraunen Reaktionäre, die vom westdeutschen Finanzkapital gelenkt werden, spien Gift und Galle gegen die wissenschaftlichen Erkenntnisse, die in diesem Werk vor allem der Jugend vermittelt werden.‹« Mittlerweile hatte er verstanden, dass ihn hier jeder erst einmal ins Bockshorn jagen wollte, und zuckte möglichst gleichgültig die Schultern. »Das Geleitwort, von Walter Ulbricht, unserm Adenauer.«

»Ich weiß, wer Ulbricht war.«

Sie klappte das Buch auf Seite 283 auf und hielt ihm die große Abbildung von Delacroix' Gemälde hin: »›Die Freiheit führt das Volk auf die Barrikaden.‹«

Er kam näher: »Die Freiheit hat schöne Brüste.«

»Scheint in dem ganzen Buch die einzige Frau zu sein, die den Männern vorangeht, hinter der sie her sind.« Sie gab ihm das Buch.

Er wog es in der Hand und besah sich den blassgrünen Leineneinband mit dem Männerkopf vor einer Picasso-Taube. »Wer ist das?«

»Gagarin.«

»›Weltall Erde Mensch‹«, las er groß und rot auf dem Buchrücken.

»Kennt bei uns jeder, hat hier jeder schon in der Hand gehabt, wenn nicht überhaupt das am meisten durchblätterte Buch der DDR. Haben wir alle zur Jugendweihe gekriegt, bis es Honecker aus dem Verkehr gezogen hat, weil zu viel Ulbricht drin war. Haben wir geliebt, wegen der Saurier und Urmenschen.« Sie klappte ihm die ›Sauriergruppe aus dem Mesozoikum in einer Landschaft von wüstenartigem Charakter‹ auf, den Brontosaurus ›am Ufer eines nordamerikanischen Sumpfsees der Jurazeit‹, die Säbelzahntigergruppe ›aus der Quartärzeit‹ und die ›Mammutherde in Eis und Schnee‹ – alles doppelseitige Abbildungen. »So große Saurier gabs damals in keinem andern Buch, im ganzen Ostblock nicht, vielleicht nirgendwo sonst auf der Welt. Heute ist das ja n ganzer Industriezweig. Die Ironie an der Geschichte ist, dass der Kommunismus ausstirbt und die Viecher aufleben.« Sie legte sich aufs Sofa.

»›Die Deutsche Demokratische Republik – die Zukunft der deutschen Nation.‹« Er lachte kurz auf. »›Jahrtausende werden vergehen, und Wissenschaft, Kultur und Wohlstand werden in der freien kommunistischen Weltgemeinschaft eine Höhe erreichen, von der selbst die kühnsten Träume keine vollkommene Vorstellung geben können. Vieles von dem, was heute in unseren Geschichtsbüchern steht, wird den Menschen unseres Planeten dann als unwesentliche Episoden aus der fernen Vorgeschichte erscheinen, als Sklavenhalter und Könige, Monopolherren und Militaristen noch ihr Unwesen trieben und Ausbeutung, Not und Kriege über die Völker brachten. Unvergessen aber wird stets unser 20. Jahrhundert bleiben. Es wird in die Geschichte als die große umwälzende Epoche eingehen, in der die Volksmassen die verhasste Herrschaft des Imperialismus und Militarismus stürzten, alle Formen der Ausbeutung des Menschen durch den Menschen beseitigten und den Sieg des Sozialismus und Kommunismus herbeiführten, als die Epoche, in der sie somit den bedeutsamsten Schritt zum ewigen Frieden, zur wahren Freiheit und zum wachsenden Wohlstand aller schaffenden Menschen taten. Und wir können stolz sein, diese Zeit miterlebt zu haben.‹« Er schüttelte den Kopf. »Immer das tausendjährige Pathos. Dass das den Leuten nicht vergangen war. Es müssten mal welche kommen, die die Menschen nur für zehn Jahre glücklich machen wollen. ›Wir, die Bürger der Deutschen Demokratischen Republik, sind in Deutschland die Sieger der Geschichte und durch unsere Arbeitstaten werden wir dazu beitragen, dass auch Westdeutschland schneller den Anschluss an die neue Epoche der Menschheit findet.‹ Was für eine Vergeudung von Enthusiasmus.« Er las vom Aufkommen des Nationalsozialismus, der gespaltenen Arbeiterklasse, der Schuld der ›rechten Führer der Sozialdemokratie‹, dem Krieg: »›Zehntausende Gestapoagenten waren gegen die Organisationen der

KPD eingesetzt, die in Stadt und Land, in Rüstungsbetrieben und in der faschistischen Wehrmacht trotz des grausamen Terrors den Kampf fortsetzten. 145 000 Kommunisten – fast die Hälfte der 300 000 Mitglieder, die die KPD vor 1933 zählte – fielen den faschistischen Schergen in die Hände oder mussten sich durch die Emigration vor dem Konzentrationslager retten, um den Kampf gegen den Faschismus fortzusetzen. Zehntausende Kommunisten und Antifaschisten wurden von den Faschisten viehisch ermordet, darunter der Vorsitzende des Zentralkomitees der KPD, Ernst Thälmann.‹« Er blätterte um. »›Erst als der Ausgang des Krieges schon entschieden war und die Sowjetunion bewiesen hatte, dass sie auch allein Europa von der faschistischen Zwangsherrschaft, den Gaskammern und Vernichtungslagern befreien kann, landeten die USA und Großbritannien ihre Truppen in Frankreich und lösten mit zwei Jahren Verspätung ihr Versprechen zur Eröffnung der zweiten Front gegen die faschistischen Eroberer ein.‹« Er schob sich die Brille hoch. »Deutschland unter Hitler und kein einziges Wort von den Juden!« Er setzte sich. Seit anderthalb Jahren hatte er sich im Osten zurückgehalten mit vorschnellen Urteilen und Vergleichen. Er wollte das, was er gewohnt war und kannte, einmal, sofern das überhaupt möglich war, von der anderen Seite sehen, beziehungsweise darauf verzichten. »Das ist die Endlösung.«

»Was stand denn bei euch in den Büchern? Von Kommunisten sicherlich n Dreck. Weltall Erde Mensch, W.

E. M., das Buch der Wahrheit, wem sie nützt, ist die Frage. Wem seine Wahrheit?«

Er las weiter vom schwierigen Neuanfang in Ostdeutschland, der Vereinigung von KPD und SPD, der Spaltung Deutschlands. »›Im Herbst 1949 rissen sie – die Westmächte und die reaktionären westdeutschen Politiker – mit der Bildung der westdeutschen Bundesrepublik Westdeutschland aus dem deutschen Nationalverband heraus und bestimmten das rheinische Provinzstädtchen Bonn zur Hauptstadt dieses Staatsgebildes.‹« Er schmunzelte; den abschätzigen Ton kannte er nur aus seiner Heimat, wenn von der Zone die Rede war. Er überflog die Geschichte der Deutschen Demokratischen Republik. »Hoppla! Da sind sie ja doch noch: ›Im Bonner Staat dagegen sind die führenden Beamten bezahlte Vertreter des Monopolkapitals, Reaktionäre, die bereits zur Zeit des Faschismus die Geschäfte des deutschen Imperialismus und Militarismus treu besorgt haben. So war 13 Jahre lang Globke, einer der Hauptschuldigen an der Vernichtung von vielen Millionen Juden, der höchste Beamte des Bonner Staates, der Staatssekretär des Bundeskanzlers.‹«

»Sind die vergasten Juden doch noch zu was nütze.«

Lukas sah entsetzt zu ihr hinüber und wollte das Buch zuschlagen, als ihm die Seiten aus der Hand glitten und auf Seite 94 liegenblieben. Sein Blick fiel – er dachte blitzartig an die Fremde und donnernd an Kathrin – auf eine offen sich darbietende Vulva. Um den schwarzen Mund zogen sich zu beiden Seiten filigran die kleine und die große Lippe im, mit Kohlenstift verriebenen Schatten des abrasierten Schamhaars. Die schwarzen Stümpfe einzelner Haare waren deutlich zu erkennen. Eine Galaxie – zweifellos der schönste Witz der Populärwissenschaft, den er je zu Gesicht bekommen hatte, eine köstliche Zote des Zeichners. Er wusste von Patienten, wie unangenehm eine solche Rasur war, wie das die nächsten Tage juckte. Lukas mochte Kathrins unrasierte Beine, das wilde Haar, das im Osten noch fast in jeder Frauenachsel spross. Plötzlich war ihm klar, wie er sich mit ihr versöhnen könnte.

## 31

Achim hängte die letzten Bratwürste auf die Stange. Er fühlte sich wie nach dem zweiten Bier, wenn die Welt anfängt zu glänzen und man glaubt, endlos weitertrinken zu können. Er war glücklich. Schlegels, die Arbeit und das Fleisch hatten seinen Barbara-Kater verscheucht. Eine vage Dankbarkeit erfüllte ihn. Respektvoll betrachtete er die Schlachterin, wie sie den Laden schmiss. Ihre Ruhe, ihre Schönheit standen im Raum – eine Atmosphäre, die er nicht kannte und kaum für möglich gehalten hätte.

»Wie viel sind es denn?«, fragte die Schlachterin.

Sonja ging die Wurstpaare mit dem Finger entlang: »Vierzehn.«

»Bring die grünen Hertha rein. Wenn sie nicht will, dass die Kurzbrater in der Pfanne platzen, soll sie die in Milch tauchen und dann in Mehl wälzen.«

»Ein bisschen können die ruhig aufplatzen«, sagte Wolfgang.

Kathrin und René nahmen die letzte Stange mit Bratwürsten – auf der Treppe streckte er sein Ende in die Höhe, dass die Schleifen nicht zusammenrutschten – und brachten sie in die Eckkammer. Die Schlachterin kratzte den Rest Wurstmasse aus dem Zylinder und formte Kesselklöße. »Hm, Klopse«, summte Sonja und drückte mit dem riesigen Holzlöffel die Würste in den Sud.

»Unkantige Königsberger«, kalauerte René.

Die Schlachterin schraubte die Tülle ab: »Den Wolf und die Spritze raus. Speck, Schinken rein und eine halbe Tasse Zucker.«

Achim und Wolfgang packten den Fleischwolf an, René trug den Stuhl vor den Anbau, Sonja das Spritzrohr hinterher; die Füllmaschine setzten sie daneben auf einem Schemel ab. »Ach«, rief Achim erleichtert. »Das war wichtig.«

René roch, bevor er fragen konnte: Was? Er verkniff sich einen Kommentar und sah beschämt zu seiner Mutter, die jedoch nicht darauf einging, denn sie hatte selbst gerade unbemerkt einen Pups gelassen.

»Die Zwiebeln?«, fragte Wolfgang verständnisvoll.

Als sie zurückkamen, stand Sabine im Kesselhaus und kicherte an der Schulter der Schlachterin, die das auf der Tischplatte Zusammengekratzte in den Kessel warf.

»Zehn Kilo dürften das sein.« Wolfgang setzte das Brett mit dem Schinken und den zwei Speckseiten auf dem Tisch ab.

»Weniger«, sagte die Schlachterin, halbierte den Speck, schüttete ein Pfund Salz in die blaue Wanne und einen Teil vom Zucker darüber: »Das Pökelfass.«

Sonja sah zu Achim hinüber. Die Schlachterin neigte sich Sabine zu, die ihr bereitwillig das Ohr hinhielt. Während sie in der Wanne den Schinken einrieb, flüsterte sie Sabine ins Haar, bis Achim, stolz, vorbereitet gewesen zu sein, mit dem sauberen Steinkrug, in dem sie am Morgen das durchgerührte Blut aufbewahrt hatten, zurückkam. Sabine gab einen Laut von sich, der mehr einem Schnurren als einem Kichern ähnelte: »Am schnellsten geht Trockenpökeln. Muss man aber auch am meisten aufpassen und kommt bei so kleinen Portionen wie beim Hausschlachten nicht in Frage, weswegen die Bauern genauso nass pökeln wie sie sich rasiern.«

»Weswegen?« Mehr als diese Sachkenntnis verdutzte Kathrin Sabines süßliche Stimme.

»Damit alles glattgeht«, antwortete Sabine vergnügt. Wolfgang blickte streng unter seinen Brauen hervor. Die Schlachterin warf von dem Salz in der Wanne eine Handvoll auf den Boden des Pökelfasses, legte den Schinken hinein und die vier Speckstücke. Zu dem übriggebliebenen Pökelsalz gab sie Pfeffer, Kümmel, Koriander, Ingwer und drückte die Wanne Achim an die

Brust. »Das Ganze«, maunzte Sabine, »in fünf Litern Wasser aufkochen, kalt werden lassen und über die Stücke gießen, so dass alles bedeckt ist. Auf das Wasser einen Deckel und einen Stein legen und an einem dunklen, kühlen Ort stehenlassen.«

René betrachtete seine Cousine. Sie trug einen dünnen Pullover. *Mädchenbrüste*, dachte er verächtlich, *nicht die kleinen, festen, unter den Schlüsselbeinen, sondern ziemlich große sogar, aber ohne Nippel.*

»Und wie lange?« Achim schaute zwischen Sabine und der Schlachterin hin und her.

»Eine Woche pro Kilo Fleisch am Stück«, sagte wiederum Sabine.

»Dreieinhalb hat der Schinken«, schätzte Wolfgang, »ungefähr.«

»Dreieinhalb Wochen?«, vergewisserte sich Achim.

»Wenn es bis in den Kern durchpökeln soll«, sagte Sabine mit dem Ohr am Mund der Schlachterin. »Der Speck ist schon in zwei Wochen durch. Alle vier Tage die Lake ablassen, abkochen und kalt wieder drübergießen, damit keine Keime entstehen.« Achim zog die Stirn tief; er hatte Mühe, sich alles zu merken. Er wartete auf ein bestätigendes Nicken der Schlachterin.

»So ein Schinken ist keine leichte Sache«, stichelte Wolfgang.

»Deswegen schmeckt er auch so gut.« Achim ging mit der Wanne davon.

»Wolfgang, hol mal eine Blut- und eine Leberwurst raus.« Die Schlachterin zog einen Schaschlik-Stab aus ihrer Tasche und pikste in eine dampfende Blutwurst. Ein dünner Strahl Wurstbrühe spritzte heraus. »Alle rausholen. Die Leberwürste in eine Wanne mit kaltem Wasser, die Blutwürste und die große Sülze nur kalt abspülen, dann auf Bretter und raus.« Das Holzstäbchen gab sie Sabine.

»Und die Klopse?« fragte Sonja.

Die Schlachterin warf ihren Zopf herum, angelte einen Fleischkloß, brach ihn auseinander, blies und steckte lächelnd Sabine, sich selbst, Achim und Sonja ein Stück in den Mund. »Die Knochenwanne!« Sie drehte den Hackeklotz ein Stück in den Raum und hackte die Wirbel und Rippen in die Zinkwanne rechts daneben. Wolfgang fischte die Würste ab, Sonja spülte sie in der Wanne, Sabine stach sie an, Kathrin und René reihten sie auf. »Die Rippchen rein zu Hertha.« Sie drückte mit dem Daumen auf die Sülze und nickte Wolfgang zu. »Leg draußen noch ein Brett drüber und einen Ziegelstein drauf, dass sie in Form kommen.«

In der Küche frischte Achim seine Stimmung auf. *Das erste Bier*, dachte er, *ob Flasche oder Glas, stillt einzig und allein das Verlangen, das zweite den Durst, erst das dritte kann man an und für sich genießen, wobei die ganze Kunst darin besteht, sich auf diesem Niveau zu halten.* Von einigen Zigarren abgesehen, hatte er in seinem Leben keine andere Droge als Alkohol genossen, aber er ahnte, dass die Einzigartigkeit des Alkohols und hier vor allem des Biers darin bestand, sich damit erstens lange und zweitens gewohnheitsmäßig auf einem zumeist sozialverträglichen Rauschpegel bewegen zu können. Als die Salzlake endlich aufkochte, ließ er die Flasche, die ihn alsbald aus der dritten Bier-Welt herausgeworfen hätte, fürs Erste stehen. Zurück im Kesselhaus, erwischte er den letzten Klops.

Ungläubig sahen sie zur Schlachterin, wie sie in ihrem Rücken an der Schleife zog und die Schürze ablegte. Sie schien kleiner zu werden. Sabine fand die Fremde in diesem Moment gar nicht schön, sondern verwandelt, doch ihre Liebe flammte umso heftiger auf. Sie verschluckte sich, hustete. René schlug ihr ins Kreuz.

Kathrin brachte eine Schüssel mit warmem Wasser, Seife und ein Handtuch. Die Fremde lächelte und wusch sich am Tisch die Hände. Dann zog sie sich den Schemel an die Wand, löste ihren Zopf und zündete sich eine Zigarette an. Sie starrten die Frau an. Sie schien nicht erschöpft, sondern vielmehr geistesabwesend zu sein.

»Alles hat ein Ende, nur…« Traurig sah Wolfgang zur Schnapsflasche im Fenster.

»…die Wurst hat zwei.« Sabine grinste.

»Und wer wird das alles räuchern?« Achim beschrieb mit der Hand einen weiten Bogen.

»Der Opa sicher nicht mehr«, sagte Sonja.

»Warum nicht? Zum letzten Mal? Ist doch nicht viel Arbeit und bringt ihn vielleicht auf andre Gedanken.« Achim sprach, als ob er wüsste, wie man den alten Mann nehmen musste.

»Das möcht ich aber sehen.« Sonja ärgerte sich über

die Sturheit ihres Mannes. »Wo der in letzter Zeit seinen Kopp hat, weiß niemand.«

»Wenn Sie es mir vielleicht erklären?«, wandte sich Achim an die Schlachterin.

Sie schnippte die Zigarette durch die Tür auf den Hof, stand auf und spannte ihre Schultern. »Draußen die Maschinen saubermachen, den Hackeklotz, die Tischplatte, die Axt, schrubben und in den Hänger. Die Messer pack ich selbst ein.« Sie klatschte zweimal in die Hände, dass die Leute sich in Bewegung setzten. Achim und Sabine aber schnappte sie an den Handgelenken: »Na, dann zeig mir mal deine Räucherkammer.«

## 32

Schauer Udo aus Holzhausen, sagt euch was?« Kathrin und René schüttelten den Kopf.

»Der Direktor vom VEB?« Sonja stellte Wolfgang einen Eimer Fit-Wasser hin.

»Feuerungsanlagenbau, genau! Diplomingenieur Maschinenbau, wie ich«, Wolfgang fing mit Schrubben an und sprach lauter, »sechs Jahre jünger. Fünfundachtzig hat der den Betrieb übernommen, tausendzweihundert Leute.« Er nickte, als ob er einen Gedanken verdaute. »Der ruft mich manchmal an.«

»Der war das?«

Wolfgang blickte seine Schwägerin an, lächelte über

ihre ewige Neugier und nickte. Sonja wandte sich verlegen dem Gestänge der Füllmaschine zu. »Der wollte seinen Betrieb übernehmen und hatte bei der Treuhand einen Kaufantrag gestellt, mit noch drei Teilhabern.« Wolfgang räusperte sich darüber hinweg, dass er einer davon hatte werden wollen. »Die haben Schauer ein ums andere Mal vorgeladen, Opitz, der Privatisierungsdirektor der Leipziger Treuhand, um zu hören, wie der Laden läuft. Schließlich wollten sie zwölf Millionen für den Betrieb.«

»Muss man erst mal haben«, Sonja wischte sich mit dem rechten Ärmel die Haare aus dem Gesicht, »als ostdeutscher Diplomingenieur.«

»Genau das dachten die sich bei der Treuhand, dass zwölf Millionen den ein bisschen dran erinnern, wo er herkommt. Deswegen kam der zu mir, dass ich ihm bei uns einen Kredit verschaffe: Der Maschinenpark war modernisiert, die Umstellung auf D-Mark bewältigt, die hatten ein neues Heizkraftwerk auf Erdölbasis und standen bereit, wenn in den kommenden Jahren alte Kraftwerke umgerüstet oder neue ausgerüstet werden sollten. Hatte alles Hand und Fuß. Also gab die Mannheimer die Zusagen. Wer nen Rückzieher machte, war die Treuhand. Die hielten Schauer Monate hin und setzten ihn schließlich vor die Tür.«

»Was?!«, riefen Sonja, Kathrin und René.

»Weil er den Tarifvertrag ohne deren Zustimmung unterschrieben hatte.« Die drei sahen Wolfgang fragend an. »Den Stufenplan zur Lohnangleichung in Ostdeutschland. Als die Unternehmer den kippen wollten und die IG Metall Streiks androhte – fünfundvierzigtausend sächsische Metaller sind kein Pappenstiel –, haben die in letzter Minute eingelenkt. Schauer als Geschäftsführer hat den Zusatztarifvertrag als einer der ersten für seine Leute unterschrieben, dass sie zweiundachtzig Prozent der Westlöhne kriegten.«

Lukas kam mit schwarzen Händen, nickte unschuldig Kathrin zu und flüsterte René ins Ohr.

»Mit dem Westgeld haben die doch unsre ganze Wirtschaft kaputtgemacht.« Sonja schüttete den restlichen Eimer an den Fleischwolf. René hielt das Kabel hoch, dass kein Wasser in den Anschluss kam, und erklärte Lukas, wie er Feuer machen musste. Lukas ging davon. Kathrin brachte Wolfgang einen vollen Eimer.

»Die Leute wären doch, als die Grenze offen war, zur D-Mark gegangen, wenn die nicht hergekommen oder der Lohn so niedrig geblieben wäre.« Systematisch spülte er die Maschine ab.

»Aber mit höheren D-Mark-Löhnen«, erwiderte Sonja, »wurden sie zwangsläufig arbeitslos und müssen sich genauso nach was Neuem umkucken.«

Wolfgang winkte ab: »Davor hätte uns die Mauer auch nicht mehr lange bewahrt. Wir waren doch am Ende. Die Leute sind doch nicht auf die Straße gegangen, weil sie alle in den Westen wollten, sondern weils überhaupt nicht mehr weiterging, weil wir so tief im Dreck steckten, dass wir da gar nicht mehr rauszukommen drohten.«

»Stimmt ja gar nicht.« Sonja ärgerte sich über Wolfgang, mit dem sie in einer Partei gewesen war. *Als ob er in Leipzig montags mitdemonstriert hätte; dabei war* – wie sie sehr genau wusste – *Achim als Einziger von uns dabei.*

»Schauer jedenfalls wollte und konnte die zweiundachtzig Prozent bezahlen. Aus dem Betrieb war noch vor der Währungsunion eine GmbH geworden, dreihundertzehn Beschäftigte, hochqualifiziert, erfahren – die wollte der halten; die Auftragsbücher waren voll. Die waren in der DDR ja nicht nur die Einzigen, die Feuerungsanlagen für Kohlenstaub bauten. Die haben Dampferzeuger, Mühlen, Rauchgassperren und was nicht alles, dazu Anlagen im ganzen Ostblock, in China, Vietnam, Ägypten, Spanien, Finnland.«

»Dass von uns was Weltniveau hat.«

»Katharina Witt?«, spöttelte René.

»Nee, ökonomisch«, fügt Sonja gekränkt hinzu, »dass wir da mithalten konnten, in manchen Dingen, haben die uns doch mit ihrer D-Mark, ihren Autos und der ganzen Reklame schon fast ausgetrieben.«

»Der Gohlke hat, bevor der dem Rohwedder die Treuhand überließ, gesagt ...«

»Da ist er ja noch mal davongekommen.« René blies über den erhobenen Zeigefinger seiner Handpistole.

»... dass es durch die Wirtschafts- und Währungsunion über Nacht keinen einzigen konkurrenzfähigen Betrieb in der DDR gebe.« Wolfgang wrang den Lappen aus. »Aber wegen Schauers Firma standen die Interessenten bei der Treuhand Schlange.«

»Filetstückchen«, sagte Kathrin. »Wollte nicht so ein Berliner Brotfabrikant die Treuhand komplett kaufen?«

»Der Schiesser.« Wolfgang nickte. »Siebenhundert Milliarden hat der geboten.« Wolfgang fand, dass Sonja genug geschrubbt hatte, hieß sie zurücktreten und schwappte die Füllmaschine mit klarem Wasser ab.

»Unglaublich!« Sonja war genauso erstaunt wie empört. »Wenn das siebenhundert Milliarden wert gewesen ist, das Volkseigentum«, sie wischte die Maschine trocken, »muss man sich mal ausrechnen, was uns da zugestanden hätte.«

»Ne Sieben mit vierzehn Nullen durch ne siebzehn mit sechs Nullen.« René machte die Aufgabe nicht gerade leichter.

Sonja rechnete. »Einundvierzigtausend. Einundvierzigtausend D-Mark. Dann hätte in vierzig Jahren DDR jeder Bürger im Jahr tausend Mark zum Wohle des Volkes erwirtschaftet.«

»Nur war das Volkseigentum eigentlich Staatseigentum und deswegen hats auch nicht das Volk bekommen, sondern versilberts jetzt der Staat. Fertig.« Wolfgang gab Kathrin seinen Lappen und hob die Wurstspritze in den Anhänger.

»Brich dir keinen ab.« Sonja kicherte.

René setzte den Zylinder ein, sie legten das Gerät um und hievten den Fleischwolf daneben. »Schauer musste gehen. Es kam: Heriberto Pablo Antonio Konn-Kruse.«

»Haribo?« Kathrin kniff die Augen zusammen.

»Conni Krause?« René drehte den Hackeklotz zum Hänger.

»Heriberto Pablo Antonio Konn-Kruse.« Jetzt lachten sie alle.

Auf dem Hof war die Arbeit getan. Sie gingen zurück ins Waschhaus. Achim stand am Kessel und rührte. »Und?«, fragte Sonja.

»Der Zusatztarifvertrag wurde zurückgenommen, die sechsundzwanzig Prozent Lohnerhöhung. Doch auf einmal gings bergab. Einundneunzig haben die mit Schauer noch fünf Millionen Plus gemacht. Aber da Konn-Kruse kaum Aufträge kriegte, ist jetzt von anderthalb Millionen Nassen die Rede.«

»Übelst.«

»Haben die sich denn nicht gewehrt, die dort arbeiten?«, fragte Kathrin. Sie wischte die Axt ab und zeigte ihrem Bruder, der sehr gewissenhaft war mit Werkzeugen, die Messer, an denen sie sich nicht noch einmal vergreifen wollte.

»Doch.« Wolfgang legte Holz nach. »Die haben gestreikt und den Neuen nicht in den Betrieb gelassen.«

»Hat doch alles System«, sagte Sonja verbittert. »Angeschlagene Unternehmen sind billiger, als wenns brummt.«

»Genau! Gekriegt hat den Laden, jetzt, vor ein paar Tagen, zusammen mit neunzehn andern Betrieben, die SIGL, Sächsische Industriegruppe Leipzig GmbH.« Sie schwiegen.

Achim rührte apathisch durch die Wurstsuppe. René war mit den Messern fertig und schaute sich nach einer Ablage um, damit sie den Tischaufsatz saubermachen konnten. Schließlich öffnete er die Tasche der Schlachterin und legte sie hinein. Kathrin spritzte Fit über den Tisch und den Fußboden.

Sonja fing an zu scheuern. »Für wie viel?«

»Zwanzig Millionen. Aber denk nich, dass die das Geld gleich auf den Tisch legen. Da schachern die noch Jahre drum, zwecks Fördergeldern.«

»Also rund eine Million für jeden Betrieb«, sagte Sonja.

»Im Dutzend wirds billiger. So was nennt die Treuhand Paketlösung.« Wolfgang hätte ohne weiteres zwei Dutzend ähnliche Fälle aufzählen können. René spülte die Tischplatte ab. Sie drehten den Aufsatz um, wischten die Rückseite ab und trugen ihn hinaus. »Das Schärfste ist, wer hinter der SIGL steckt. Hat Schauer gestern im Leipziger Handelsregister rausgefunden.« Wolfgang schaute in die Runde. »Der Privatisierungsdirektor der Treuhand, Dr. Karl Opitz, Diplomingenieur aus Marburg, als einzelvertretungsberechtigter Geschäftsführer.« Wolfgang ging zum Fenster, schraubte die Flasche Klaren auf und schenkte sich ein. »Der hat vorgesorgt, wenns nichts mehr abzuwickeln gibt.« Er war froh, dass er die Geschichte erzählt hatte, jetzt, wo die Sache verloren war. Er wollte den Kopf frei haben.

»Das Schwein.« Sonja hielt ihm ihr Glas hin.

Wolfgang gab Achim einen Schnaps. Achim sah verwirrt auf: »Ich, ich hab genug.« Verwundert sahen sie ihn an. Kathrin nahm ihm das Glas aus der Hand.

»Ab geht er.« Wolfgang prostete in die Frauenrunde.

»Wo ist denn die Schlachterin?«, fragte René. Achim nickte nach oben. »So lange?«

Achim ging nach draußen, stellte sich an den Misthaufen. Es dauerte eine Weile, bis er sich durch Hose und Unterhose gefummelt hatte. Seufzend sah er seinem hohen Strahl nach. Wolfgang stellte sich neben ihn, drückte: »Pisschen Pier. Los, ich zeig dir mal mein neues Auto!«

## 33

Sabine hatte die ganze Zeit mit dem Ohr am Mund der Schlachterin gesprochen. Achim schwirrte der Kopf vor lauter Erklärungen und Anweisungen. Er wusste nicht mehr, wer eigentlich sprach, was mit ihm geschah. Bevor er selbst sein Ohr der Schlachterin hinhielt, riss er sich los.

Sowie er sich abwandte, ging seine Phantasie mit ihm durch, dass die beiden sich ihre Zungen in den Mund steckten. Hinter ihm knisterte es. Er konnte sich nicht umdrehen. Sein Oberkörper war steif. Wie eine beißwütige Halskrause lauerte ihm der Schmerz im Nacken. Gewissermaßen unbeweglich ging er zur Treppe, ein vom Verbot selbst schon versteinerter Orpheus. Was hatte sie, beziehungsweise die andere, ihm nicht alles gesagt, über kalten und heißen Rauch, Zugluft, Temperaturen, Räucherzeiten.

Es schmatzte. Alle Sinne versammelten sich in seinem Rücken, alles Schwere zog sich in seinen Füßen zusammen. Etwas trieb ihn fort, hielt ihn im Genick wie ein Schraubstock. Etwas anderes wollte in genau die entgegengesetzte Richtung. Es polterte und seine Bewegung gefror wie die eines Zinnsoldaten, dass er nicht mehr wusste, ob sein Knochengestänge so furchtbar knackte oder die beiden hingefallen waren. Das Blut pochte in seinem Hals, seinen Schläfen. Er fühlte sich dem Punkt nahe, wo er sich umdrehen müsste. Er fürchtete, von seinem Schmerz auf eine rabiate Art befreit zu werden, wie von einem, der kurzerhand eine ausgekugelte Schulter einrenkt und die Verwünschungen darauf wegsteckt. Wie von einer.

Er erreichte das Geländer, blieb stehen, lauschte durch den Krach hindurch, den er bis dahin selbst verursacht hatte, atmete schwer, als ob das, was er stets für seine Haut gehalten hatte, ein riesiges Pflaster wäre, dass abgerissen werden müsste, damit er endlich Luft bekäme.

Lukas hatte sich von den heraufkommenden Schritten und Stimmen nicht stören lassen und seinerseits nicht auf sich aufmerksam gemacht. Als jedoch die Packung Kohlenanzünder, die er, dem Namen vertrauend, Stück für Stück unter die aufgetürmten Kohlen geschoben hatte, aufgebraucht war und es nebenan rumpelte, kam er aus dem Mädchenzimmer hervor. Achim lehnte an der Wand vom Treppenaufgang. So schief, wie er sich ans Geländer klammerte, hielt Lukas ihn für gefährlich besoffen. Er murmelte, als er sich an Achim vorbeischob, etwas von Feuer und Ofen und streckte zur Erklärung sogar seine Hände vor. Von der Seite sah Lukas die blicklosen Augen und verachtete den Mann umso mehr, als er selbst gerade erst seinen Rausch ausgeschwitzt hatte. Er hätte gewissermaßen durch den Mann hindurchgehen können, ohne dass der ihn bemerkt hätte, so hackevoll, dachte Lukas, wie der war. Kathrin hatte sich bei ihm schon öfter wegen der Sauferei ihres Vaters Luft gemacht. Als Lukas sie jetzt deswegen bedauern wollte, holte ihn die Reue ein und bestärkte ihn in dem Wunsch, sich mit ihr zu versöhnen.

Der Schatten, der an ihm vorüberhuschte, löste Achims Starre. Er zwinkerte und wackelte mit dem Kopf. Seine Gedanken gewannen eine Linearität zurück, der sich folgen ließ. Gerade als er seinen Mut zusammennehmend um die Ecke blickte, kam Bewegung in den dunklen Gang, standen – er zog seinen Kopf zurück, drückte sich in die Sicherheit der Wand – die beiden Frauen auf und verschwanden in die Eckkammer. Seine Oberschenkel waren so schwer, als hätte er sich nach der regulären Spielzeit gegen besseres Wissen auf dem Rasen ausgestreckt und sollte nun zur Verlängerung antreten.

»Warum trägt dein Vater seine Uhr am Puls?«

»Hat der so seit der Wende.«

Achim hörte ihre Stimmen, Bewegungen, ihre Küsse. Langsam drückte er sich in den Gang. Zwei Meter vor der Tür blieb er stehen. Mit dem linken Unterarm stützte er sich an der Wand ab. Ein Kleidungsstück flog gegen die Tür, dass er zusammenzuckte. Selbst wenn sie seine Schritte auf den Dielen überhört hatte, war er nun überzeugt davon, dass sie von ihm wusste. Er glaubte eingeladen zu sein. Anders konnte er es sich nicht erklären, wie er bis vor die Tür gekommen war.

»Wie im ersten Augenblick die Zeit steht.« Sabine dachte an das Schwein in der Luft. »Manchmal schau ich, plötzlich, auf meine Uhr, und der Sekundenzeiger bleibt Ewigkeiten auf seinem Fleck.«

Achim hatte keine Angst, fühlte keine Scham. Sie lachten in der Kammer. Er spürte eine endlose, flache Lust und verstand, dass er den Frauen gleichgültig war. Unmöglich konnte er in die Kammer sehen, geschweige denn den Raum betreten. Einzig der Gedanke, dass er den Mut gefunden hatte, näher zu kommen, ließ ihn sich nicht völlig wertlos fühlen, sowie die Ahnung, dass die Fremde all das vorhergesehen haben musste.

»Machst du das jedes Mal?«

»Wie es sich ergibt.«

»Männer wie Frauen? Egal?« Für einen Moment blieb es still. »Und ich? Auch egal?«

»Mir ist niemand egal. Du bist du, schön und schlau.«

»Das reicht mir nicht. Ich will wissen, was ich dir bedeute.«

»Alles Mögliche.«

Achim hörte die beiden übereinander herfallen.

Mit kleingehacktem Holz, einer Zeitung und einer neuen Packung Kohlenanzünder kam Lukas die Treppe hinauf. Links in dem dunklen Gang vor der Kammer, in der er geschlafen hatte, sah er Achim, der offenbar die Orientierung verloren hatte. Renés Anweisungen folgend, nahm er sämtliche Kohlen aus dem Ofen, kratzte mit einem Holz die Asche durch den Rost, knüllte eine Zeitungsseite mit sicherheitshalber zwei Stück Kohlenanzünder zusammen, baute darum im Ofen die Holzscheite auf und legte vorsichtig Kohlen darauf. Zwar ging bei dem Versuch, unter dem Haufen das Papier anzuzünden, die halbe Streichholzschachtel drauf, doch schließlich fing das Ganze Feuer. Er hörte Schritte, beugte sich nach hinten und sah durch die halboffene Tür Kathrins Vater vorsichtig die Treppe hinuntersteigen. Dann glaubte er ein Frauenlachen zu hören. Er schraubte die obere Ofenklappe zu, stand auf. Da war es wieder! Misstrauisch ging Lukas aus dem Zimmer rechts in den Gang. Je stärker der Eindruck wurde, dass sich hinter der Tür etwas tat, desto behutsamer trat er auf.

»Du weißt genau«, Sabine war noch außer Atem, »was du tust, wie du es anstellen musst?«

Lukas begriff sehr schnell, was da vor sich ging: die Bettdecke auf dem Boden, die Beine.

»Wie du hier aufkreuzt, im Raum stehst, gebieterisch, unfassbar, wie das Glück, so dass sie dir aus der Hand fressen: Du weißt das? Selbst das Töten ist für dich nur ein Mittel.«

Er vergaß, wie unwürdig die gebückte Haltung vor dem Schlüsselloch war, ärgerte sich vielmehr, dass er so wenig sah.

»Und du beherrschst das, blind, von vorn bis hinten, eine bis zur Unwiderstehlichkeit getriebene Kunst?«

Leuchtend wackelte ein Hintern durch sein Blickfeld. Der Oberkörper der Schlachterin tauchte auf. Sie musste sich auf den Ellenbogen abstützen. Eine Hand, zwei Hände fuhren um ihre Brüste. Ein Rücken schob sich davor; Sabines Kopf vor den Wurststangen. Ein Bein kam hoch, der Fuß steckte noch in der Hose. Unter Sabine verschwand die Fremde. Zwei Bäuche in Gegenrichtung aufeinander: Er hörte das Schlecken und Schnaufen. Eins-, zweimal bumste wohl der Schädel der Schlachterin auf die Dielen. Lukas drückte das Auge aufs Schlüsselloch und sah Sabines Kopf zwischen den Schenkeln der Fremden stecken.

»Ah!«, schrie Lukas auf. Etwas fuhr ihm geradewegs unter die Rippen ins Zwerchfell. Er stieß mit dem Kopf gegen die Türklinke. Stärker noch als der Schreck und der Schmerz war sofort die Scham, dass er sich verraten, dass man ihn gehört hatte. Er drehte sich um, erkannte die Fratze, die sich grinsend hinter ihm duckte, schlug, nach einem kurzen Zögern, zu und trat, noch wütender, dass er nicht traf, nach. René hielt Lukas' Fuß fest, der verlor den Halt, erwischte René jedoch noch und zog ihn mit zu Boden. Sie balgten sich, wobei Lukas aus Rücksicht auf die Damen im Kämmerchen keine bösartigen Schläge austeilte, dem Chorknaben immerhin einige Pferdeküsse mit dem Knie versetzte. Der krümmte sich mehr vor Lachen als vor Schmerz und kullerte sich nicht ohne Lust mit dem Mann im Dustern auf den Brettern. Lukas' Wut war bald verraucht. Er stand auf, tastete nach der Beule auf dem Kopf und ging ärgerlich, dass er sich schon zum zweiten Mal an diesem Tag hatte provozieren lassen, davon.

»Immer und immer wieder dasselbe Spiel? Und das stößt dich nicht ab? Die Unterwürfigkeit der Menschen, ihr Eifer, deine Macht? Vernascht ist schnell. Langweilt dich das denn nicht? Diese Eroberei?«

Diana Kampradt lächelte ermutigend.

»Verachtest du dich nicht manchmal selbst? Was kann dir denn noch nahekommen, dich verändern? Interessieren dich die Menschen überhaupt? Ziehst herum, machst deinen Zirkus, deinen Zauber und packst dein Zelt wieder zusammen.«

»Und wenn es so wäre?« Diana Kampradt versuchte Sabine, die vor lauter Wut sprühte, an sich zu ziehen.

»Dann wird es Zeit für was Neues!« Sie wehrte sich gegen die Schlachterin. »Du musst mit deiner Macht spielen, alles, wie soll ich sagen, ein wenig verrücken, die Menschen provozieren, in einen unentschiedenen Zustand bringen.«

»Weiter«, rief die Schlachterin, »weiter!«

»Dass sie aus sich herauskommen, sich entscheiden für die Revolte, das Neue oder das Alte. Dass ihnen die Entscheidung, wie auch immer, bewusst wird.«

Diana hielt Sabines Gesicht in den Händen.

»Die Welt von Anfang an teilen.« Sie küssten sich.

Rechts unten, wo die Tür in der Angel hing, fiel spärlich Licht durch einen Spalt – Renés Hand hätte durchgepasst. Er sah: das Gesäß auf den Hacken, der Anus im Flaum, die Ritze im Busch – genau in den Arsch seiner Cousine; er hatte gewissermaßen seine Nase drin, und das war selbst für einen Chorknaben zu viel der Blutschande und hätte ihn zum Rückzug veranlasst, wenn nicht gerade Bewegung in die Stellung gekommen wäre. Die Schlachterin machte die Beine lang. Sabine schob sich über die Fremde, legte sich neben sie, auf die Seite, und zog, als sie sich auf den Rücken drehte, die Schlachterin mit, halb auf sich. René hätte die Zehen der Fremden kitzeln können. Er streckte sich aus: bäuchlings auf den Dielen vor der Tür und in seiner Hose.

»Die größte Verführerin ist diejenige, die es schafft und genießt, dass die anderen sich darin versuchen.« Sabine fuhr mit dem Finger unter den Würsten entlang. Eine Wolke frisch gekochten, frisch gewürzten Fleisches erreichte René. Sie angelte sich vom Stangenrand einen Blutwurstring, legte ihn um ihre Brust und gab den vorderen Würsten neuen Schwung. »Ach du lieber Pimmelhimmel.« Die Zipfel kreisten über ihr. »Die ist noch warm. Wie wärs mit etwas Hausgeschlachtenem?«

»Blutwurst?« Diana Kampradt fragte, als ob es auf die Sorte ankäme. Sabine blickte unschuldig. »Dir muss man«, die Schlachterin schlug ihr auf den Po, »auch nichts zweimal sagen.«

Sabine warf sich auf die Frau. »So schön, wie die gekrümmt ist.« Sie küsste ihren Hals, die Schlüsselbeine und zischte ihr etwas ins Ohr, das René nicht verstand. Die Schlachterin holte ein Messer unter den Sachen hervor und schnitt den Bindfaden der U-förmigen Wurst an beiden Enden kurz. Sabine klatschte mit den Schenkeln. Die Schlachterin fasste ihr in die Kniekehlen, küsste die Innenschenkel entlang. Halb setzte, halb hockte sie sich auf Sabines Becken, der Tür gegenüber.

Nicht die vier in seine Richtung gespreizten Schenkel, sondern das Gesicht der Fremden ließ René zurückweichen von seiner Spalte. Zwei Hände schoben sich über die Hüfte der Schlachterin die Rippen hinauf. Breit und eckig setzte sich von der Taille die Schulter ab. Er hätte diesen Körper aggressiv genannt, wenn nicht die Brüste, voll und doch leicht, den Anblick gemildert, ja bestimmt hätten.

Ihre Vliese berührten sich. In jeder Hand ein Ende, strich die Schlachterin mit der Wurst durch beide Wiesen, Äcker, zog gemächlich Furchen, pflügte. René sah die Hände auf und ab gehen. Manchmal blieb die Wurst stehen, stecken.

Diana setzte sich schwerer auf Sabines Schoß, schränkte dessen Bewegungsfreiheit ein und gewann selbst den nötigen Halt, um die Blunze behutsam in beide Pitschen einzuführen. Ihre Augen weiteten sich mit jedem Zentimeter. Stück für Stück sah René die Wurst verschwinden. Er lag mit seinem Blick noch unter den Frauen. Sabines Rechte suchte nach der Wurst, tastete den Knick ab, überzeugte sich, dass sie miteinander verbunden waren, und drückte die fette Krampe tiefer in sich hinein. Sie strich sich und der Schlachterin – René sah nicht, ob sie sich auf den anderen Arm gestützt in den Rücken der Fremden schmiegte – so anstellig über den Flansch, dass die beiden alsbald wie Gläser summten, auf deren Rändern feuchte Finger kreisten. René war bei der Sache. Ganz nahe an den Spalt zu rücken wagte er nicht. Die Fremde verscheuchte die Hand, machte sich leichter. Sabine hatte nun mehr Freiheit und hob das Becken. Über ihrem Schoß balancierte die Schlachterin die Bewegungen aus, so dass bei aller Vorsicht, die die Blutwurst den Frauen abverlangte, der Fick an Fahrt gewann. Sabines Kopf ruckte hoch. Es ging um die Wurst, die beide verband und keiner gehörte, die sie mit ihren Leibern beschwörten, als könnten sie das frische Fleisch zu neuem Leben erwecken. Sie pressten sich eine auf die andere, zusammengehalten wie von einem Bindestrich, von einem Geschlecht aus Leere, ohne Wurzel, das für sich allein lebt und von einem Gaumen zum anderen geht. So nahe kamen sie sich einige Male, dass der Wulst in ihrem rauschenden Fell ganz verschwand und die Auferstehung des Fleisches, seine restlose Umwandlung in Energie unmittelbar bevorzustehen schien. Die Schlachterin hielt die Hand darüber.

*Der Angeber!*, wusste René sofort, woher die Musik wehte und stockte jäh. Großspurig schallte die d-Moll-Toccata über den Hof. Eine Filmszene schoss ihm durch den Kopf: Ein Vulkanausbruch zerstörte die geheimnisvolle Insel, Kapitän Nemo saß in seinem U-Boot. Mehr als dass ihn das Adagio ablenkte, störte ihn die finstere Wucht der Orgel, der gebieterisch-väterliche Ton, dieser Auftakt zum Jüngsten Gericht. Er kam aus dem Rhythmus, ärgerte sich über den falschen Bach und wartete – die beiden in der Kammer rauschten ohne ihn und unbeeindruckt von den Posaunen in ihren Höhepunkt –, die Hand an seinem verschreckten Schwengel, ab, bis alle Register gezogen, alle Pedale getreten waren. Er hoffte, dass das Prestissimo ihn zur Mechanik seiner Bewegung zurückführte. Doch so unvermittelt, wie sein Onkel die Musik aufgedreht hatte, um sein neues Autoradio vorzuführen – den Motor konnte er schlecht aufheulen lassen –, so abrupt drehte er nach dem Toccata-Bombast, vor dem Fugen-Feuer den Musikhahn wieder zu. Die Stille hing in der Luft. Er lag im Dunkeln auf den Brettern und war sich sicher, dass seine Pfeife keinen Ton mehr ausspucken würde. Seine Rechte schmerzte. Er wollte aufstehen, hinuntergehen und sehen, wie der Onkel reagierte, wenn er erfuhr, was seine Tochter gerade trieb, ob es dann hier oben funkte, ob sich dann nicht eine Gelegenheit zu einer derben Putzung dieser ungeputzten Sau ergab.

Nackt und groß stand sie vor ihm, so unbezweifelbar: Es war alles zu spät. Er konnte sich nicht einmal mehr klein vorkommen. Sie stand geradezu vor seinem Ich. Er wich zurück in die dunkle Nische vor der Räucherkammer, zwei Meter, schon stieß er mit dem Rücken an die Wand. Sie griff um seinen Hals, zog ihn an sich heran, aus, legte seine schweißnassen Hände auf ihre Brüste, drückte seinen Bauch an ihren, umschloss und wärmte ihn. Er versank. Er atmete sie. Etwas begann durch ihn zu strömen, ihn aufzurichten, ihm Kraft zu geben, dass er endlich seinen Blick hob und seine Hände nach ihr griffen. Sie zog ihn zu Boden auf sich. Sie war um ihn, bevor er in ihr war. Es war nicht klar, wer wen bewegte. Jeder Stoß befreite ihn ein Stück weit und weiter von seiner Furcht. Sie hielt ihn. Er stöhnte lange, bevor er kam. Ihre Hände brannten auf seinem Arsch. Sie bog sich unter ihm, schüttelte ihn wie ein reifes Apfelbäumchen. Endlich ließ sie ihn los.

Sabine hielt der Fremden die Sachen hin. Diana Kampradt strich ihm übers Gesicht. Sie gingen die Treppen hinunter. Er hörte sie lachen und hätte gern ein Lied gehabt.

## 34

Albrecht wusste nichts vom Ursprung der Kohle, nichts von den tropischen Sumpfwäldern mit Schachtelhalmen, Siegelbäumen und Farnen am Fuße der sich in Jahrhunderttausenden bildenden Gebirge, den subtropischen Uferwäldern mit Kastanien, Feigen, Magnolien, Kiefern, Sumpfzypressen, Araukarien, Palmen, Gummi-, Lorbeer-, Zimt-, Ginkgo- und Mammutbäumen, nichts von den Krokodilen, Panzerechsen,

Schlangen und Insekten des Urwalds, den katzenartigen Raubtieren, den schlanken Schweinen und kurzen Pferden der Steppe, die zur Tränke in die Senken kamen, nichts von den furchtbaren Unglücken, den Katastrophen im Tertiär, Überschwemmungen, Verlandungen, dem Hin und Her, Drunter und Drüber, wie die Erde über die Ufer trat, die Lagunen begrub und das Meer in die Kohle in Sachsen presste.

Albrecht trat durch den Vorbau hinaus. Die losbrechende Musik erschreckte ihn. Er bog rechts um die Ecke. Die Musik brach ab. Er lauschte, ging am Mist vorbei. Sonja kam mit einer Schüssel aus dem Waschhaus und schaute ihrem Vater nach.

Er wusste nichts von der nassen Kohle unter der Grasnarbe, auf die die Bauern beim Pflügen stießen, vom Torf, den sie um 1800 in Borna anfingen zu stechen und mit dem Handkarren, dem Gespann fortschafften, dass davon winters die Wachstuben und Hütten armer Leute qualmten, nichts von den ersten flachen Gruben, Senken, über die schnell wieder Gras wuchs.

Er öffnete das wacklige Tor des Geräteschuppens, sah die Kreissäge, fragte sich, wie Achim das schwere Ding fortbringen wollte, stieg – das besorgte sonst Elke, aber heute lief er wie geschmiert –, den Stock im Arm, vier Stufen die Treppe zum Getreideboden hinauf, lehnte sich über die Geländerstange und schaute in den Trichter der Schrotmaschine. Danach – ein großer Schritt über den aus dem Boden ragenden Schraubstock – kontrollierte er das Nest unter der Hobelbank. Zwischen

Flaschen, Zeitungen, Kisten, Brettern und gehacktem Holz lagen Werkzeuge herum, an denen man sich eher verletzte, als dass man das rechte fand. Er beschloss, auch die übrigen Nester abzugehen, und stopfte sich rötlichen Strohballenstrick in die Jackentasche.

Albrechts Großvater hatte fünfzehn Jahre in verschiedenen Gruben und Schächten gearbeitet, bevor er 1877 mit Holz zu handeln begann, das er selbst aus Böhmen ins Leipziger Land flößte. So wie die Eisenbahn die Flößerei, das Trockenbrikett die nass gepresste Rohkohle, der Tage- den Tiefbau, die Maschine die Handarbeit, der Industriearbeiter den Bergmann, die Aktiengesellschaft den einheimischen Einzelbetrieb erledigt hat, wird, prophezeite er, der Bergbau eines Tages selbst die Landwirtschaft verdrängen. Albrecht vergaß es, genau wie das, was ihm sein Vater erzählt hatte. Der übernahm weder das Holzgeschäft, noch ging er in die Kohlefabriken auf dem Lande, sondern wurde in Leipzig Maurer. Mit dem Krieg 1914 gewann die sächsische Braunkohle nationale Bedeutung. Im Unterschied zu den Stein- und Braunkohlerevieren im Westen konnte in Mitteldeutschland völlig ungestört produziert werden, zumal sich in den mechanisierten Tagebauen leichter ungelernte Hilfsarbeiter und Kriegsgefangene einsetzen ließen. Einheimische Rohstoffe wurden zwangsbewirtschaftet. Die chemische Industrie entdeckte die Braunkohle als Grundstofflieferanten. Die Elektrizitätswirtschaft entwickelte die Starkstromtechnik zur verlustarmen Energieübertragung. Mit der

Verschwelung und Verstromung begann die großindustrielle Verarbeitung der Kohle. Die enormen Investitionen riefen den sächsischen Staat, der schon vor dem Krieg Kohlenfelder aufgekauft hatte, immer stärker auf den Plan. Friedrich Albert Schlegel wetterte gegen die Entschädigung von RWE, AEG und Siemens, als während des Krieges die Energiewerke verstaatlicht wurden. Die Vergesellschaftung ging ihm auch bei dem 1918 ersatz- und entschädigungslos gestrichenen Kohlenabbaurecht des Grundeigentümers nicht weit genug: Die Gruben und Fabriken, die Bodenschätze sollten endlich den Arbeitern gehören, die allein den Krieg – mittlerweile gewann die Deutsche Erdöl AG in Regis Treibstoff für die Kriegsmarine – beenden und den Missbrauch aller Güter der Erde verhindern konnten! Als Gesandter des Connewitzer Revolutionsrates versuchte er vergeblich den Bornaer Arbeiter- und Soldatenrat, der vor den großen Werken in Lobstädt, Witznitz, Großzössen und Deutzen mit Maschinengewehren patrouillierte, um die Kriegsgefangenen daran zu hindern, die Tagebaue und Brikettfabriken Richtung Heimat zu verlassen, von proletarischer Solidarität zu überzeugen. Seitdem nannte er die aus den ärmsten Ecken Deutschlands angelockten Kohlearbeiter wegen ihres aufgeweichten Klassenbewusstseins *Leberwurstproleten.* Von der Wut und der Verachtung seines Vaters war bei Albrecht nicht viel übriggeblieben.

Aus dem Entenstall, wo er den Kopf einziehen musste, nahm er einen Napf mit, wischte ihn mit drei Fingern aus. Daneben den Verschlag voller Gerümpel ignorierte er genauso wie seit langem die Hühner.

Wie ausgelöscht war auch, was Albrecht selbst von der Kohle gesehen und mitbekommen hatte. Den Bau des Großkraftwerks Böhlen mit Tagebau hatte die sächsische Regierung in der Inflationszeit 1923 – selbst der Verkauf der Sixtinischen Madonna wurde erwogen – nur durch die Umwandlung des Staatsbetriebs in eine Aktiengesellschaft und die Aufnahme von Krediten der Morgan- und der Rockefeller-Gruppe sicherstellen können. Er fuhr in die Lehre, als Zeschwitz abgerissen, der Harth-Wald abgeholzt, die erste Kohle für Böhlen gefördert wurde. Der Förderbrücke, dreihundert Meter lang, sechsundfünfzig Meter hoch, in dem mit einer Ausdehnung von zehn Quadratkilometern größten Braunkohlentagebau der Welt, konnte der junge Maschinist den Respekt nicht verwehren. Im Juni 1927 brach der Damm der Böhlener Hochspülhalde. Eine Schlammwelle von zweieinhalb Meter Höhe, hundertfünfzig Meter Breite und zwei Kilometer Länge ergoss sich über die umliegenden Felder und Siedlungen. Zur Treibstoffgewinnung wurden 1934 in Böhlen, 1935 in Regis, 1936 in Deutzen neue Anlagen errichtet. In Espenhain begannen 1938 die Bauarbeiten für das weltweit größte Kohleveredlungswerk und den Tagebau. Zeitweise waren zehntausend Arbeiter auf der Baustelle: zum Dienst verpflichtete Deutsche und in KZ-Außenlagern internierte Kriegsgefangene. Als Albrecht 1941 in den Krieg zog, ging das Werk termingerecht in Betrieb und war zerbombt, als er zurückkam. 1948 wurden in den zusammengeflickten Anlagen teilweise schon die Produktionsziffern der Kriegsjahre übertroffen. Der erste Fünfjahresplan der DDR ließ der Brennstoff- und Chemieindustrie umfangreiche Mittel zukommen. 1956 wurde das Espenhainer Kraftwerk um hundert Megawatt erweitert.

In der Scheune hängte er den Stock an die Leiter, stieg links über die Holzplanke und zwängte sich an der riesigen Dreschmaschine – sein Vater war einer der wenigen im Dorf gewesen, die genügend Geld für moderne Technik hatten – vorbei, mit der sie noch das LPG-Getreide ausgedroschen hatten, bis in den siebziger Jahren die Mähdrescher kamen. Der hinterste Raum war so duster und leer wie das Nest auf dem alten Ölfass. Er ging zurück, über die Tenne, schob das rechte Scheunentor, das knirschend über die Eisenschiene rollte, auf und wieder zu. Da der Wind aus Westen kam, war es still auf dieser Seite.

Die Kunst, sich blind zu stellen, was die Kohle in der Region und der näheren Umgebung anging, erlernte Albrecht Schlegel natürlich nicht als Einziger und auf einen Schlag. Bei der Größenordnung der industriellen, ökonomischen und siedlungspolitischen Herausforderung musste die Tagebauführung schon für Jahrzehnte festgelegt werden. Die Muckauer wussten seit Mitte der fünfziger Jahre, dass ihr Dorf Anfang der neunziger dran sein sollte. Tatsächlich fraß sich der Espenhainer Tagebau, nachdem er vor Leipzig umgeschwenkt war, nach Süden durch die Erde in ihre Richtung. Doch was alles nach und nach verschwand, wollten die Muckauer schon gar nicht mehr wissen.

Albrecht blickte rechts über die Straße zum Obstgarten, ging links an der Scheune entlang. Die großen Flecken an der Mauer, wo der Putz abgefallen war, sah er nicht. Strick war seit geraumer Zeit alles, womit er dem Verfall begegnete. Starrsinnig dröselte und zurrte, knotete und flickte er ihn mit seinen ungelenken Fingern an Latten, Pfählen, Zäunen, Toren fest und auf und wieder zusammen.

Ende der fünfziger Jahre wurde in der Chemieindustrie der schrittweise Übergang von einheimischer Kohle auf sowjetisches Erdöl beschlossen, 1963 die Pipeline aufgedreht. Die Umstellung der Energiewirtschaft auf Atomkraft und sowjetisches Erdgas sollte folgen. Die Muckauer wussten nicht, ob sie aufatmen konnten, denn für die Übergangszeit wurde zehn Kilometer entfernt in Thierbach ein Großkraftwerk gebaut und weiter Kohle gebraucht. Zehn Jahre lebten sie in der Ungewissheit, bis wohin der Tagebau kommen würde, als ein ›Ministerratsbeschluss über die Einschränkung des Bergbaus im Bezirk Leipzig zur Entlastung des Territoriums‹ 1968 festlegte, dass der Großtagebau Espenhain 1974 auslaufen sollte. Die Muckauer dachten, sie wären gerettet.

Er zog sich die Mütze in die Stirn, als er an die Ecke zum Garten kam, rupfte die Schleife des Stricks auf, der den Zaun an der Säule hielt, stemmte das lange Lattenfeld in den Garten und schob sich durch den Spalt. Zwischen dem Zaun zum Heugarten rechts und der Mauer, die links die Nordseite der Scheune und die Rückseiten der Verschläge, des Misthaufens und der hohen Stallgebäude bildeten, ging er den Garten hinunter, vorbei an der Stelle, wo sie bis letztes Jahr jeweils für das Frühjahr eine Rübenmiete angelegt hatten, den schmalen Gang zwischen den Ställen für das Kleinvieh und der riesigen Traktorenscheune hindurch und hoffte, dass er auf dem Hof niemanden mehr antreffen würde. Am Kirschbaum blickte er sich um: Der Hof war leer.

Dass Muckau eine Zukunft hatte, ließ Albrecht mit sechzig die familiären Veränderungen besser verkraften: Sonja wurde im ersten Studienjahr Bibliothekswissenschaften – ihr Freund kam von der Ingenieurschule am Wochenende heim zum Fußballspielen und manchmal, wenn er ausnüchtern musste, erst sonntags zu ihr – schwanger. Im Januar 1971 brachte sie Kathrin zur Welt, im Sommer das zweite Studienjahr über die Runden, da war sie schon wieder schwanger. Die Staatssicherheit versprach ihr für die nächsten Jahre verkürzte Arbeitszeiten und die Möglichkeit, später im Fernstudium ihr Diplom zu machen. Als Achim und Sonja im August heirateten, arbeitete sie schon auf der Leipziger Bezirksstelle. Ende Dezember kam René auf die Welt. Im Jahr darauf fing Achim als Ingenieur in der Hauptwerkstatt Espenhain an. Albrecht mochte seinen Schwiegersohn nicht und hatte kein Mitleid, wenn der Angeber nun entsetzt von den Zuständen im Werk berichtete, dass sein Betrieb hohe Summen zahlte, um aus bestehenden Ersatzteil-Lieferverträgen freizukommen, anstatt damit den Verfall der Anlagen wenigstens teilweise aufzuhalten.

Er ging rechts um die jahrelang an die LPG vermietete Traktorenscheune und betrachtete das große Tor. Der Riegel knirschte. Vorsichtig – er war sich nicht sicher, ob das alles noch hielt – ließ er den rechten Flügel aufgehen. Ihm war mittlerweile klar, dass es ihm nicht um die Eier ging. Mit leeren Händen kam er aus der Scheune.

Die Erdölkrise verteuerte auch die sowjetischen Lieferungen in einem Maße, dass die alten Braunkohlenanlagen wieder hochgefahren wurden. Die vom Ministerrat 1975 erarbeiteten ›Perspektiven zur Weiterführung des Kohle-Chemie-Energie-Profils in der Region bis über das Jahr 2000 hinaus‹ trieben nicht nur die im Südraum Leipzig, wie das Revier nunmehr hieß, übriggebliebenen Dorfbewohner, sondern auch die Arbeiter in den Werken zur Verzweiflung. Die Kohleförderung und -verarbeitung sollte sogar noch gesteigert werden. Ein Viertel der Rohbraunkohle, sechzig Millionen Tonnen jährlich, und ein Drittel aller Briketts der DDR kamen aus der Bornaer Region. Die Arbeits-, Lebens- und Umweltbedingungen verschlechterten sich dramatisch. Havarien, Arbeitsunfälle, Produktionsausfälle, technische Ausnahmegenehmigungen zur Weiterbetreibung der Anlagen, Montagefirmen, die sich weigerten, ihre Leute ins Espenhainer Werk zu schicken: Qualvoll zogen sich die achtziger Jahre hin. Achtunddreißig- von sechzigtausend Beschäftigten des Kreises arbeiteten in der Kohle. Die Abwanderung war selbst durch beträchtliche Lohnzuschüsse und Vergünstigungen kaum noch einzudämmen.

Sein Blick glitt von Achims und Sonjas neuem Auto über das Haus rechts hinter dem Zaun – sie hatten es immer vermietet, jetzt fiel der ganze hintere Teil ein –, die Milchrampe, die er neben dem schiefen Einfahrtstor, durch den Baum kaum sah, auf das flache Haus vor ihm mit der Garage. Sein Vater hatte es mit achtzig ganz allein gebaut, als es ihm oben mit den Enkeltöchtern zu eng wurde. Am Giebel, neben dem ewigen Sandhaufen, lehnte ein Karnickelstall. In der Garage stand der neue Wartburg mit vw-Motor, den Albrecht zuletzt noch für dreißigtausendzweihundert Ostmark gekauft hatte.

Der Tagebau kam näher und näher. Die Muckauer stürzten sich endgültig ins Vergessen. Sie wurden sture, familiäre Leute, wahre Helden der Verdrängung, die sich einschlossen im engsten Kreis, alle Feste feierten und nicht über die Zukunft redeten. Sie machten ihre Arbeit und hielten so gut es ging an ihrem Alltag fest, während ihre Häuser und Höfe verfielen. Womit sollten sie auch ein Scheunendach neu decken? Und wozu? Etwas Neues zu bauen war überhaupt nicht mehr erlaubt. Apathisch rochen sie die Chemiewerke, schluckten den Dreck und den Staub der Brikettfabriken, wenn der Wind aus Süd oder West kam.

Kam er aus Nord, hörten sie die Bagger und Bandanlagen.

Er ging am Ascheplatz, an den Autos vorbei zu dem verwahrlosten Haus, das die letzten fünfzehn Jahre nur mehr noch als Kohlenschuppen und Rübenkeller gedient hatte. Die Reifen der Bulldog-Zugmaschine und der zwei Gummiwagen unter dem Vordach steckten in der Erde. Seitdem die Enkelkinder nicht mehr darauf herumkletterten, legten die Hühner in die Lanz. Das Nest auf dem Fahrersitz war leer.

Albrecht Schlegel blieb stehen in der Mitte seines heruntergekommenen Hofes. Der Wind drehte sich. Er hörte in der Ferne den Tagebau, dasselbe Knirschen, das er aus seinem Traum kannte. In dem Moment begriff er, dass der endlose Regen ihm verwehrte, die Orte von früher selbst im Traum aufzusuchen. Mit beiden Händen auf die Ellenbogenklammer seines Stocks gestützt, fing er an zu verstehen, dass die Bagger nicht nur im Tagebau, sondern auch in seinem Kopf arbeiteten, dass sie nach und nach die Erinnerung an das, was der Tagebau geschluckt hatte, die Bilder und Namen von Plätzen, Wegen, Menschen, von Bächen, Wiesen und Wäldern auslöschten, diesen Teil der Vergangenheit, um die Gegenwart erträglich zu machen. Die Bagger fraßen sich durch den Mutterboden, durch lockere Löß-, saubere Kies-, feine Sand- und schwere Tonschichten bis zu den schwarzen Flözen, die im Grunde alles am Laufen hielten. Von den Schaufelrädern gelangte sowohl die Rohkohle als auch der Abraum aufs Förderband und über das Bandstraßensystem zum Bandsammelpunkt: Während das Schwarze zum Zwischenlager kam und von dort in Wagons zum Kraftwerk, wurde das Helle auf einem anderen Band zu den Absetzern transportiert und auf der ausgekohlten Seite des Tagebaus verkippt. Der Essenz seines Lebens, der Erinnerungen beraubt, blieb er auf einer riesigen Aufschüttung sitzen, die keine Anhaltspunkte bot, durch die keine Wege mehr führten, die er gar nicht kannte. Sicher, dachte Albrecht, musste das Vergessen, das hier in der Gegend seit langem hauste, für alles und jeden einmal kommen. Aber von diesem Haufen – er streckte sich an seinem Stock und die Freude darüber, wie wenig er die Krücke brauchte, kehrte in ihn zurück – würde er sich nicht begraben lassen! Er würde unter dem Abraum hervorkommen, sich erinnern, Abschied nehmen, weiterleben.

Albrecht zog die Tür vom Hühnerstall auf. Unruhig liefen die Tiere umher, die den ganzen Tag eingesperrt gewesen waren. Der Gestank störte ihn nicht. Er sah das Ei in der Holzkiste und dachte, als er es – den Napf hatte er irgendwo liegenlassen – in die Jackentasche gleiten ließ, an die Fremde.

Auf dem Hof zog es. Ein wenig erschöpft blieb er dort, wo er vor der Musik umgedreht war, stehen, bis sich in die Klarheit und Ruhe, mit der er in sich hineinhorchte, die Sorge mischte, dass die Frau schon gegangen sein könnte.

## 35

Mama«, rief Annegret von der Spüle, »das Fit ist alle.«

Hertha ging in die Speisekammer. »Wo is denn nur die Flasche hin? Die hab ich doch vorhin noch gesehn.«

»Elke«, schrie Sonja. Elke kam aus der Kleinen Stube mit dem Ringelschwänzchen in der Hand. »Kuck du doch mal nach dem Fit. Du findest doch immer alles.«

Elke bequemte sich. Vor den Augen ihrer Mutter nahm sie die Flasche aus dem Regal: »Ochse, siehst du Waldheim nich, siehst n Wald vor lauter Bäumen nich.« Sie stellte sich an den Tisch neben Wolfgang und wedelte mit dem Schweinekringel vor seinem Gesicht. Wolfgang ließ sich nicht aus der Ruhe bringen, bis Annegret ihre Schwester verscheuchte. Sogleich lief Elke Achim hinterher, der sich ihrer nur halbherzig und wie geistesabwesend erwehrte. Sie fuchtelte mit den Borsten unter seinem Kinn herum. »Kannst du mir einen Gefallen tun und im Bad Kohlen anlegen?« Sie klammerte sich an seinen Arm und zog ihn ins Bad.

Sonja ließ die letzte geviertelte Kartoffel ins Wasser plumpsen und stellte den Topf auf den Herd: »Willst du etwa vorm Abendbrot noch baden?«

»Na und?«, rief Elke. Achim legte zwei Kohlen auf und rüttelte die Asche im Kasten darunter flach.

Kathrin schob vom Tisch die Kartoffelschalen in eine Schüssel und brachte sie hinaus. Sonja bestückte einen

Einkochtopf: »Kannst hier gleich weitermachen«, rief sie ins Bad.

»Hertha, machst du das Sauerkraut oder soll Grete das machen?« Wolfgang hatte die Beine unterm Tisch ausgestreckt.

»Ä scha, das mach ich schon.«

Sonja zog einladend das lange Kohlenfach unter dem Küchenofen auf. Achim kniete sich vor den Ofen und öffnete die Klappen. Hertha sah den vollen Kasten: »Bring die Asche erst ma fort.«

»Un die Kurzbrater«, erkundigte sich Wolfgang, »wo sind die?« Annegret spülte sich die Hände ab, öffnete scheppernd die Speisekammer und brachte eine Schüssel Würste an. Sonja zog die Töpfe knirschend auf dem Herd zurecht.

»Muss das denn jetzt sein?«, rief Annegret, als sie sah, dass sich Elke im Bad auszog. Ärgerlich stellte sie sich vor die Tür und zog im Rücken die Klinke an sich heran. Achim kam mit dem leeren Aschekasten zurück, Kathrin mit der leeren Schüssel.

»Was macht sie denn noch?«, zupfte Sonja ihre Tochter am Ärmel.

»Kontrolliert ihre Sachen. Die Wurstsuppe schmeckt, sagt sie. Wir sollen später Fett abschöpfen.«

Zischend kochte das Kartoffelwasser über. Sonja nahm geschwind den Deckel ab, als die Kampradt mit Sabine in die Küche kam.

»Setzen Sie sich doch nen Moment«, beeilte sich Hertha. »Ich mach noch was fertig.« Wolfgang zog die

Beine ein. Hertha schickte Kathrin hoch nach Würsten, ging selbst nach Gehacktem. Sonja riss ein Blatt von der Butterbrotpapierrolle. Die Schlachterin trug statt des eingesauten Fleischerhemdes ein weißes T-Shirt unter der Jacke. Sie zog einen Rechnungsblock aus der Jackentasche und begann zu schreiben. Hertha war es sehr recht, dass sie nicht nach der Bezahlung fragen brauchte. Sie packte einen Kloß Gehacktes ein. Kathrin gab ihr eine kleine Leber- und eine große Blutwurst. Als Hertha das Messer ansetzte, um die Blutwurst zu teilen, schämten sich ihre Schwiegersöhne. Sabine hielt die Luft an.

Die Schlachterin sah auf: »Ganz recht.« Sonja gab Hertha noch ein Blatt Butterbrotpapier für die Würste und Zeitungspapier. Die wickelte alles ein. Die Schlachterin riss die Quittung aus dem Heft.

*1 Sau Schlachtg & Verarbeitg plus Gewürz inkl MwSt 110 DM*, las Hertha. Obwohl sie sich hundertzwanzig in die Schürzentasche gesteckt hatte, starrte sie auf den Betrag und die Unterschrift. Irgendwann hatte sie angefangen zu glauben, dass sie gar nichts bezahlen müsste. Die Quittung brachte sie auf den Boden der Tatsachen zurück, dass diese Frau nämlich ihre Arbeit gemacht hatte. Schließlich faltete sie das Papier zusammen und zählte das Geld ab.

Die Schlachterin stand auf, Wolfgang ebenfalls. Hertha gab ihr das Geld, Sonja das Wurstpaket. »Auf Wiedersehen.« Sabine erblasste, woraufhin sich die Frau ihr noch einmal näherte, ihr um den Hals fasste, ihn ein wenig zurückzog und Sabine voll Herzlichkeit und Übermut aufs Haar küsste. Keiner machte eine Bemerkung zu dieser natürlichen und anmutigen Bewegung. Sabine errötete. Ihr ungewaschenes Gesicht glänzte, so dass die Röte darauf heiß und funkelnd erschien. Dann lächelte sie. Sollten es alle wissen, sollte es ihr Vater wissen: Sie liebte die Fremde, die sich ihnen allen durch diesen wortlosen Kuss ein letztes Mal zeigte.

Annegret freute sich, dass die Fremde den guten Kern ihrer manchmal etwas dreisten Tochter erkannt hatte, und nahm sich vor, Sabine öfter selbst ihrem Mann gegenüber zu verteidigen. In Wolfgang stieg die Eifersucht hoch auf ein Glück, das ihn nur gestreift hatte. Ihm war elend.

Hinter Annegret ruckte es. Elke drängte sich im Mieder vorbei. Der Geruch von Fichtennadeln quoll aus dem Bad. Barfuß stieg Elke der Schlachterin hinterher, das Schwänzchen in der rechten Hand: »Das! Da!« Sie knickte ein und sackte weg.

»Mama!«, schrie Sonja. Diana Kampradt fing Elke auf.

»Auch das noch!«, seufzte Hertha. Elke zuckte kraftlos in den Armen der Fremden. Kathrin brachte ein Kopfkissen, Annegret eine Decke. Elkes Augen waren verdreht. Die Kampradt legte sie auf die Seite, dass sie sich nicht verschluckte, strich ihr über die Stirn und stand auf. Kathrin kniete sich hin. An Elkes Mundwinkel hing dicker Speichel. Mit großen Augen sahen sie der Fremden hinterher.

Albrecht kam durch die Tür: »Ach du meine Fresse!« Im Vorbeigehen streifte Diana Kampradt seine Hüfte. Mit offenem Mund schloss Albrecht die Tür hinter ihr.

Elke versuchte hochzukommen. Die Männer halfen ihr auf und brachten sie in die Stube. Annegret schlang die Decke um sie. »Dreht doch mal eener das Wasser ab«, rief Hertha. Sonja rannte ins Bad.

Albrecht lehnte den Stock an den Küchenschrank, setzte sich und stieß, als er den Stuhl heranruckte, mit der Hüfte an den Tisch. Erschrocken griff er an die Jackentasche. Das Ei – er warf er den Kopf herum zur Tür – war weg.

## 36

Anfangs sackte ich jedes Mal zusammen, wenn ich die Menschen verließ, kaum dass ich es bis ins Auto schaffte. Mit einem Mal schlug die ganze Anstrengung durch: Stechend schmolz die Aura. Später ersparte ich den Leuten hinter den Fenstern das Entsetzen nicht, zu sehen, wie ich mich von ihren Höfen schleppte, wie ich mich zurückverwandelte in die krumme Kreatur. In meinem Schmerz fand ich Halt, in ihrer Enttäuschung Hoffnung.

Als ich die zum Erscheinen komplementäre Kunst des Verschwindens zu beherrschen lernte, so dass die Blicke der Menschen durch mich hindurchgingen oder

| Einteilung | kg | | Zerlegung | kg | | Bearbeitung: zu | Verarbeitung | kg |
|---|---|---|---|---|---|---|---|---|
| Keulen | 20,5 | 2 | Oberschalen abgeschwartet | 4,5 | ① | Wolfen: II | I: KOCHWURST | 34,46 |
| | | 1 | Unterschale mit Schwarte | 3,4 | ① | III | Ia: Sülzwurst ③⑤ | 8,86 |
| | | 1 | Unterschale abgeschwartet | 3,0 | ① | Wolfen: II | Schnauze②, Kopffleisch② | 1,06 |
| | | 2 | Hüften | 3,4 | ① | Wolfen: II | Spitz-②, vordere Dickbeine② | 3,90 |
| | | 2 | Nussstücke | 3,1 | ① | Wolfen: II | 1/2 Backe②, Ohren② | 1,60 |
| | | | Schwarte | 0,8 | ① | Kochen, Wolfen: Ia,c | 1/3 Schwarten②, 1,5l Kesselbrühe | 3,60 |
| | | | Sehnen | 0,2 | | Abgang | 1/60 Brät, 2 Zwiebeln, 0,15l Essig | 0,95 |
| | | | Fleischknochen | 1,9 | ① | IV | Salz, 30g Pfeffer | 0,23 |
| Rückenspeck | 17,5 | 4 | Speckseiten mit Schwarte | 8,8 | ① | III | Majoran, Kümmel | 0,01 |
| | | | Speck abgeschwartet | 7,0 | ① | Anbrühen: Ic, Auslassen: V | Magen, Blase | 0,90 |
| | | | Schwarte | 1,5 | ① | Kochen, Wolfen: Ia,c | Ib: Leberwurst ③⑤ | 10,72 |
| Lende | 1,1 | 2 | Filetstücke | 1,1 | ① | IV | 3/4 Bauch②, Hirn②, Zungenhaut | 11,12 |
| Kotelettstrang | 18,1 | | Koteletts | 4,0 | ① | IV | Leber②, Speiseröhre②, Zwerchfell② | 2,39 |
| | | | Fleisch ausgelöst | 6,8 | ① | Wolfen: II | 4 Zwiebeln, 20g Majoran | 0,62 |
| | | | Fleischknochen | 5,5 | ① | IV | Salz, 30g Pfeffer, 2 Zehen Knoblauch | 0,28 |
| | | | Schwarte | 1,5 | ① | Kochen, Wolfen: Ia,c | 1/5 Krause, 1/6 Dünndarm | 0,33 |
| Kamm | 9,9 | | Fleisch ausgelöst | 6,7 | ① | IV, Wolfen: II | Ic: Blutwurst ③⑤ | 14,87 |
| | | | Fleischknochen | 2,2 | ① | IV | 1/3 Schulter②, 1/2 Brust② | 5,22 |
| | | | Schwarte | 0,8 | ① | Kochen, Wolfen: Ia,c | 2/3 Schwarten②, 1/3 Rückenspeck② | 6,26 |
| Schultern | 12,4 | | Fleisch ausgelöst | 10,0 | ① | Kochen: Ic, Wolfen: II | Milz②, Lunge②, 1/2 Herz② | 1,86 |
| | | | Schwarte | 0,6 | ① | Kochen, Wolfen: Ia,c | Zunge gehäutet②, 1 Niere② | 0,52 |
| | | | Sehnen | 0,2 | | Abgang | durchgesiebtes Blut | 4,17 |
| | | | Fleischknochen | 1,4 | ① | IV | 4 Zwiebeln, 25g Majoran, 5g Piment | 0,65 |
| Rippchen | 5,0 | | Rippchen | 5,0 | ① | IV | Salz, 50g Pfeffer | 0,36 |
| Bauch | 18,5 | | Bauchfleisch | 16,5 | ① | Kochen, Wolfen: Ib,VI | Kappe (für Zungenwurst), 4/5 Krause | 1,24 |
| | | | Gesäuge | 0,2 | | Abgang | II: BRÄT (für Ia, IIa–d) | 30,59 |
| | | | Schwarte | 1,6 | ① | Kochen, Wolfen: Ia,c | 1 Unter-, 2 Oberschalen, Hüfte, Nuss | 13,79 |
| Schmer | 4,6 | | Schmer | 4,6 | ① | Auslassen: V | Kotelett, 1/2 Kamm, 2/3 Schulter | 16,56 |
| Brust & -spitze | 5,6 | | Fleisch | 5,1 | ① | Kochen: Ic,VI | Salz, 60g Pfeffer, 40g Salpeter | 0,54 |
| | | | Schwarte | 0,3 | ① | Kochen, Wolfen: Ia,c | IIa: Bratwurst (7/10 Brät)⑤ | 19,99 |
| Eisbeine | 8,4 | 4 | Spitzbeine ausgeschält | 2,3 | ① | Kochen: Ia | Knoblauch, zusätzlich Salz, Pfeffer | 0,1 |
| | hinten | 2 | Dickbeine mit Knochen | 3,5 | ① | IV | 3/4 Dünndarm, Fettende | 1,53 |
| | vorn | 2 | Dickbeine ausgeschält | 2,1 | ① | Kochen: Ia | IIb: Kurzbrater (1/15 Brät) | 2,04 |
| | | | Knochen | 0,4 | ① | Auskochen: Abgang | 2 Eier, 1 eingeweichte Semmel | 0,18 |
| Kopf | 10,5 | | Backenfleisch | 3,2 | ① | Kochen: Ia,VI | 1/12 Dünndarm | 0,13 |

| | | | | | | | | |
|---|---|---|---|---|---|---|---|---|
| | | | …, Kopffleisch | 1,2 | ① | Kochen: Ia | IIc: Gehacktes (1/6 Brät) | 5,01 |
| | | 2 | Ohren | 0,2 | ① | Kochen: Ia | IId: Kesselklöße (1/20 Brät)③ | 1,30 |
| | | | Ohrenknorpel | 0,2 | | Abgang | III: ZUM PÖKELN ④⑤ | 11,10 |
| | | 2 | Innenohren | 0,1 | | Abgang | Unterschale mit Schwarte | 3,35 |
| | | 1 | Hirn | 0,1 | ① | Brühen: Ib | Rückenspeck mit Schwarte | 8,67 |
| | | 2 | Augen | 0,1 | | Abgang | IV: ZUM BRATEN, KOCHEN | 27,93 |
| | | | Schädel | 4,9 | | Auskochen: Abgang | Lende, Koteletts, 1/2 Kamm | 8,32 |
| Darmpaket | 14,5 | 1 | Magen | 0,7 | | Ia | Rippchen, hintere Dickbeine | 8,37 |
| | | 19 m | Dünndarm | 1,5 | | Ib, Abschleimen: IIa,b | Fleischknochen | 11,23 |
| | | 0,4 m | Kappe | 0,2 | | Ic | V: SCHMALZ ③⑤ | 6,83 |
| | | 5,5 m | Krause (Dickdarm) | 1,3 | | Ib,c | 2/3 Rückenspeck, Schmer | 9,128 |
| | | 1,5 m | Fettende (Mastdarm) | 0,4 | | Abschleimen: IIa | VI: WELLFLEISCH: | 7,35 |
| | | | After | 0,1 | | Kochen: VII | 1/4 Bauch②, 1/2 Brust② | 5,92 |
| | | 0,2 m | Blase | 0,2 | | Ia | 1/2 Backe② | 1,42 |
| | | | Darmfett, -schleim | 3,1 | | Abgang | 1/2 Herz②, 1 Niere② | 0,31 |
| | | | Magen-, Darm-, Blaseninhalt | 6,5 | | Abgang | VII: WURSTSUPPE | 47,92 |
| Milz | 0,3 | 1 | Milz | 0,3 | ① | Brühen, Wolfen: Ic | Kesselwasser② | 39,15 |
| Geschlinge | 5,6 | 1 | Zunge | 0,5 | ① | Kochen, Abhäuten: Ic | After②, Verschnitt② | 1,51 |
| | | 1 | Kehlkopf | 0,1 | | Abgang | ausgesiebtes Blut (Fibrin)② | 0,27 |
| | | 1 | Luftröhre | 0,1 | | Abgang | Ausgekochtes, Reste | 6,00 |
| | | 1 | Speiseröhre | 0,1 | ① | Kochen, Wolfen: Ib | 4 ganze Zwiebeln | |
| | | 1 | Lunge | 1,6 | ① | Anbrühen, Wolfen: Ic | Salz, 120g Pfeffer, 80g Majoran | 1,00 |
| | | 1 | Herz | 0,4 | ① | Kochen: Ic,VI | | |
| | | 1 | Zwerchfell | 0,1 | ① | Kochen, Wolfen: Ib | | |
| | | 1 | Leber | 2,5 | ① | Anbrühen, Wolfen: Ib | | |
| Blut | 5,2 | | aufgefangenes Blut | 4,5 | ① | Schlagen, Sieben: Ic,VII | Lebendgewicht | 162,5 kg = 100 % |
| Nieren | 0,3 | 2 | Nieren | 0,3 | ① | Kochen: Ic,VI | Abgang | 22,5 kg = 14 % |
| Gallenblase | 0,1 | 1 | | | | Abgang | Warmgewicht | 140 kg = 86 % |
| Geschlecht | 0,3 | 1 | | | | Abgang | ① Auskühlverlust (Schwund) | 1,5 % = 2,1 kg |
| Gebärmutter | 0,7 | 1 | | | | Abgang | Kaltgewicht | 137,9 kg = 85 % |
| Schwanz | 0,2 | 1 | | | | Abgang | ② Brüh- bzw. Vorkochverlust | 10 % = 5.1 kg |
| Hornschuhe | 0,1 | 16 | | | | Abgang | ③ Koch- bzw. Auslassverlust | 15 % = 1,8 kg |
| Borsten | 1,5 | | | | | Abgang | ④ Pökelgewinn | 5 % = 0,5 kg |
| Oberhaut | 1,5 | | | | | Abgang | ⑤ Trocknungsverlust | 12 % = 1,5 kg |
| | | | Verschnitt | 1,6 | ① | Kochen: VII | Verluste ①②③⑤ | 10,4 kg = 6 % |
| | | | Hau u.a. Verluste | 2,0 | | Abgang | Ausbeute ohne Kesselwasser | 124,9 kg = 77 % |

höchstens noch auf meinen Händen Halt fanden, ließ der Druck schon während des Schlachtens nach. Das Neue soll ohne mich stattfinden und die Frage für die Menschen nicht sein, woher es kommt, sondern wie gerade sie es sind.

Noch immer gehe ich manchmal einfach nur müde weg, kommt es über ein Abenteuer, eine Eskapade nicht hinaus. Manchmal jedoch hält die Spannung an. Dann gab es etwas Neues, trage ich selbst einen Teil davon.

Doch mein Beruf hat sich überlebt und die Geschlechterfronten bröckeln. Früher haben Frauen nur das Kleinvieh geschlachtet, beim großen Vieh standen sie daneben. Mittlerweile ist das Hausschlachten, die ganze Hand- und Familienarbeit, entweder unergiebig oder Folklore, ein Spaß, dem nachgeholfen wird. Ich selbst gehöre zum Theater, eine größere Attraktion als das Schwein. Außerdem haben die Ostdeutschen das Hausgeschlachtene so satt wie ihre Möbel und Schrankwände, die sich auf den Sperrmüllplätzen türmen. In ein paar Jahren, wenn der Dusel vorüber ist und sie erkennen, wie arm sie tatsächlich sind, werden sich manche wieder ein Schwein halten. Aber dann werde ich einen neuen Beruf haben – und sicherlich keine Schauspielerin sein. Künstlerberufe sind für unsereine, die wir selbst erscheinen, entweder Zeitverschwendung oder kontraproduktiv. Und so perfide, dass ich in die Politik ginge, bin ich nicht. Einzelberufe, die mit den Menschen und dabei nicht mit seinen Leiden zu tun haben, waren immer rar. Ich will auch keine Schüler, sondern weiter zu den Menschen gehen wie eine ungebetene Klempnerin. Mir geht es um den Alltag. Ein Eine-Frau-Unternehmen, vielleicht als Privatdetektivin. Eins ist klar: Auch in Zukunft werde ich nicht mit Trinkgeld rechnen können.

## 37

Die feste Substanz im Atom nimmt nur etwa den billionsten Teil des Raumes ein!‹« René sah von dem großen Buch zu seiner Cousine hinüber. Sabine reagierte nicht. »›Könnte man alle Atombausteine, alle Kerne und Elektronen, aus denen unser Körper aufgebaut ist, zwischenraumlos auf einen *Haufen* legen, so würde sich dieser als ein winziges Kügelchen von einigen tausendstel Millimeter Durchmesser erweisen.‹« Begeistert blickte er sie an: »Wie viel Platz wir in uns haben.«

»Ja, für die Liebe.«

Er lächelte – jetzt war es ihm schon etwas unangenehm, dass sie gesehen hatte, was die Fremde mit ihm gemacht hatte –, betrachtete auf der nächsten Seite die Modelle des Wasserstoff- und des Uranatoms, überschlug die Urankernspaltung mitsamt Reaktortechnik, landete bei den energetischen Prozessen der Sonne und las sich fest, so dass es eine Weile ruhig blieb in der Großen Stube. *Frauen*, dachte Sabine, während seine Phantasie von Kernfusionen, Vakuumkammern und Magnetfallen anschwoll, *haben mehr Platz in sich als Männer.* Gegenüber Wasserstoffbomben nahmen sich Atombomben in Renés Vorstellung nunmehr fast wohlerzogen aus. »›Heidegger‹«, hob er an.

»Verschon mich mit deinem Theorettich!«

›Einst öffentlich jubelnder Faschist‹, las er still für sich weiter, ›und auch heute wieder Vertreter einer faschistischen und menschenfeindlichen bürgerlichen Philosophie, wies die Wissenschaftler zurück: *Ob die Atomenergie friedlich genutzt oder kriegerisch mobilisiert wird, ob das eine das andere stützt oder herausfordert, dies bleiben Fragen zweiten Ranges.*‹ René grinste. Er war mit Polemik dieses Schlages wohlvertraut. Während seines Zivildiensts hatte er eine 600-Seiten-Enzyklopädie der bürgerlichen Philosophie, die ein Jahr vor dem Mauerfall in Leipzig gedruckt worden und alsbald unverkäuflich war, von vorn bis hinten gelesen, nicht weil er glaubte, dass ihm diese Abrechnung bei seinem bevorstehenden Studium groß von Nutzen sein könnte, sondern aus Trotz und einem gewissen Ordnungssinn heraus: Er besaß das Buch nun einmal und wollte die Lektüre hinter sich bringen. Immerhin würde er die Namen der Philosophen und ihrer Denkrichtungen erfahren, denn er hatte bis dahin außer Kants *Kritik der praktischen Vernunft* auf dem schäbigsten Leipziger Reclam-Papier so gut wie nichts in die Hände gekriegt. Er studierte Philosophie, um allein stark zu sein, las viel, besuchte fleißig die Vorlesungen, machte sich Notizen, unterschied zwischen west- und ostdeutschen

Kommilitonen genauso streng wie zwischen Ost- und Westberlin, ein in seiner Arroganz sympathischer Kauz, gutmütig und harmlos, schnell begeistert von Ideen und Augenblicken, ein Tagebuchschreiber mit einer verschleppten Pubertät.

René hatte sich durch die Geschichte der Astronomie bis auf Seite 94 geblättert, als er auf der etwas nebulösen Zeichnung links oben wegen eines kleinen Flecks über einem ›b‹ ›Scheiße‹ las. Er sah genauer hin: ›Kern, Scheibe, Spirale und Halo des Milchstraßensystems‹. Was ein oder eine Halo war, wusste er nicht. Um den elliptischen Kern beziehungsweise den galaktischen Sternenhaufen – um was von beiden, konnte er, obwohl er sich dicht über die Abbildung beugte, nicht recht entscheiden – zogen sich abwechselnd schwarze und graue Ringe.

Lukas kam herein, sah René über die Schulter: »Was machst du denn da mit deiner Nase drin?« René sah ahnungslos auf. Lukas stellte sich an den Ofen und grinste: »L'origine du monde.«

René zuckte die Schultern, schlug das Buch zu und ging ans Klavier. Er improvisierte monoton. Als er keine Lust mehr hatte, fläzte er sich aufs Sofa.

»Romantik ist, wenn es weht, Ironie, wenn es zieht«, sagte Sabine.

Kathrin kam herein, sah sich etwas mürrisch um und ging zu Elke, die hinten an ihrem Tisch vor sich hin dämmerte. *Sicherlich,* dachte Kathrin, *hat sie Kopfschmerzen, fühlt sie sich wie ausgespuckt.* Sie streichelte ihrer Tante den Arm: »Trink doch nicht gleich wieder so viel Kaffee.« Mit starrem Blick schlürfte Elke den kalten Kaffee. Kathrin war sich nicht sicher, ob sie sie gehört hatte.

»Weißt du, warum es hier nie Haustiere gab?«, wandte sich Sabine an René. »Einen Hund, ich meine, so ein großer Hof und es rennt fünfzig Jahre nicht mal ein Spitz oder so was rum?«

»Sind eben Bauern. Die haben ne andere Einstellung zu Tieren.«

»Warum die Katzen nicht ins Haus durften, außer sie wurden für ein paar Tage auf den Boden gesperrt, wenn es zu viele Mäuse gab? Von denen hatte keine einen Namen. Hießen alle Miez.«

»Ja und? Weswegen?«, fragte Lukas am Ofen.

Sabine sah ihn kühl an. »Damit hier nur die Großeltern gestreichelt werden. Die hatten sich doch ständig in der Wolle. Mit der Oma oder dem Opa alleine wars wunderbar. Aber sobald die zusammen in einem Raum waren, gings hier los, da krachte es. Und die Kinder, erst die eigenen, dann die Enkel, immer dazwischen. Und nicht, dass wir das nur mit ansahen, unsre Mütter und wir: Die ganze Zeit mussten wir schlichten.«

»Jetzt übertreibt Sie«, sagte René.

»Pah! Wie Hund und Katze.«

»Die Oma hat doch immer angefangen.«

»Ja, ja.« Sabine lachte. »Glaubst du, es ist nur einer schuld, wenn eine Beziehung nicht funktioniert. Der ist doch mit seinen verdreckten Botten hier reinmarschiert, hat einen Berg Kartoffeln und sein Stück Fleisch verschlungen und war wieder weg. Hast du Opa ein Mal was kochen sehen?«

»Der hat doch die ganze Zeit draußen gearbeitet.«

»Oma wohl nicht? Drinnen und draußen hat die geschuftet, im Haus, in der LPG und auf den Feldern.«

»Opa hat mehr gearbeitet.«

»Machst du Witze?«

»Der hatte noch das ganze Viehzeug«, sagte René.

»Der Haushalt, die Kinder zählen wohl nicht?«

»Die haben doch mitgeholfen, Anne draußen, meine Mutter drinnen und Elke«, René überlegte, »hier und da.«

»Die haben sie missbraucht.«

»Wie bitte?«

»In ihrer Beziehung. Wie eine Art Dämmstoff haben die ihre Töchter zwischen sich und ihre Probleme geschoben, um über die Runden zu kommen.«

»Und warum waren die dann so gut in der Schule und«, René dachte nach, »beim Studium?«

»Aus dem gleichen Grund, weshalb die Großeltern von früh bis spät gearbeitet haben. Schule, Lernen, Hausaufgaben waren ihre Rettung. Das wurde respektiert. Großgezogen hat die doch die Stiefoma.«

»Wer?«, fragte René.

»Clara, die zweite Frau von Opas Vater.«

»Von Lenin?«, fragte René. Sabine nickte. »Und uns haben sie wohl auch missbraucht?«, spöttelte René.

Sie sah ihn ruhig an: »Bei dir bin ich mir sicher.« René

verzog abschätzig das Gesicht. »Musst mal Lukas fragen«, sie nickte zum Ofen, »was der von unsrer Familie hält.«

Sie blickten Lukas an, auch Kathrin. »Was soll ich?« Sie genossen die Solidarität dem Wessi gegenüber. »Als Mediziner«, Lukas hatte eine Idee, »würde ich sagen, dass das Bornavirus vielleicht nicht nur bei Pferden auftritt.«

»Der Virus«, berichtigte ihn René. Kathrin zog die Braue hoch.

»Wie bitte?«, erkundigte sich Sabine.

Lukas grinste: »Die hitzige Kopfkrankheit, 1885 erstmals an den Kavalleriepferden der Bornaer Garnision beschrieben.«

»Familie ist schuld«, sagte Sabine.

»Psychologie«, zischte René, sprang vom Sofa und ging hinaus.

Sabine sah Lukas herausfordernd an: »Bornavirus ist alles?«

Kathrin stand auf, warf Lukas einen vorwurfsvollen Blick zu und setzte sich Sabine gegenüber an den großen Tisch: »Du meine Güte, was hat denn dich gestochen?«

Lukas strich die Handflächen über die heißen Kacheln. Sabine lächelte: »Wo arbeitet deine Mutter jetzt?«

Kathrin biss die Zähne zusammen: »In der Stadtbibliothek, Leipzig.«

»Und du? Fährst noch jedes Wochenende raus zu

ihnen?« Sabine sah von Kathrin zu Lukas, was der davon hielt. Lukas biss ebenfalls die Zähne zusammen. Kathrin sagte nichts. »Dass du so an deinen Eltern hängst.« Sabine schüttelte den Kopf. »Du könntest doch im Westen eine bessere Arbeit finden als Krankenschwester. Kannst du nicht einen Facharbeiter machen, MTA oder so, oder was zusätzlich, Heilpraktikerin? Du musst mal raus hier!«

»Die haben doch schon genug verloren«, sagte Kathrin leise.

»Was? Deine Eltern?« Entgeistert sah Sabine ihre Cousine an. »Okay. Für uns kam die Wende gerade richtig. Sind wir noch mal um den Osten herumgekommen. Na und? Heißt doch nicht, dass unsre Eltern für den Rest der Tage unser Mitleid brauchen oder verdient haben, dass wir die in allem verteidigen müssen.« Kathrin bereute es, an den Tisch gekommen zu sein. »Geht dir das denn nicht auf die Nerven, wie hässlich das hier ist, wie die im Osten dauernd die beleidigten Leberwürste spielen?«

»Du warst doch auch bei den Pionieren, bei der FDJ, hast das alles mitgemacht. Wärst vielleicht in die Partei gegangen. Studieren wolltest du doch unbedingt? Oder meinst du, du hättest Flugblätter verteilt und nach ein paar Jahren die Ausreise beantragt?«

»Was wäre gewesen, wenn nichts gewesen wäre?«

»Eben«, freute sich Kathrin, dass sie Sabine ein bisschen Paroli bieten konnte. »So leicht lässt sich kein Urteil fällen.«

*Im Gegensatz zu den Ostdeutschen*, dachte Lukas, *haben wir derzeit gar keine Geschichte, so wie uns der Sieg zugefallen ist, ohne dass sich für uns was geändert hat.*

»Darum geht es mir gar nicht, wie hier alles übern Haufen geworfen wurde, um ein historisches Urteil, sondern«, Sabine zog Luft durch die Nase, »um die Auseinandersetzung, die ich mit meinen Eltern haben muss, du mit deinen, selbst wenn die die Geschichte aus der Bahn geworfen hat.«

»Deinen Vater nun nicht gerade.«

»Eben. Wie mein Vater ist, meine Mutter? Wie die mich gemacht haben, was die von mir immer noch wollen. Das müssen wir uns und denen so klar wie möglich machen, dass wir denen nichts schuldig sind.« Kathrin hätte am liebsten in der Küche den Abwasch gemacht. »Du musst«, sprach Sabine ihr ins Gewissen, »egoistischer werden, nicht, weil hier jetzt Kapitalismus herrscht, sondern damit dich vor allen anderen deine Familie nicht ausbeutet.«

»Du siehst immer alles so negativ, pol…«

»Polemisch«, griff Lukas ein und nickte anstandslos.

»Polemisch«, nahm Kathrin das Wort behutsam auf. »Du willst Erfolg, um es deinen Eltern und allen zu beweisen, wie gut du nach den neuen Regeln spielst. Dich überlegen fühlen.«

»Und du solltest dich weiterbilden, aber nicht, damit Sonja recht bekommt und glaubt, dass in der DDR doch nicht alles schlecht war.«

Kathrin zog eine Schnute.

»Ich will nur sagen, dass man sich beweisen muss. Aber wenn man das nur vor seinen Eltern will und nicht auch gegen sie, ist das Friede, Freude, Eierkuchen.«

Kathrin stand auf und atmete durch. »Du stellst dir das so einfach vor.«

»Wie alt bist du?«

Kathrin sah sie beleidigt an, als ob Sabine das nicht wüsste.

»Verheiratet? Kinder? Eigenheim?«

Kathrin winkte ab und ging davon, ohne Lukas anzuschauen. Sie kam sich klein und unbedeutend vor.

Sabine wandte sich Lukas zu. »Du musst sie mal ein bisschen anfeuern, unterstützen, oder passt dir das nicht in den Kram?«

»Hab ich doch«, wehrte sich Lukas.

»Was?«

»Abendschule vorgeschlagen. Dass sie das Abitur macht.« Er zuckte die Schultern. »Sie sagt, sie hat genug zu tun.«

»Hat jeder.« Sie sah ihn an. »Hat sie doch selber mal vorgehabt.«

»Was?«

»Abendschule.«

»Hat sie mir nicht gesagt.«

»Glaub ich.«

»Wieso?«

»Lange Geschichte.«

»Bin gespannt.«

Sie sah ihn an. »Hat mir Kathrin alles mal erzählt: Als sie mit der POS fertig war, 88, dann mit ihrer Ausbildung, 90, und eine Weile als Krankenschwester gearbeitet hatte, wollte sie das Abi nachholen. Aber sie hatte kein Englisch, nur Russisch. Also, dachte sie, lernt sie erst mal Englisch, dann ist alles leichter, und ging nach England als Au-pair. Aber«, sie winkte ab, »das wird sie dir auch selbst erzählen, wenn du sie fragst.«

»Mach nur weiter.«

»Besser, sie erzählt es dir.«

»Jetzt hast du es wirklich geschafft. Na los!«

»Eine ganz normale Familie, ein Vorort von London, der Mann arbeitete bei einer Speditionsfirma, im Büro, die Frau in einer privaten Klinik, die Kinder pflegeleicht.«

»Okay.«

»Der kam stets früher von Arbeit als seine Frau und schwatzte mit Kathrin in der Küche, wenn die Jungs draußen Fußball spielten. Die hatte sich nach einer Weile daran gewöhnt. So viele Leute, mit denen sie reden konnte, gabs wohl nicht. Dem schien es Spaß zu machen, sich über alles Mögliche zu unterhalten, ihre Meinung, ihr Englisch zu hören. Der erzählte von sich, seiner Frau, ihren Berufen, wie sie aufgewachsen waren, wie sie sich kennengelernt, wo sie sich das erste Mal geküsst hatten.«

Lukas neigte den Kopf.

»Und irgendwann Bettgeschichten. Wollte sie gar nicht hören. Hat sie wahrscheinlich kaum verstanden, aber durcheinandergebracht. Ich nehme an, dass ihr ein bisschen heiß wurde. Ob der das für Erregung genommen hat? Vielleicht war es das ja auch? Weggegangen ist sie jedenfalls nicht, und so fing das an in der Küche.«

»Was?«

»Was?« Sabine lachte.

»Und?«

»Und?« Sie grinste. »Aufs Sofa kriegte der sie nicht. Da war bei Kathrin Schluss. Davor.«

Lukas kratzte sich mit den heißen Fingern die Wange. »Jetzt bitte den zweiten Teil.« Er klang gereizt.

»Dann fing der von den Problemen an zwischen sich und seiner Frau, die kaum zu Hause war, die wie ne Verrückte arbeiten musste, wie er anfangs dachte. Mittlerweile war er sich sicher, dass sie einen Geliebten hatte. Der hat Kathrin die Ohren vollgeheult.«

»Die Mitleidsmasche!«

»Kathrin kam da nicht gleich drauf. Das ging so eine Weile, dann hatte er sie so weit. War sie weichgekocht.«

»Hm.«

»Hm.« Es amüsierte Sabine, wie eifersüchtig Lukas war. »Was der ihr alles versprochen hatte! Okay. Egal. War ja nicht ihr erstes Mal. Sie war auch nicht verknallt in den Typen. Hat ihr wahrscheinlich Spaß gemacht.« Sie räusperte sich. »Auf einmal war Schluss, ließ der sich nicht mehr sehen und kam mit seiner Frau nach Hause. Jetzt saßen die abends alle glücklich zusammen, machten am Wochenende Ausflüge, hörte Kathrin in der Nacht, wie die sich liebten. Kathrin dachte, sie spinnt.«

»Wer weiß, bei wie vielen Au-pairs das Schwein seinen Tränensack geleert hat?«

»Kathrin wusste nicht, wie sie dort herauskam, aus dem Vertrag, was sie der Agentur sagen sollte. Dass sie mit dem Mann geschlafen hatte, dass der Mann und die Frau sie anwiderten? Traute sie sich nich, obwohl das das Einfachste und Wirkungsvollste gewesen wäre. Sex darf in der Gastfamilie absolut nich vorkommen. Wer würde sonst sein Kind von der Schule weg zu fremden Leuten ins Ausland ziehen lassen? Die hätten ganz sicher nicht so leicht ein neues Mädchen gekriegt. Aber Kathrin dachte, besser, wenn die ihr kündigen, und hat der Frau erzählt, was sich abgespielt hatte.«

Lukas runzelte die Stirn. »Rache ist eine Speise, die kalt am besten schmeckt.«

»Pustekuchen! Kathrin dachte, die würde ausflippen und ihrem Mann die Hölle heißmachen oder ihr. Aber die glaubte ihr kein Wort, die ignorierte das einfach. Die wollte tatsächlich, dass sie weitermacht, als sei nichts gewesen.«

»Ich glaub, mein Schwein pfeift.«

»Vielleicht hätten die sie nicht mal schikaniert. Aber Kathrin packte ihre Sachen, ist einfach abgehauen und hat wieder als Krankenschwester angefangen, um die Geldbuße wegen Vertragsbruch abzubezahlen.«

»So stur, wie sie ist.«

Sabine nickte.

»Und auf Englisch oder Abi hat sie jetzt keinen Bock mehr?«

»Musst sie halt ein bisschen bearbeiten. So stur ist sie auch wieder nicht. In ihr steckt ne Menge.«

Lukas nickte.

## 38

Wenn man endlich mal ein bisschen Platz hier hätte«, beschwerte sich Achim. Aus der einen Pfanne spritzte knallend Fett. In der anderen Pfanne waren die Würste noch blass.

Sonja sah auf ihre Uhr: »Noch sechs Minuten.«

Obwohl ihn seine Frau aufgefordert hatte, die Rippchen zu braten, war Wolfgang am Tisch sitzen geblieben, nicht, weil ihm am Herd zu viel Betrieb herrschte, um sein Können zur Schau zu stellen, oder weil er wusste, dass Achim ein guter Koch war, sondern weil er, um die Fremde zu vergessen, seinen Plan durchging. Annegret brachte drei Bier: Albrecht nickte dankbar, Wolfgang wollte ein Glas, Achim wollte gar nichts.

Kathrin kam herein: »Der Tisch ist fertig.«

»Mensch!« Hertha schlug Achim auf die Hand. »Bist du noch gescheit!« Achim zog geschwind die Gabel zurück. »Hol dir gefälligst ne Untertasse, wenn du kosten willst.«

Achim hatte gleichwohl etwas Sauerkraut aufgegabelt und verschlang es hastig: »Hh!«

»Verbrenn dir nicht den Mund«, rief Kathrin und lachte.

»Blasen!«, rächte sich Sonja.

Hertha schüttelte den Kopf: »Das hätt ich nich gewagt, nich, als ich in Stellung war, un ooch nich daheeme.«

Achim tauschte die Plätze der Pfannen. Annegret strich sich mit dem Oberarm die Haare aus dem Gesicht: »In das neue Haus kommt ein Geschirrspüler.« Hertha nahm einen kleinen Löffel aus dem Besteckfach und streckte sich am Küchenschrank nach einer Untertasse. Achim stach mit einer Gabel in die Rippchen. Kathrin dachte an die vielen Tabletten, die Elke jeden Tag nahm, und die Anfälle, die sie trotzdem so häufig hatte, manchmal drei an einem Tag; ob sie einmal einen Arzt fragen sollte und Elke mitmachen würde, wenn man sie eine Woche dabehielte und auf neue Tabletten einstellte.

René kam herein: »Noch was reintragen?« Hertha löffelte Sauerkraut auf die Untertasse.

»Jetzt könnt ihr sie rausnehmen«, rief Sonja. Annegret und Kathrin hoben den Einkochtopf an und trugen ihn ins Bad.

»Na endlich.« Achim rückte die Pfannen zurecht und regelte die Gasflammen.

»War ja ganz schön was los in Connewitz, letztes Wochenende«, sagte René zu seiner Schwester.

»Was?«

»Nee!« René sah sie erstaunt an: »Wohnt Sie mittendrin und hat nichts davon mitgekriegt?«

Kathrin zog den großen Topf mit Wurstsuppe knirschend über die Ofenplatte: »Die Randale?«

»In Connewitz, da hats geblitzt, da sin die Juden ausgeflitzt.«

Albrecht horchte auf. René drehte sich um: »Wie war das?«

Hertha grinste: »Aus Leberwurscht un Sauerkraut, da ham se sich ä Haus gebaut. Da ham wir alle so gelacht, da is es wieder eingekracht.«

Kathrin und Annegret trugen den Wassertopf mit den übrigen Gläsern ins Bad.

»Toll!« René applaudierte. »Meine Oma! Gibts dazu auch ne Melodie?«

»Wo sind denn die Fadennudeln?«, rief Kathrin.

Sonja zeigte auf den Küchenschrank hinter Wolfgang. »Wann sind denn die Rippchen so weit, die Kartoffeln müssen doch schon ganz kalt sein.«

»Gleich.« Achim ließ sich nicht aus der Ruhe bringen.

»Den Topf hab ich eingewickelt, der hält warm«, beruhigte Kathrin ihre Mutter. Wenn noch eins da gewesen wäre, sie hätte auch ein drittes Paket in den Topf geschüttet, so sehr mochte sie Fadennudeln in der Wurstsuppe.

»Muss ne ganz schöne Schlacht gewesen sein«, kam René auf Connewitz zurück.

»Was gehen mich die Chaoten an«, entgegnete Kathrin. Achim legte Holz im Küchenofen nach.

»Hundertachtzig Polizisten«, René bohrte sich den Finger in die Stirn, »nur weil ne Fensterscheibe kaputtgegangen ist.« Kathrin rührte die Nudeln um.

»Einen haben sie in die Hüfte geschossen«, sagte Sonja. »Warnschuss.«

»Die ganzen Autos angezündet. Muss man sich mal vorstellen.« Achim schüttelte den Kopf.

»Wahnsinn«, pflichtete ihm Annegret bei.

»Also ich bin fertig mit dem Fleisch und meinen Bratern«, sagte Achim.

»Na endlich!« Sonja, die die ganze Zeit am Tisch gesessen und das für Achim bestimmte Bier getrunken hatte, stand auf. »Papa! Los!«

»Mei Vater«, sagte Hertha, »Paul, der stammte aus Connewitz. 1893 is der dort geborn.«

»Die Wurschtsuppe?« Achim sah zu seiner Tochter, die vom Holzlöffel die Nudeln probierte.

»Bretter hab ich.« Sonja ging hinaus.

Kathrin nahm eine Kelle, Achim eine Pfanne – die andere zog er an den Rand des Ofens – und den Topf mit Rippchen. Wolfgang goss sich das restliche Bier ins Glas. An der Tür zum Bad blieb er stehen. »Kommst du?« Annegret prüfte, ob der Deckel des Einmachglases hielt, stellte es zu den anderen auf den Boden und folgte.

»Senf!«, rief es aus der Stube.

Hertha fand den Becher und kicherte: »Auf dem Berge Sinai wohnt die Mutter Pietschen, und wenn sie nichts zu essen hat, fängt sie an zu quietschen.«

# 39

Kathrin hatte die Suppe verteilt und sich auf den eigenen Teller fast nur Nudeln geladen, was ihren Vater ärgerte, sie selbst aber nur ein Lächeln kostete, Annegret für jeden Wellfleisch herausgefischt, für Wolfgang ein durchwachsenes Stück, wie er es mochte, Achim sich dick Senf auf das Wellfleisch gestrichen, Sonja zwei Teller gegessen, Elke sich auch von Kathrin nicht überzeugen lassen, dass Wurstsuppe eigentlich nur Wasser mit ein bisschen Fett, vor allem aber Nudeln sei – Butter esse sie doch auch –, Lukas zugesehen, wie diese Familie über die tiefen Teller gebeugt löffelte.

Die, die an der Tür saßen, brachten den Suppentopf und die Teller hinaus; Sonjas Löffel stieß noch gegen den angekippten Tellerrand. Achim legte jedem eine Bratwurst auf den Teller. Kathrin verteilte Kartoffeln, Sonja Rippchen, René Sauerkraut. Wolfgang ließ die leere Bratwurstpfanne nicht ziehen: Annegret träufelte ihm Bratfett über die Kartoffeln. Das Beispiel machte die Runde, auch bei der zweiten Pfanne. Annegret holte Brot, Margarine und Schnittkäse für Elke, René Bier, Sonja aus dem Schrank Gläser; sie schenkte sich aus Renés Flasche ein. Hertha saß die ganze Zeit über ruhig da. Albrecht übte sich in Bescheidenheit: »Nich so viel, mei Kind«, und bekam doch den größten Berg auf den Teller. Sabine sah, wie Elke zu Kräften kam, hörte ihren Großvater schmatzen und rückte etwas ab vom Tisch. Lukas staunte weiter, wie zielstrebig und stumm sie aßen.

Sie saßen reihum an dem ausgezogenen Tisch in der vergrößerten Stube: Hertha an der Stirnseite vor dem Sofa, an der Längsseite vor dem Ofen Sonja, Annegret, Wolfgang, Elke und Lukas, Albrecht am hinteren Ende, neben ihm an der Längsseite vor dem Klavier, dem Sofa und den Fenstern, Achim, Sabine, René und Kathrin. Im Spalier der Teller, zwischen den Schüsseln standen die Gläser und Flaschen. Je satter, umso nachdenklicher wurden sie, als würde mit dem Schwein auf ihren Tellern jeweils ein Stück der Schlachterin verschwinden.

»Am dreizehnten Oktober siebzehnhunderteinundzwanzig haben sie auf der Schanze in Neustadt, Dresden, ein Weib gefunden, allem Anschein nach eine Wöchnerin. Unter freiem Himmel lag die da und sagte, sie sei aus Ungarn, dreißig Meilen von Tockai aus Keschkemet, und gestern mehr als hundert Meilen durch die Luft sicher bis hierher geflogen; ihr Mann heiße Anton Schley und sei Fleischer, sie selbst zweiundzwanzig Jahre alt. Sie sprach gut Ungarisch und gab die Gasse, wo sie wohnte, und ihre Nachbarn zur Rechten und zur Linken an und die Paten von dem Kind mit Namen und Stand. Als sie jedoch nach Keschkemet geschrieben hatten und dort keiner die Frau hat kennen wollen, ist sie als Betrügerin nach Waldheim ins Zuchthaus gekommen.« Elke hielt René ihren Teller hin, verlangte Sauerkraut und kümmerte sich nicht um die verblüfften Blicke.

»Quatsch«, sagte Wolfgang ärgerlich.

»Bring doch eener ma das Gehackte rein«, beanstandete Hertha.

»Und die halbe Blutwurst«, rief Sabine Kathrin hinterher.

»Mensch, die Würste oben ham wir ja ganz vergessen.« Hertha rappelte sich auf.

Achim war schneller: »Ich geh schon.«

Annegret hob die Pfanne auf die Schüssel, dass etwas Platz auf dem Tisch wurde. Kathrin setzte den Teller mit Gehacktem ab und gab ihrem Bruder, der genauso gerne Zwiebeln schnitt wie sein Vater, zwei Zwiebeln, ein Brett und ein scharfes Messer. Die Untertasse mit der halben Blutwurst stellte sie nicht Sabine, die schließlich selbst hätte laufen können, sondern ihrer Mutter hin, die automatisch zugriff und sich ein großes Stück abschnitt. Kaum war Sonja fertig, griff sich Sabine die Blutwurst, roch daran und schnitt sich verliebt dünne Scheiben herunter.

»Darf ich?« René, der sich nun sicher war, dass es sich um das Ende der Schlachterin handelte, langte nach der Wurst. Sabine hielt fest.

»Sagt mal!« Mit der Gabel schlug Annegret erst ihrer Tochter, dann ihrem Neffen auf die Hände, nahm die Wurst vom Tisch und schnitt für Wolfgang zwei Scheiben ab.

René starrte auf den Rest. Schon berührten seine Finger die Gralswurst, als sich Lukas, der die Rangelei zwischen Cousin und Cousine auf die Ereignisse in der Eckkammer bezog und als Devotionalienstreit interpretierte, den gebenedeiten Zapfen schnappte und ohne zu zögern in den Mund steckte.

»Dass kann ich aber leiden, wenn se sich ums Fressen streiten«, rief Hertha.

Wolfgang legte sich eine Scheibe auf die Zunge. Befremdet betrachtete Kathrin ihren Freund, wie er triumphierend, als würde ihm die Wurst sofort in Fleisch und Blut übergehen, kaute. René winselte. Sabine sah mit großen Augen, wie es ihrem Vater schmeckte, und schluckte ihren Bissen hinunter. Lukas fasste zwischen seinen schönen, geraden Zähnen den letzten Zipfel, wedelte damit vor Renés Mund, bis der das Ende erhaschte und, mit Bindfaden, verschlang. Kathrin war baff.

»Das ging am tiefsten.« René lachte zufrieden.

Kathrin sah, wie ihr Bruder und ihr Freund nach der letzten Scheibe auf Wolfgangs Teller schielten. »Ist jetzt endlich mal gut?!«, schrie sie Lukas an.

Wolfgang, der sich die ganze Aufregung nicht erklären konnte, schob sich das Wurstbrot in den Mund. Achim brachte eine Schüssel Sülze, eine Blut- und eine Leberwurst. »Schneid ma fix die Würste, dass jeder n Stück kriegt«, rief Hertha. Achim schob die kleingeschnittenen Zwiebeln auf die freie Untertasse und drehte das Brett um.

Wolfgang krümelte Zwiebel über die Sülze, probierte und reichte sie weiter: »Zu fest ist sie nicht.«

Kathrin pellte für ihren Großvater die Haut von der Wurst. »Ein bisschen mehr gewürzt könnte die Blutwurst sein«, sagte Achim.

»Dir ist immer gleich alles zu lasch«, meckerte Sonja. Albrecht legte beide Lippen um den braunen Flaschenhals und ließ das Bier seinen Hals hinunterlaufen.

»Die lässt sich aber schön streichen«, lobte Hertha die Leberwurst. Sonja nickte mit vollem Mund.

»Und ist auch nicht grießelig«, stimmte Annegret zu.

Die Bewegungen am Tisch zogen René in den Bann. Alles ging so schnell und ging ihm doch nicht schnell genug. Obwohl sich seine Wahrnehmungen verdichteten und ihn die Worte und Dinge gleichermaßen anzogen, hatte er das Gefühl, dass er das Geschehen wie von außen beobachtete, dass er das Ganze gar nicht sah, sondern sich selbst beschrieb. Während seine Gedanken sich hochschaukelten, wurden seine Glieder immer schwerer. Als er sich ganz in der Reflexivität verstiegen hatte und unwillkürlich den Kopf schüttelte, wurde ihm klar, dass er betrunken war.

»Da ist ordentlich Kümmel dran«, sagte Achim. Das Gehackte auf dem Teller hatte außen nicht mehr ganz die rosige Farbe vom Mittag, sondern einen leichten Grauton angenommen.

»Esst euch satt, zu Hause gibts nichts mehr«, zitierte Elke zu Achims Ärger Sonja, die diesen Spruch jahrelang ihren Kindern vorgehalten hatte. Die anderen lachten.

Allmählich schoben sie ihre Stühle etwas ab vom Tisch, rutschten tiefer und genossen die größere Bauch- und Beinfreiheit. Niemand hatte Lust aufzustehen.

Zwar hatte er sich schon am Nachmittag ein Verlängerungskabel besorgt, aber ohne das Bier hätte René schließlich doch nicht den Mut gehabt, den anthrazitfarbenen Kassettenrekorder in dem schwarzen Kunstlederschutzmantel auf den Tisch zu stellen. »Opi! Erzähl, er-«, er wechselte mit Sabine den Platz, »zähl Er doch mal vom Krieg.«

Hertha winkte ab. »Die ollen Kamellen.«

»Ein KR 650! Der sieht ja aus wie neu.« Noch vor drei Jahren war Sabine auf René neidisch gewesen: Ihre Eltern hatten ihr weder einen Kassettenrekorder noch ein Motorrad gekauft. Jetzt hatte sie für die teure DDR-Unterhaltungstechnik, deren gewissenhafte Pflege und den Zierrat der Aufkleber nur Spott übrig.

Albrecht wackelte bedächtig mit dem Kopf, und René wusste, dass er nur noch einen kleinen Stoß brauchte. Er drückte die beiden Knöpfe für Aufnahme. Die Kassette fing an zu schnurren. »War Er schon beim Polenfeldzug dabei oder erst bei Barbarossa?«

Hertha wischte vor sich auf dem Tisch die Krümel zusammen. Albrecht blies die Wangen auf: »Ich bin neununddreißig im Dezember eingezoochen.« Hertha schob sich die Krümel über die Tischkante in die Hand. »Nach Weißenfels.«

»Ach nee?« Hertha stützte sich umständlich auf den Tisch.

»He-e? Die hießen de Hundertdreiunsibziger. Un da ich Fahrerloobnis hatte, kam ich bei de Infantrie-Mot. Un das war in Leipzsch.«

»Motorisiert.« Die Krümel warf Hertha auf das Blech vor dem Ofen.

Albrecht nickte. »Bei de Elfer. Im Ersten Weltkriesch hießen se de Hundertsiemer. Un wo es nachher in Dinge losging.«

»In Russland«, präzisierte Hertha.

»In Russland. In Poln wars ja sowieso vorbei un in Frankreich warn mir noch in der Kaserne. Na, un vom ersten Tage an bin ich da mit los, vom Eenunzwanzigsten oder Zweeunzwanzigsten, das weeß ich nich so genau. Da bin ich Kradmelder gewesen un bis ziemlich vor Moskau gekomm.«

»In der Kaserne, hat Er da was geahnt, dass es losgeht?«

»Ä wa. Denkst denn du, mir ham was geahnt? Kee Mensch.«

»Mir hatten doch ä Nichangriffspakt«, brauste Hertha auf. »Das gloobt doch keener.« Sie stützte sich auf Kathrins Stuhllehne.

»In Berlin, Molotrow un un Ribbentopp«, rief Albrecht in derselben hohen Tonlage. »Kannst doch nich sagen, dass Hitler un Stallin, nee. Die zwee-e ham den abgeschlossen.«

»Was hat Er denn«, noch behäbiger konnte René beim besten Willen nicht sprechen, »zu der Zeit über Stalin und Hitler gedacht?«

»Ah!«, schrie Lukas und fuhr herum. Elke lachte, dass sie dem jungen Herrn so wirkungsvoll in die Seite gefahren war. Kathrin lachte ebenfalls. Lukas schämte sich, weil er so laut geschrien hatte und augenblicklich bereit gewesen war, sich zu wehren.

»Da hab ich erste mal gedacht, da kann mir eener sagen, was er will, dass Stallin gar nich anders konnte, wie sei Land zu verteidigen.«

»›Dass in Zukunft allen die Lust vergehe, ihre Schweineschnauze in den Sowjetgarten zu stecken.‹« René strahlte über sein Stalin-Zitat.

»Wenn, wenn er vorbereitet gewesen wäre«, ereiferte sich Hertha, »wär er doch nich so viel rückwärts gegangen. Der war doch nich vorbereitet.«

»Nu ja, erzähl doch ma nich. Der is über Nacht überfallen worden, weeßte, wo den seine Truppen noch im Bette gelegen ham. Un weeßte«, Albrecht ruckte mit dem Kopf, »wo der über de Grenze is, dorte.«

»Erzähl ma«, unterbrach ihn Hertha, »von den vielen Panzern.«

»Nu, ich erzähl ja nu schon: Bei Brest-Litowsk, Brest am Bug, dort is der über de Grenze. Un in Brest-Litowsk«, er machte eine Pause, »wer noch nich dort gewesen is, der kann sich gar nich vorstellen, was das für eine Panzerkaserne war. Vom Russen. Dort.«

»Warum redst denn du so leise?« Hertha stand hinter Sabine. »Der will das doch uffnehmen.«

»Die hat der«, drehte Albrecht auf, »gebaut. Neununddreißig hat der erst dort angefangen zu baun, der Russe. Un in den zwee Jahrn hat der dort eine Panzerkaserne hingebaut«, er legte seine Hand auf seinen blanken Schädel, »wer die nich gesehen hat, der sagt, das ist unmöglich.« Er schaute sich um. »Un wenn ä Hitler hätte dem Stallin«, er betonte jedes Wort, »eine Krieschserklärung gegeben – weeßt du, wo der de erste Schlappe gekriegt hätte? In Brest-Litowsk«, sagte er so leise wie bestimmt und zog etwas Schleim die Nase hinauf.

Sonja mochte das Schniefen ihres Vaters nicht. Sie sah das große Buch auf dem Sofa.

»›Das Buch der Wahrheit‹«, flüsterte Lukas ihr zu. Er dachte an das Feuer im Ofen über ihnen und schaute zu Kathrin hinüber.

René war sich nicht mehr sicher, ob er eine 60er- oder 90er-Kassette drin hatte.

»Ah!«, schrie Lukas, beim zweiten Mal etwas leiser. Diesmal lachte er mit Elke.

»Ich hab dorte drei Wochen gelegen. Über Orscha von, äh, bin ich dorthin transportiert worden ins Krankenlager. Das war das erste Mal, vor Moskau hier, an der Wolga, in, na, wie heeßt denn das?«

»Bei der ersten Verwundung«, versuchte Hertha zu helfen.

»Ja, bei der ersten, in Dinge, rechts un links von der Wolga, in, verflixt!« Elke zwickte Lukas in die Hüfte; er musste ihre Hände festhalten. Albrecht zog ein gequältes Gesicht; er überlegte.

Sonja schlug das schwere Buch auf, gerade dort, wo die Pioniertaten der sowjetischen Raumfahrt besungen wurden.

»Stalingrad?«, fragte René vorsichtig. Elke befreite ihre Hände und war ihrerseits nicht zimperlich, so dass es für Lukas allmählich anstrengend wurde, sich ihrer Attacken zu erwehren.

»Nö. Ach wo! Was denkst denn du?«

Glücklich las Sonja von Sputnik 1, 2 und 3, Lunik 1, 2 und 3, Weltraumschiff 1, 2 und 3.

»Gott verdammich noche mal! Ich komme jetz nich droff. Na, jedenfalls, in Brest-Litowsk, wenn das eener nich gloobt, aber vom Russen standen da nich weniger als zweetausend Panzer. Un da is keener zum Einschuss gekommen. Un der Hitler hat können damit nischt anfang.«

»Erzähle doch, warum«, forderte Hertha.

Sonja wisperte die Namen der Versuchshunde, die sie in ihrer Kindheit allesamt hatte aufsagen können: Laika, Strelka, Belka, Ptschelka, Muschka, Tschernuschka, Swjosdotschka. Ihr kamen fast die Tränen.

»Weil die, die Russen, nen andres Bahngleis ham, andre Kaliber un alles.«

›In der Zwischenzeit hatten auch die USA Erfolge im bemannten Weltraumflug zu verzeichnen. So durchflog der Marineoffizier A. B. Shepard am 5. Mai 1961 in einer Mercury-Kapsel eine ballistische Bahn, deren Flughöhe bei 184 km lag. Das Experiment dauerte 15 Minuten; die durchmessene Strecke betrug 486 km. Dabei musste die Raumkapsel von einem Flugzeugträger aus dem Atlantik geborgen werden. Am 21. Juli 1961 wurde der Versuch von V. J. Grissom in gleicher Weise wiederholt. Diesmal konnte der Pilot nur mit knapper Not von einem Hubschrauber geborgen werden, während die Kapsel im Meer versank.‹ Sonja grinste. ›Auch diese Leistungen spiegeln menschlichen Wagemut wider, wenn sie im Gesamtergebnis auch nicht an die sowjetischen Erfolge im Weltraum heranreichen.‹ Beschwingt schlug sie einen Stoß Seiten um.

»Na, was ham die denn mit den zweetausend Panzern gemacht?« Hertha ließ nicht locker.

»Na, die standen dorte. Die konnte niemand mehr anfahrn. Schrott hätten die könn bloß machen davon.«

›Karl Marx und Friedrich Engels – die größten Söhne des deutschen Volkes.‹ Sonja betrachtete die große Zeichnung und staunte über die schwarzen Mähnen und Bärte der beiden jungen Wissenschaftler.

»Die zweetausend Panzer dort. Die hätten schon was runtergepulvert, du, das sag ich dir.«

»Hm«, machte René. Mit einem Klack sprangen die Aufnahmeknöpfe heraus.

»Reshew!«, schrie der Großvater. René drehte geschwind die Kassette um. »Reshew. Jetz weeß ich, wie es heeßt.«

»Wie?«, fragte Hertha.

»Reshew«, wiederholte Albrecht erleichtert.

›Am 14. März 1883 starb Karl Marx, der größte Sohn des deutschen Volkes.‹ *Also,* schlussfolgerte Sonja, *war Engels der zweitgrößte Sohn des deutschen Volkes.*

»Opa. Hast du jemals einen umgebracht?« Sabine hatte nicht leise gesprochen. Die Familie schaute auf. Annegret blickte entgeistert ihre Tochter an. Sonja klappte das Buch zu.

»Nee«, antwortete der Alte mit schwerer Stimme, »hab ich nich.«

»Beim ganzen Russlandfeldzug dabei, bis zurück nach Berlin, und niemandem was zu Leide getan?«

René ärgerte sich, dass seine Cousine so leicht fragen konnte.

»Meine Knarre war doch ganz verrostet. Die hing mir um den Hals, aber schießen tat die nich.«

»Was hat Er denn gemacht als Kradmelder?« Hastig versuchte René die Gesprächsführung wieder an sich zu bringen. Sonja stand auf, nahm zwei Schüsseln und ging hinaus.

»So ne Kradschützenabteilung, die is ungefähr sechsndreißig Mann stark. Un das is eine Vorausabteilung.«

»Was?« Hertha hielt die Hand hinters Ohr. Die Arbeit an der Kartoffelsortieranlage der LPG hatte ihr geschadet.

»Hertha«, rief Achim, »du hörst wo harte?«

»Eine Vorausabteilung: vorfahren, offklären, wie siehts da aus, melden, wenn es Dunst gibt. He-e?« Kathrin und Annegret schlossen sich Sonja an. Damit sich Hertha neben René setzen konnte, rückte Sabine noch einen Platz weiter und saß nun ihrem Vater gegenüber. »Mit ä Motorrad wurde doch, als Melder, erst ohne Seitenwagen gefahren. Das durften wir dann nich mehr. Wir mussten Seitenwagenmaschine haben. Weil so sehre viel sich verletzt hatten als Kradmelder, in dem Sande. Off de Schnauze geflogen. Un heb ma so ne siebenhundertfuffziger Maschine hoch, wenn se dir off den Wanst fällt. Da liegst du drunder, bis du untergehst.« Sonja kam zurück und stellte die Teller aufeinander. »Und wenn es rickwärts geht, will ich dir gleich sagen.«

»Albrecht, der nimmt das doch off. Da darfst du nich immer leiser werden«, beschwerte sich Hertha.

»Wenns rickwärts geht, da wird eene Gruppe immer, äh, rausgesucht, die müssen Minen legen, die Buden anbrennen.«

»Übelst. Hat Er alles gemacht?« René wollte Sabine zuvorkommen.

»Ich, ich hab es nich gemacht«, Albrecht beeilte sich ebenfalls. »Ich bin gefahrn. Aber die Betreffenden.«

»Nana! Nich so sehre laut«, rief Hertha. Kathrin kam und ging mit den restlichen Tellern. »Wenn der das ma vorführt, du Klapsmond, da heeßts dann, mei Vater, mei Großvater war ä Feigling.«

»Wie bitte?« Sabine sah sie mit großen Augen an.

»Wieso? Nu, wie kommst denn du mir vor?« Albrecht stotterte. »Na, wie kann ich denn ä Feigling sin, du Quatschkopp. Eener muss doch die Maschine fahren.«

»Nu ja«, gab Hertha zu.

»Denn die Kerle, die da mit droffsitzen, ä Gefreiter un ä einfacher Schütze, die hatten keene Fahrerloobnis.«

»Was warst du?«, fragte Sabine.

»Obergefreiter.«

»Erst Omas Sprüche, jetzt einen Melder und Gefreiten. Fehlt nur noch das Eiserne Kreuz.« René sagte nicht: wie bei Hitler. Kathrin und Sonja trugen, was übrig war, hinaus.

»Un mit dem Anbrennen, das war doch kee Problem. Die nahmen die Leuchtpistole, schossen zweema in die Häuser, da brannten die. Weil das alles Strohdächer waren.« Kathrin kam zurück und setzte sich aufs Sofa. Lukas stand von seinem Stuhl auf, um sich ihr zu nähern.

»Du bist also nur gefahren und hattest so dicke Motorradhandschuhe an, dass du gar nicht schießen konntest?« Sabines Sarkasmus war unüberhörbar.

»Es war doch Kriesch! Er war doch Soldat!« Dass Hertha ihren Mann in Schutz nahm, kam selten vor.

»Von der ss und deinem Bruder Helmut, Oma, fang ich lieber nicht an«, erwiderte Sabine scharf. »Sonst erzählst du mir wieder, dass das gar kein Nazi war.« Hertha verstummte.

»Was willst du denn hören?«, rief Kathrin gereizt.

Lukas, der schon bei ihr am Sofa war, drehte sich um und beugte sich zwischen Sabine und René: »Die Endlösung, wisst ihr, wo die angefangen hat?« René zuckte die Schultern. Achim arrangierte die übrigen Wurstscheiben auf einem Teller, dass es wieder appetitlich aussah. »In Pomßen«, sagte Lukas, »hier, drei Dörfer weiter.«

René wollte sich gerade Lukas zuwenden, als Albrecht bedeutungsvoll einatmete: »Es gab aber ooch schlechte Hunde.« Er nickte schwer. »Ich bin kee Kriegsverbrecher. Ich hab in meim Leben keem Menschen was getan.«

»Das hat doch keiner gesagt«, beschwichtigte René.

»Ich hab alle vier Wochn ne neue Waffe gekriegt, weil der Loof, nich wahr, verrost war.« Achim setzte sich auf das Sofa hinter Albrecht. »Kee Schuss is da rausgekommen!«

»Von mir aus.« Sabine winkte ab, sah zu ihrem Vater, der dem Gespräch schon lange nicht mehr folgte, überlegte, wann sie das letzte Mal mit ihm so lange friedlich an einem Tisch gesessen hatte, stand auf und setzte sich neben Achim.

»Aber andre, die ham sich da gar nischt draus gemacht. Wir sin ma beim Rückzug durch ä Dorf. Wo das nu, in Dinge, in der Ukreine, aber wo jetz? Spielt keene Rolle. Die von der Küche müssen da ä paar Hühner gefunden ham oder ä Schwein sogar. Das taten die Weiber wohl nich gleich rausrücken. Oder, ich will ma sagen, die Kerle vom Proviant, von unsrer Kompanie die, die machten sich nich nur an das Vieh ran.«

»Scheißchen.« Hertha winkte ab. »Wenn ä paar Soldaten ma Fensterscheiben einschlagen un sich Wurst oder n paar Hemden mitnehmen.«

»Vergewaltigung und alles war im Osten straffrei«, sagte René trocken. »OKW-Erlass zur Kriegsgerichtsbarkeit schon vom Mai einundvierzig.«

»Den Fraun müssen aber n paar alte Männer, die nich abgehaun warn in de Wälder, zu Hilfe gekommen sin. Jedenfalls sin unsre davongerannt und ham nachher bei der Kompanie erzählt, verstehst du, dass da Partisan wärn in dem Dorfe. So. Nu. Die ganze Kompanie kehrt, un Vergeltung. So hieß das. He-e? Wer da nich fort war.

Die ham dort jeden erschossen.« Er blickte René mit großen Augen an. »So ä roher Kerl, der kriegte von mir immer de Zigaretten, von gar nich weit schoss der einer Frau das Kind aus der Hand. Das Dreckschwein. Un dann die Frau. Das, das kannst du mir glooben.«

»Ist ja gut«, beruhigte ihn Kathrin.

René nickte und stieß, um den Großvater nicht weiter anzustrengen, Lukas an: »Pomßen, dort geh ich manchmal hin angeln.«

»Dort gabs«, Lukas wandte sich langsam von dem Alten ab, »eine Familie, die hatten ein blindes Baby. Dem fehlte ein Bein und der linke Unterarm. Die haben Hitler neununddreißig einen Brief geschrieben.«

»Einfach so geschrieben?«, wunderte sich René.

»Ein Professor an der Uni-Klinik Leipzig, Catel, hatte die überzeugt, dass für ihren Jungen der Tod eine Erlösung wäre. Sie sollten Hitler darum bitten. Das nannten die Gnadengesuch.«

»Als der Krieg losgegangen war?«

»Vorher. Im Mai haben die Hitler geschrieben. Der schickte seinen Leibarzt nach Pomßen, der gab die Erlaubnis.«

»War der auch geistig behindert, der Junge?«

»Hab ich noch nicht rausgekriegt. Fünf Monate war der alt. Im Juli neununddreißig, am fünfundzwanzigsten, haben die den in der Uni-Kinderklinik eingeschläfert. Wahrscheinlich Luminal. Gerhard Kretschmar aus Pomßen, das erste Euthanasieopfer im Dritten Reich.«

»Von Pomßen nach Auschwitz.« René überlegte.

»Das war praktisch und streng vertraulich der Startschuss zur Vernichtung unwerten Lebens. Also nicht nur Zwangssterilisationen. Das fing an bei geistig oder körperlich Behinderten, Epileptikern, erst Kinder, später Erwachsene, zog sehr schnell weitere Kreise: Arbeitsunwillige, Asoziale, Homosexuelle, alles sogenannte Volksgenossen, dann sukzessive das ganze Untermenschentum: allen voran die Juden, Zigeuner, danach Polen, Slawen. Eine richtige Weltsäuberungsaktion. Der ganze organisatorische, bürokratische, technologische Apparat, die ganze Logistik wurde mit der Euthanasie entwickelt: die Meldung und Erfassung der Zielgruppe, Konzentration, Transporte, Gaskammern, Leichenbeseitigung, Krematorien, die Tarnung, Vertuschung, eine Massenaktion, wir sprechen hier vielleicht von einer Viertelmillion Menschen, inklusive Mittäterschaft, Papierkram, Kostenabrechnung und Vergütung. Für jedes als behindert gemeldete Kind kriegte eine Hebamme zwei Reichsmark acht Pfennige.«

»Und das hat so gut funktioniert, dass sie mit sechs Millionen Juden weitermachten.« René schüttelte den Kopf. »Und das ist dein Thema? Euthanasie?«

Lukas nickte und blickte kurz zu Kathrin. »Nur für Leipzig und Umgebung: Uni-Klinik, Dösen, Altscherbitz. Ist schon mehr als genug.«

Da die Kassette noch nicht voll war, wandte sich René seinem Großvater zu, der sich wieder beruhigt hatte. »Und was war nun in Reshew?«

»Dort, dort in der Nähe wurde ich das erste Ma verwundet. Schon off dem Rückzug warn wir da.« Lukas stand auf und setzte sich zu Kathrin aufs Sofa. Sonja kam herein und wischte den Tisch ab. »Kam ich erst nach Brest-Litowsk, drei Wochen, dann nach«, Albrecht stockte, »Litzmannstadt.« Der alte Mann kniff die Augen zusammen. »Lodsch. Noch sechs Wochen.«

René wartete. »Und?«

»Na, so, jetz, weeßt du, is ma gut«, sagte Albrecht.

»Dann war er wieder fit«, antwortete Sabine ihrem Cousin. »Gings weiter.«

Albrecht schaute sich um und stand auf. »Mensch, häng dich nich so sehre off den Tisch«, schimpfte Hertha, »der is ausgezogen.«

»Wann war Er verwundet?« René ließ nicht locker. »Frühjahr, Sommer zweiundvierzig?« Wolfgang hielt Albrecht den Stock hin.

»Das reicht jetzt für den Opa«, sagte Sonja. »Papa, geh mal auf Toilette.« Albrecht ging hinaus. René schaute nach der Kassette. »Das Ding machst du jetzt aber mal aus«, verlangte Sonja. Auf der durchgesessenen Federung des Kanapees rutschten Lukas und Kathrin Zentimeter um Zentimeter zusammen.

## 40

Die hunzlige Alte blieb am Herd sitzen. Die Schlachterin schloss hinter den beiden die Tür.

Kathrin hängte sich fest bei Lukas ein. Eingeschüchtert gingen sie von dem kleinen Haus am Sportplatz weg, vorbei am Auto der Schlachterin, entlang an dunklen Zaunsfeldern. Der Wind kam stoßweise von vorn. Er befreite sich aus ihrem Griff und legte den Arm um ihre Hüfte. Sie hatten der Evert Wurstsuppe gebracht. In der Linken hielt er den Zinkkrug, den das Mütterchen noch ausgewaschen und abgetrocknet hatte, während er auf die Blutwurstscheiben starrte, die die Schlachterin der alten Frau aufgetischt hatte.

»Die beiden«, fing Lukas an. »Hast du?« Er wusste nicht, was er sagen wollte.

»Kämmt der die Haare.«

»Schlohweiß und lang.« Kathrin fröstelte.

»Und die: Gott zählet alle Härlein klein, nicht eines soll verloren sein.«

»Hab ich nicht gehört.«

»Hast du nicht gehört?«

»Wenn ichs dir sage.«

»Konnte die überhaupt sehen?«

»Muss ja.« Sie überlegte. »Ich weiß nicht mal genau, ob man sich mit einer Wimper oder einer Augenbraue von sich was wünschen kann.«

»Ich glaub, nur Wimper. Mit geschlossenen Augen und wegpusten, am besten übern Kopf.«

Sie schmiegte sich an ihn. »Nach Elke hat sie gefragt.«

»Warst du schon mal bei der?« Der Wind bewegte den Krug am Henkel.

»Nee.« Sie sah hinüber zum Spielplatz. Im Gestrüpp zeichnete sich das Klettergerüst ab.

Lukas schaute über die Straße zu der hohen Mauer, der Kirche, dem Kirchturm. Sie gingen die breite Dorfgasse zurück mit den zweigeschossigen Häusern links und rechts: Fenster zur Straße, schiefe Hoftore, einige hatte der Wind aus den Angeln gehoben. *Eine Kulisse, wartet regelrecht auf einen Film, die eingefallenen Häuser, ein Nachkriegsfilm auf dem Lande, wobei,* dachte Lukas, *das ist weniger zerstört als verkommen, vielleicht ein Endzeitfilm im Sperrgebiet: verwilderte Gärten, verwitterte Gebäude – die ersten Menschen, Jahre nach der Katastrophe, staunen, dass niemand die Scheiben eingeschmissen hat, genauso heruntergewirtschaftet hab ich mir den Osten vorgestellt.* Die Dunkelheit verstärkte den Eindruck. *Vielleicht nicht unbedingt ein tragischer Film: Jemand, alt oder jung, verstockt, verrückt, trotzig oder pfiffig, eins, zwei, drei Leutchen, zurückgeblieben oder vergessen, spinnen die Geschichte ihres Dorfes fort.* »Hat Charakter das Dorf, ich meine, trotz des ganzen Verfalls.«

»Nicht trotz, sondern weil das weg soll, hats den behalten.«

»Bei uns ist das längst verschwunden. Werdet ihr alles noch aufholen.«

»Mei Land.« Kathrin nickte hinüber zu dem Gasthof.

Lukas las das große Schild über den Fenstern: *»Mailand – Gaststube Muckau«* ohne die Pointe zu verstehen.

»Haben die nach der Wende umbenannt. Aus Trotz.«

*Vielleicht*, dachte Lukas, *ein Film über den letzten Widerstand vor der Evakuierung.* Der Hof der Schlegels lag dem Gasthof gegenüber. Lukas warf sich gegen das Tor. Sie gingen den Trampelpfad hinauf und sahen schon das Licht in der Stube. Lukas blieb stehen und drehte sie aus seiner Seite heraus: »Du-u?« Er ärgerte sich, dass er so anfing, als ob er bettelte oder sich entschuldigen wollte.

Sie schien den Ton zu kennen: »Schwamm drüber.«

Er fasste sie an der Schulter. Der Krug klapperte. »Ich hab oben den Ofen geheizt.«

»Oben?«

»Wo du geschlafen hast. Ist jetzt ganz warm dort.«

»Wir fahren doch zurück, oder nicht?«

»Nee, doch nicht, ich meine.« Es ärgerte ihn, dass sie ihn nicht verstand. »Wir könnten doch jetzt, ein bisschen, dort oben?« Sie sah ihn misstrauisch an. »Hochgehn.« Er wusste, dass er nicht sehr verführerisch klang.

»Soso!« Sie hängte sich mit beiden Händen an seinen rechten Arm, und er schleppte sie am Vorbau vorbei zum Hintereingang. Als sie aus der Kälte ins Kesselhaus traten – er wäre von dem Schlachtgeruch fast umgefallen –, musste sie niesen. Sie nieste in kleinen Stößen, wie eine Katze. Sie nieste und lachte, versuchte ihr

Lachen in seiner Jacke zu ersticken, und er wagte nicht einmal zu mucksen. Sie rieb erst auf dem Handrücken, dann in der flachen Hand ihre sehr bewegliche Nase. Er wollte den Krug auf dem Tisch abstellen. Sie zeigte ihm einen Vogel.

Vorsichtig gingen sie die Treppe hoch. Er lief auf das Mädchenzimmer zu. Sie zog ihn zurück. Sehnsüchtig schaute er zur Tür: »Ist ganz warm dort drin. Das Feuer hab ich gemacht.«

»Du glaubst doch nicht ernsthaft, dass ich mit dir, dort drin, und untendrunter sitzt meine ganze Familie und sieht den Kronleuchter schwingen.« Er glaubte die Wärme des Ofens durch die Wand spüren zu können und versuchte, sie in Richtung Mädchenkammer zu ziehen. Sie machte ihren Arm frei. »Dass du es immer so gemütlich willst. Wir sind hier im Osten.« Inständig sah er sie an. »Ich hab aber noch, n bisschen, meine Regel.« Schlagartig belebten sich seine Züge. Sie kicherte, nahm seine Hand und öffnete Elkes Zimmer. Der Geruch von Erbrochenem und Putzmittel stieß ihnen entgegen. »Da müssen wir jetzt durch«, sagte sie und sah zu ihm auf. Er nickte. Sie lachte: »Also, wirklich! Da ist euch auf einmal alles egal. Pfui Teufel!« Sie schlüpfte an ihm vorbei durch die Tür, er kam kaum hinterher an ihrer Hand, in die Eckkammer zu den duftenden Würsten.

## 41

Du hast doch schon die Hälfte verpasst«, redete Annegret auf Elke ein; Wolfgang mochte kein Fernsehen.

»Na und. Live aus Aschaffenburg.«

»Wo ist denn das?«, fragte René.

»Bei Frankfurt«, fühlte sich Lukas angesprochen.

»Zwischen Frankfurt und Würzburg«, präzisierte Wolfgang.

»Mama«, rief Sonja, »hast du überhaupt Stollen da? Morgen ist zweiter Advent.«

»Und Nikolaus«, rief René.

»Vielleicht«, flüsterte Kathrin am Ofen Lukas ins Ohr, »mach ich Abitur nach.« Lukas beugte sich zu ihr, überlegte, ob er ihr sagen sollte, was Sabine ihm erzählt hatte, und gab ihr einen Kuss.

»Ich hab manchmal so einen Eisengeschmack im Mund«, brummelte Achim, der noch kein Bier wieder angerührt hatte.

Elke stand auf: »Mit Hans-Dietrich Genscher, Diether Krebs, Marius Müller-Westernhagen.« Sie hatte das Fernsehprogramm im Kopf.

»Genscher.« Sonja verzog das Gesicht.

»Was willse denn?«, fragte Hertha Annegret.

»Wetten dass sehn.«

»Doch nicht etwa mit dem Lippert?«, unkte Wolfgang.

»Ich kuck das immer.« Elke stand auf.

»Ich könnte«, flüsterte Kathrin, »auch in den Westen gehen und dort was lernen. Du bist ja bald fertig.«

Lukas streichelte ihren Hals: »Ob hier oder drüben; Hauptsache weitermachen.«

»Bitte nicht den Schwachsinn«, jammerte René.

»Gibt ja auch die Saalwette.« Elke schob sich unaufhaltsam vorwärts.

»Oder wir machen Stuhltanz«, schlug Sabine vor. Elke hielt – die Hand kurz vor dem Fernseher – inne. »Stuhltanz«, wiederholte Sabine lauter. Elke drehte sich um. »Na los.« Sabine versuchte die Familie aufzuscheuchen.

»Aber alle machen mit.« Elke sah in die Runde. Sonja gab Achim einen Schubs, dass er nickte.

»Wetten dass oder Stuhltanz?«, stellte Sabine die Familie vor die Wahl. Annegret blickte Wolfgang an.

»Na klar.« Wolfgang grinste. Damit war die Sache entschieden.

»Der Papa nicht«, bestimmte Annegret. »Der kann sitzen bleiben, die Mama auch.«

»Wenn ich mit dreiunachtzig umziehen soll, kann ich hier ooch noch mitmachen.«

»Papa!«, staunten Annegret und Sonja.

»Super, Albrecht!«, rief Achim. »Das ist doch mal ein Wort.«

»Stuhltanz?«, fragte Lukas.

»Na, so mit Musik um die Stühle rennen, und einer scheidet immer aus«, erklärte ihm Kathrin.

»Ich geh ans Klavier«, sagte René.

»Dann aber auch die Mama«, forderte Elke begeistert.

»Reise nach Jerusalem.« Lukas neigte den Kopf. Jetzt verstand ihn Kathrin nicht. »Alle?«

Kathrin sah ihn belustigt an. »Musst ja nicht gewinnen.« Sie knuffte ihn in die Seite: »Kuck ma, wie sich meine Mutter freut.«

Die drei Schwestern liefen umher, schubsten sich, nahmen lachend die Gläser und Flaschen vom Tisch, schoben die Platten zusammen. Achim trug mit René den Tisch nach hinten. Sie stellten die Stühle mit den Rücken aneinander. »Wie in alten Zeiten«, rief Sonja.

Erst widerstrebte es Kathrin: die Hektik, wie ihre Mutter, ihre Tanten die Vergangenheit beschwörten, das Zusammensein im Elternhaus. Aber dann ließ sie sich von diesem kindlichen Glück anstecken.

Achim und Wolfgang stöhnten gutmütig: Das war die Familie, in die sie geheiratet hatten, die Weiberwirtschaft mit ihrem Schwung, Zusammenhalt und Optimismus, die Bauern, die keine Not kannten. Sie sahen die Frauen wie vor zwanzig Jahren, die kurzen Röcke und den Mutwillen in den Gesichtern.

René spielte das Stück an, das sie alle aus Der Clou mit Robert Redford und Paul Newman kannten. »Wie viel Stühle brauchen wir denn?«, rief Sonja.

»Wie viel Mann sind wir denn?« Achim sah sich um.

»Wenn du die Frauen mitzählst«, entgegnete Elke spitz, »sieben, acht: sind wir neun ohne René.«

»Und wo ist Sabine?«, fragte Kathrin.

»Auf Toilette«, antwortete Annegret.

»Will sich wohl verdrücken?« Wolfgang grinste. Einzeln, verzögert ließ René die Töne aus dem Klavier.

»Also zehn«, sagte Achim.

»Ich müsste auch noch mal«, flüsterte Sonja.

»Brauchen wir neun Stühle.« Annegret nahm einen Stuhl weg.

»Biene«, schrie Kathrin durch die Tür.

»Lass mal«, griff Wolfgang ein. »Machen wir erst mal eine Nullrunde.« Annegret stellte den Stuhl zurück in die Doppelreihe.

»Biene!«

Sie stellten sich auf: Kathrin – sie schickte Lukas von sich weg, dass sie sich nicht so bald in die Quere kämen –, Annegret, Wolfgang, Achim, Hertha, Elke, Lukas, Albrecht, Sonja. Schließlich rauschte der Spülkasten. Sabine kam, sah die erwartungsvollen Gesichter: »Da hab ich ja was angestiftet!«, und schob sich vor Elke.

René fing noch einmal von vorn an mit Scott Joplin. Der Zug ruckte an; sie traten sich in die Hacken, fassten unwillkürlich, um nicht zu stolpern, ihrem Vordermann in die Hüfte und kamen in Bewegung, richteten sich auf, orientierten sich, ließen sich los, liefen frei, lachten und gaben acht auf den Opa und die Oma.

Sonja und Elke krietschten. Die Meute rappelte durcheinander, Albrecht schaute sich ein wenig hilflos um und setzte sich schließlich auf den letzten Stuhl. Sie freuten sich alle. »Das war Probe«, erklärte Wolfgang.

»Wie? Was jetzt? Niemand draußen?« Sabine sah sich enttäuscht um.

»Ein Stuhl weg«, tönte Achim.

»Jetzt gehts erst los«, erklärte Annegret ihrer Tochter.

»Jetzt wird Ernst gemacht«, rief Achim. Elke flocht die Finger ineinander, streckte die Arme nach vorn, dass es knackte, und gab Lukas, der nun vor ihr stand, einen kleinen Achtungsschubs.

Sie waren aufgeregt. René griff in die Tasten: Paganinis Karneval in Venedig. Elke hopste im Takt, Wolfgang kitzelte seine Frau, die vergnügt lachte, und Lukas fing an zu glauben, dass sie wirklich alle mitmachten. Sabine erkannte als Erste die Melodie und sang: »Und stahl dem Koch ein Ei.« Kathrin und Annegret fielen ein: »Da nahm der Koch die Kelle«, dann sangen sie alle: »und schluhug den Mohops zu Brei«, außer Lukas. »Da ka-«, sangen sie noch mit Klavier, »men vie-«, schon ging die Rennerei los, »le Möpse«, trällerte als Einziger noch Achim, das Durcheinander, suchten sie mit ihren Hintern einen Sitz, das Gerangel und Geschiebe, selbst der Großvater, dem sie freilich auch ein wenig Platz machten, drückte mit – und wer keinen Stuhl fand, war Achim.

Sie lachten, Elke und Sonja am lautesten.

»Pah!« Achim wunderte sich über sich selbst. Das war so schnell gegangen, dass er noch nicht einmal fluchte.

»Mensch, da bist du ja schon draußen«, bemitleidete Annegret ihren Schwager, den sie als ernsthafte Gefahr eingestuft hatte. Wolfgang klopfte Achim auf die Schulter: »Nich nur blasen, auch mal auf die Noten schaun!«

»Ein Stuhl raus«, rief Sonja. Elke stellte einen Stuhl weg und forderte den Flohwalzer, den René prompt spielte.

Nach der ersten, überraschenden Runde hatten sie ein Auge auf Albrecht und beförderten ihn sauber aus dem Spiel – nicht, dass noch etwas passierte. Der war es lächelnd zufrieden.

»Sie scheinen von außen die schlichtesten Leute, ein Schauspiel der Engel, gehetzt von der Welt.« René spielte die Bach-Kantate, von der er mittags schon etwas zum Besten gegeben hatte.

Kathrin und Annegret hatten die Plätze getauscht, Hertha lief Elke hinterher. »Nicht festhalten an den Stühlen«, rief Achim am Ofen. Er hatte sein Ausscheiden noch nicht verwunden und wollte es den anderen so schwer wie möglich machen.

»Ich kipp ja sonst um«, rechtfertigte sich lachend Sonja.

»Und innerlich sind sie«, sang René mit kräftiger Stimme, »die lieblichsten Bräute, der Zierrat, die Krone, die jedem gefällt.« Die halbe Note nahmen einige schon für das Ende und ließen sich fallen.

»Hoch! Na los«, rief Achim. Elke hüpfte von Stuhl zu Stuhl.

»Das Wunder der Zeiten«, die Musik wurde schneller, »die hier sich bereiten, die Dame, die unter den Li-

lien weidet, zu küssen, in güldenen Stücken gekleidet.« Stolz drehte sich René um. Er würde diesen Tag nie vergessen, diese Frau, die ihn zum Mann gemacht hatte.

Sie wirbelten umher, drängelten. Wolfgang wehrte Kathrin ab und zog Annegret neben sich auf den Stuhl. »Hier ist noch einer«, schrie Elke, als sie saß, ihrer Mutter zu. »Hier.« Sie gestikulierte wild.

Annegret fiel nach hinten, obwohl Wolfgang sie hielt, und stieß mit dem Kopf gegen Elkes Kopf: »Aua!«

»Aua«, rief Elke und ließ den Arm ihrer Mutter los, so dass sich Lukas den letzten Stuhl schnappen konnte.

Annegret fasste sich an den Hinterkopf und wusste nicht, ob sie ihrem Mann böse sein sollte: »Hast du nen Betonnischel!« Elke lachte. Hertha stand da, stemmte die Fäuste in die Rippen und ließ sich neben dem Fernseher auf einen Stuhl fallen.

»Jetzt aber mal Ballett«, spornte Achim die Tänzer an. René machte mit Bel Ami weiter, der Schlager, der ihm seit dem Pfannkuchen nie ganz aus dem Ohr gegangen war. Wolfgang kitzelte Kathrin, die sich ärgerte, dass sie so empfindlich war. Lukas warf dem Versicherungsvertreter zwei böse Blicke zu, die ihr Ziel aber nicht zu erreichen schienen. Elke drängelte an Lukas vorbei und schob ihr Gesäß mit leicht eingeknickten Knien sitzbereit über die Stuhlreihen, was Lukas zwar unsportlich, aber lustig anzusehen fand. »Wie die Guppys«, rief Achim. Sonja stützte sich in den Kurven auf die Stuhllehnen. Annegret hielt ihrem Mann den Rücken frei, dass es sich hinter ihr staute, bis sich schließlich selbst Wolfgang am Schwanzende aufregte. René spielte nachlässig, als ob er an etwas anderes dachte, nach etwas suchte, und schlug final in die Tasten.

Elke gab Lukas einen solchen Schubs mit dem Hintern, dass der aufs Sofa flog und sich nur wunderte, während es sich Kathrin mit ihrer ganzen Sippe bequem machte und feixte. Lukas wollte gleich sitzen bleiben, der Kopf drehte sich ihm von der Kreisrennerei, als Hertha schrie: »Dort is noch eener!« Lukas richtete sich ungläubig auf, entdeckte den überzähligen Stuhl auf der Ofenseite und ging gemächlich hinüber.

»Mensch, Elke«, schimpfte Annegret.

»Was heißt hier Mensch Elke?«, entgegnete Elke scharf. »Bin ich doch nicht für verantwortlich. Zähl doch selber nach.«

»Noch mal, noch mal.« Achim zog einen Stuhl aus der Doppelreihe. René konnte es kaum erwarten, denn er hatte für den Foxtrott einen neuen Text gefunden.

Sie legten los: Lukas zornig hinter Wolfgang, Annegret hielt sich ran, dafür trödelte Sonja.

»Sie ist charmant und ungewöhnlich schlau«, sang René, »weshalb die Fraun und Männer sie verehren, weil sie das hat, was alle stets begehren. Sie macht die Leute überall nervös, mit ihrer tollen chronique scandaleuse, sie macht die Liebe, wo sie will, bei ihr hält jeder still.« Er holte Luft und verunsicherte die Stuhltänzer. »Du hast Glück bei den Fraun, belle amie! So viel Glück bei den Kerln, belle amie! Braunes Haar, hohe Brust, starke Hand, die tiefste.« Und dann ging alles sehr schnell und Kathrin war draußen.

Achim nahm einen Stuhl weg: »Dass du auch so fix ins Gras beißt!« Er lachte: »Sonja, jetzt musst du die Familienehre retten.« Es war das erste Mal an diesem Tag, dass er seine Frau mit Namen ansprach. Enttäuscht ließ sich Kathrin aufs vordere Sofa fallen und verkniff sich den Hinweis, dass sie ja auch noch ein Eisen im Feuer hatte.

»Da warens nur noch sechs«, frohlockte Elke und zog einen Stuhl weg.

»Einer reicht.« Wolfgang nahm Achim den Stuhl wieder aus der Hand.

»Mensch, mach doch ma eener die Türe off.« Hertha zog sich am Kragen ihres Pullovers. »Das hält man doch nich aus hier drinne.«

Sie richteten sich aus. René fing an zu spielen. Sonja führte den Zug an, dahinter Annegret, Wolfgang, Lukas, Sabine und Elke. Fünf Stühle waren gefährlich; die Stirnseite zum Hoffenster war ungedeckt, dass sie sich sputeten, aus der Kurve zu kommen. »Zuhum Städtele hinaus«, sangen die Ausgeschiedenen, »Städtele hinaus, uhund du mein Schatz bleibst hier.« Hier gab es ein kleines Päuschen, bei dem Sonjas Knie weich wurden, doch ging es sofort weiter.

»Und jetzt alle die Hände hoch«, animierte Achim die steife Kette. Elke schwitzte.

»Och«, stöhnte Sonja, ganz rot im Gesicht. Die Tänzer hatten die Stühle genauso scharf im Auge wie den Vordermann.

»Wenn i komm«, Hertha sang mit, Albrecht freute sich, »wenn i komm, wenn i«, das Klavier tauchte ab, »wiedruhum komm«, sang Hertha noch vier Takte und schrie auf. Sonja stürzte auf den letzten freien Platz. Wolfgang rang mit Elke auf seinem Schoß, die partout noch unter ihn kriechen wollte, behielt natürlich die Oberhand, dass sie schließlich aufstand, ihn keines weiteren Blickes würdigte und sich eingeschnappt ans Klavier stellte.

Weil der Opa so gerührt war, spielte René das Lied gleich noch einmal. »Muss i denn, muss i denn«, sang die Mannschaft der Verlierer. Sabine fiel ein in den Gesang, gleich darauf Wolfgang, der allemal so viel Luft wie seine Tochter haben wollte.

Sie schoben und drückten einander, zupften sich an den Kleidern und saßen zwischendurch, wenn das Klavier kurz einmal aussetzte, auf den Stühlen mit einer halben Backe, dass sich die anderen, im Kreis und außerhalb, sogleich aufregten, bis es geordnet weiterging. »Der hält die doch fest«, schrie Hertha, als Wolfgang Sonja vom Stuhl hochzog und gar nicht wieder losließ.

»Mutti! Mutti!«, feuerte Kathrin Sonja an, die sich lachend befreite und gleich wieder auf einen Stuhl fallen ließ.

»Cause I don't have a wooden heart«, sang René laut weiter, obwohl er die Hände schon über die Schulter gehoben hatte, was Annegret, die sich alle Runden auf den Pianisten konzentriert hatte, verwirrte und die entscheidende Sekunde kostete. Sie stand da, sah in die Runde und drehte sich bedauernd zu Wolfgang um. Gefasst trat sie ab. Die Entscheidung musste sowieso ihr Mann herbeiführen. Allerdings befürchtete sie, dass Sabine Wolfgang unter Umständen nicht den Vortritt lassen würde. Betrübt schaute Albrecht seiner Großen nach, die er immer wie einen Jungen behandelt hatte.

Sternförmig standen die letzten drei Stühle auf dem großen, rotbraunen Stubenteppich.

»Weiter, weiter!«, rief Achim. Der Körpereinsatz wurde härter, die Handgreiflichkeiten nahmen zu zwischen Wolfgang und Sabine. So, wie die beiden sich beharkten, würden Lukas und Sonja leichtes Spiel haben.

»Hiiie«, schrie Annegret auf, als Sabine, mit Schwung und beileibe nicht zimperlich, Hand an ihren Vater legte. Der ließ sich aber keineswegs so leicht beiseiteschieben, wie die Tochter sich das gedacht zu haben schien. Sie standen schräg, die Oberkörper an-, die Hände ineinander und drückten. Mittlerweile waren die zwei anderen Stühle natürlich besetzt.

»Biene«, feuerte Kathrin ihre Cousine an.

»Biene«, stiegen René und Elke ein, worauf Vater und Tochter ihre Anstrengungen verstärkten. Plötzlich gab Wolfgang einen Schritt nach. Sabine stolperte in die

Leere und ließ ihren Vater los, um zumindest auf die Hände zu fallen. Achim fing sie geistesgegenwärtig auf. Wolfgang strich sich den Pullover glatt und nahm Platz. Stolz richtete sich Sabine auf: Immerhin hatte sie ihrem Vater gezeigt, dass sie selbst eine handfeste Auseinandersetzung nicht länger scheute. Sorgenvoll atmete Annegret aus.

Verlegen lächelte Sonja dem jungen Mann zu, dem Arzt, dass er ihre Familie in dieser Aufregung erlebte, sogar dabei mitmachte. Sie fand ihn sympathisch. Dass er betrunken gewesen war, darüber wollte sie hinwegsehen: So waren eben die Männer. Sie schaute zu ihrer Tochter. Kathrin drückte ihr die Daumen. Jetzt konnte Sonja unmöglich auf Toilette gehen, wo es fast vorbei war.

René fing wieder an, langsam. Die drei bewegten sich wie Raubkatzen um ein Stück Fleisch. »Ich gesteh es ohne Scham: Niemals werd ich monogam. Denn«, René grinste, »ganz ohne Weiber geht die Chose nicht.« Er trug das Lied in langsamem Tempo, sehr süß und diskret vor, so wie es sich Kálmán, der Komponist, erbeten hatte. »Nur mit der Hand machts der Matrose nicht.«

»Los, los«, feuerte Achim die Dreierrunde an, »jetzt auf einem Bein springen!«

Den Text allerdings veränderte René ein wenig: »Drum ab und zu da will ich doch aus meinem Loch ins andre Loch!«

Tatsächlich war erst Wolfgang, dann Lukas Achims Regieanweisungen gefolgt, wohingegen Sonja nur zum

Schein darauf einging. Sie konzentrierten sich auf die letzten beiden Stühle, versuchten zu erraten, wann eine Pause endgültig wurde – am lockersten blieb Wolfgang.

»Ganz ohne Riemen sitzt die Hose nicht. Ganz so verklemmt ist die Mimose nicht.«

»In Gegenrichtung«, rief Achim. Sie machten kehrt; Wolfgang drehte seine Schwägerin an der Schulter um 180 Grad und tänzelte vergnügt drei Schritt vor, zwei zurück.

»Drum will ichs hier beschwören, will, Mädels, euch gehören, Schuft, wer sein Wort jetzt noch –«

Sonja saß schon. Lukas hechtete auf den Stuhl zu, wobei er Wolfgang, der zwei Schritte näher war, mit dem Kopf in den Rücken stieß. »Uhh«, jaulte Annegret. Wolfgang hatte dieses Mal nicht den sichersten Stand. Er kippte nach vorn. Mit einem großen Ausfallschritt konnte er sich fangen.

»Upps.« Lukas hielt sich die Hand vor den Mund und nahm Platz. Wolfgang rieb sich den Rücken.

»Also, das ist doch. Nee!«, beschwerte sich Annegret. »Das muss doch nicht sein.« Sie stand links von der Tür zwischen den jugendlichen Porträtfotos Albrechts und seiner vor fast siebzig Jahren gestorbenen Schwester und hielt die Arme für ihren Gatten auf. Stolz trat Wolfgang ab – er hatte seinen Sieg gegen die Tochter gehabt –, ging zu seiner Frau und ließ sich betasten.

»Wo gepopelt wird, fallen Späne«, rechtfertigte Achim den harten Körpereinsatz.

»Der ist doch gedopt, der Mann«, rief René. Hertha lief hinaus. René läutete das Finale mit der Toccata ein und grinste schadenfroh seinen Onkel an. Achim zog den vorletzten Stuhl weg.

»Bei Salamis gings für die Griechen um die Wurst«, witzelte Wolfgang schon wieder.

Sacht spielte René den Ragtime der allerersten Runde. Zaghaft lief Sonja los, Lukas hinterher. Sie hielten sich beide an der Lehne fest, Sonja versuchte gar die Sitzfläche mit sich zu drehen. »Was ist denn das«, beschwerte sich Achim. »Loslassen! loslassen!« Sie flitzten jeweils um den toten Winkel hinter der Stuhllehne in den Rücken des anderen, der sich seinerseits erst von der Vorderseite losmachte, wenn der Hintermann unerbittlich schob. Kathrin konnte sich nicht entscheiden, wen sie anfeuern sollte. Hertha kam mit einer Flasche Sekt zurück. Niemand saß mehr, außer Albrecht, der sich zwischen René und Elke eine Lücke freischob, damit er auf dem Sofa etwas sehen konnte.

»Nicht kucken«, wies Annegret René an.

»Keinen Beschmu machen«, rief Achim. René ließ sie laufen. Die Umstehenden bildeten einen immer dichteren Ring um die zwei Tanzenden, klatschten, lachten, pfiffen und jagten mit ihren Rufen die Finalisten um den letzten Stuhl.

Und dann schwang sich René auf seinen Stuhl, um das Ende zu genießen, stand Sonja goldrichtig, Lukas aussichtslos hinter ihr, setzte sich Sonja, zog er ihr den Stuhl unterm Hintern weg, plumpste sie mit rudernden

Armen zu Boden. »Bravo«, rief René – sie saß fassungslos neben Lukas' Thron, errötete – »›das ist der Nahkampf und im Handgemenge‹« –, rappelte sich auf, lief hinaus aus der Stube – »›handelt es sich nicht darum, ob der Gegner ein edler, ebenbürtiger, ein interessanter Gegner ist‹« –, während die teils lachende, teils empörte Sippschaft erst nach und nach an dem dunklen Fleck auf dem Teppich erkannte – »›es handelt sich darum ihn zu treffen‹« –, welches Malheur Sonja unterlaufen war.

## 42

Wolfgang hatte sich in das Buch vertieft: ›Nicht alle Urlebewesen entwickelten das Chlorophyll. Viele profitierten auf andere Weise von diesem neuen Verfahren der Energiegewinnung. Es bildeten sich Spezialisten heraus, die davon lebten, dass sie Pflanzen töteten und fraßen. Andere lernten wieder, pflanzenfressende Tiere anzugreifen und zu verzehren.‹

Sonja öffnete auf Herthas Geheiß die zweite Flasche Rotkäppchen-Sekt, schenkte reihum ein für Kinder und Frauen, außer Elke. Albrecht setzte die Flasche Bier an.

Wolfgang füllte sein Glas. ›Wenn die Nahrung neue Gebiete erobert, folgt der Konsument auf dem Fuße. Tiere, die in tiefere Wasserschichten vordrangen und dort zu leben vermochten, und solche, die den niedrigen Temperaturen der Arktis standhielten, fanden einen reichgedeckten Tisch und waren jede Konkurrenz los.‹

Elke kitzelte mit einem Streichholz Albrecht im Ohr, der beim ersten Mal nicht gleich verstand, was ihn foppte.

›Alles, was gefressen werden kann, wird gefressen. Alles, was verwertbare Energie enthält, ist ein Nahrungsmittel, für das sich stets ein Verbraucher findet, der es zu verdauen vermag.‹ Wolfgang schaute vom Buch auf: »Sag mal, Sonja, habt ihr nicht noch ne Wartburg-Bestellung laufen?«

»Was?« So unvermittelt verstand sie nicht gleich die Frage und machte ein entsetztes Gesicht.

»Es heißt, die liefern jetzt die letzten aus.«

»Wirklich?« Hertha horchte auf.

»Um Himmels willen«, ließ sich Sonja auf den Spaß ein.

»Da kannst du dein Geld mal langsam lockermachen für einen nagelneuen Zweitwagen aus Thüringen.« Wolfgang grinste breit.

»Wir hatten nur einen Trabi bestellt«, sagte Achim trocken. Er hatte zum Aktuellen Sport-Studio zu Hause sein wollen. Aber eigentlich gefiel es ihm bei Schlegels. Gegen Familienfeiern hatte er absolut nichts, nur dass Sonja auch sonst so viel Zeit bei ihren Eltern verbrachte.

Wolfgang nickte Annegret zu und hielt Achim auf Seite 132 das aufgeschlagene Buch hin: »Kuck mal.«

»Die AFB siebzehn.« Achim nahm das Buch: »›Braunkohlentagebau Espenhain mit Förderbrücke.‹ Hier!« Stolz zeigte er die Abbildung seinen Kindern und Lukas.

Albrecht erwehrte sich der Fliegen in seinem Ohr. Elke lachte jedes Mal.

»Die Bagger.« Achim tippte auf das Bild. »Neunzehnhundertachtzig gab es im Tagebau Witznitz eine Internationale Meisterschaft der Baggerfahrer. Muss man sich mal vorstellen.«

»Jetzt lass doch mal den Papa in Frieden«, rief Sonja. Elke trollte sich.

Mit Genugtuung sah Wolfgang Achim im Buch blättern. »›Die Weltvorräte an noch nicht abgebauter Kohle‹«, las Achim vor, »›werden zur Zeit‹«, weiter unten auf der Seite fand er tatsächlich eine Jahresangabe, »›neunzehnhundertachtundfünfzig, auf etwa acht Billionen Tonnen geschätzt. Wenn man der Versicherung der Experten Glauben schenkt, dass *nur* drei Billionen Tonnen abbaufähig sind, und bedenkt, dass die Weltförderung etwas über zwei Milliarden beträgt, könnte man noch mit mehr als tausend Jahresproduktionen rechnen. Schlechter ist es mit dem Erdöl bestellt. Da‹«, er suchte, »›reicht der Vorrat noch knapp vierzig Jahre.‹«

»Das wäre ja jetzt, in fünf Jahren«, sagte René.

»Wobei«, las Achim weiter, »›in Bezug auf den Umfang und den Gehalt der noch nicht entdeckten Lager jede denkbare Überraschung möglich ist.‹« Er ging mit dem Finger die Zeile entlang: »›Was noch vor wenigen Jahrzehnten für den Abbau zu schwierig oder unwirtschaftlich sein mochte, kann heute schon durchaus in den Bereich der Möglichkeit und in wenigen Jahren in den Bereich der Notwendigkeit rücken.‹«

»Was denn nun?!« Sonja stutzte. »Heute früh sagst du, Muckau kommt nicht weg, und jetzt, die Kohle wird doch gebraucht.« Achim klappte das Buch zu.

»Jetzt sag doch mal«, unterstützte Kathrin ihre Mutter.

»Du bist doch bei den Planungen dabei. Du weißt doch mehr, als in der Zeitung steht.« Nun wollte auch Annegret Gewissheit.

»Hier ist Schluss. Das kann morgen sein oder in einem Jahr.« Achim machte eine weitläufige Handbewegung. »Schluss – erst mal, bis das Öl wirklich alle ist. Wenn die bis dahin nichts anderes gefunden haben, lassen die vielleicht die Seen wieder ab, die dann hier rundrum sind.«

»Das interessiert uns nicht mehr. Aber mit Muckau, was da nun wird?« Annegret kniff sich in die Fingerspitzen.

»Ich denke mal, die MIBRAG wird das zurückgeben.«

»Mitteldeutsche Braunkohlen AG«, erklärte Kathrin Lukas. »Der gehört hier jetzt alles.«

Achim strich sich über den Bart: »Das heißt verkaufen, an die Alteigentümer, wenn die zurückkommen wollen. Ansonsten meistbietend.« Annegrets und Sonjas Augen wurden immer größer.

»Was?« René sah seinen Vater an. »Das kommt nicht weg?« Die Stirn freudig hochgezogen, nickte ihm Annegret zu. Sonja beobachtete ihre Eltern, die mit gequält ausdruckslosen Gesichtern dasaßen.

»Mensch! Das wäre«, Annegret sprang von ihrem Stuhl auf, »Wahnsinn! Dann holen wir uns das von der Kohle zurück.«

»Bist du sicher?«, fragte Sonja.

»Ich glaube schon«, antwortete Achim.

In die Gesichter kam ein Glühen, eine Freude; selbst Lukas begeisterte sich an der Idee, dass diese Familie ihren Hof nicht verlieren sollte. Nur Albrecht und Hertha blickten trübe vor sich hin.

»Dann ver-«, René schluckte, »bringen wir hier unsere Ferien und alles nach und nach in Ordnung.« Kathrin bewunderte den Elan ihres Bruders. Sabine verzog den Mund darüber, dass ihr Cousin sich wie ein Gymnasiast aufführte.

»Und wie viel Geld«, fragte Sonja, »denkst du, werden die verlangen?«

»Albrecht?« Achim drehte sich um. »Für wie viel hast dus denn hergegeben?« Sonja sah mitleidig zu ihrem Vater.

»Deine Ländereien«, stichelte Annegret.

»Och«, rief Hertha, »jetz geht das los.«

»Ländereien«, mokierte sich Albrecht; als ob er ein Großgrundbesitzer gewesen wäre. Er fuhr sich mit gespreizten Fingern über die Glatze: »Fürn Hektar tausendsiebenhundert Mark. Sibzehn Fenge fürn Quadratmeter. Das kannst du dir ausrechen, wie viel das macht bei knapp achzehn Hektarn.«

»Dreißigtausend Mark.« Sonja musste nicht erst rechnen; seit drei Jahren verwaltete sie die Finanzen ihrer Eltern. »Auf ein Schuldbuch mit vier Prozent Zinsen.«

»Moment«, griff Achim ein. »Das Land ist was anderes. Davon hab ich noch nichts gehört, nur vom Dorf.«

»Was habt ihr noch mal gekriegt für den Hof«, wollte es Annegret aus dem Mund ihrer Eltern wissen, obwohl sie vor vier Jahren mit auf dem Notariat gewesen war, als die den Vertrag mit dem Braunkohlenwerk Borna unterschreiben mussten.

Albrecht schluckte: »Achtundreißigtausendvierhundertneunzig Mark.«

»Ost«, besiegelte Hertha ihr Schicksal.

»Das haben sie achtundachtzig gleich ausgezahlt«, ergänzte Sonja.

»Na, da hattest du ja gerade genug Geld für den neuen Wartburg plus Anhänger«, verhöhnte Wolfgang den alten Mann. Drei Jahre danach erschien der Tausch wie der reine Betrug: ein riesiger, wenngleich heruntergekommener Bauernhof gegen ein Ost-Auto mit West-Motor. Albrecht hatte die Augen niedergeschlagen.

»Vierzigtausend Mark«, rundete Annegret großzügig auf.

»Und das jetzt in West?« Sonjas Mund wurde immer spitzer. »Hinblättern.«

»Das Doppelte!«, regte sich Kathrin auf. »Das geht doch nicht.«

»So sind sie.« René ließ seine rechte Hand in der Luft kreisen. »Genau so sind sie.«

»Die Sieger.« Sonja nickte. »Die können alles machen.« Kathrin streichelte Lukas' Arm.

»Schöner Beschiss!«, fluchte René.

»Zu einem Spottpreis kaufen und uns noch das Geld halbieren.« Annegret massierte sich das Genick. »Ganz schöne Stange Geld.«

»Das Doppelte von nem Spottpreis«, widersprach Sabine, »ist immer noch ein guter Preis.«

»Mich geht das alles nischt mehr an.« Albrecht versuchte vom Sofa hochzukommen. »Müsst ihr selber sehn, wie ihr zurande kommt.« – Hertha wunderte sich, dass bei ihrem Mann nicht längst alle Dämme gebrochen waren: Die letzten zwei Jahre hatte er über den Verlust seines Besitzes gejammert, sich nicht für das neue Haus interessiert und die Verbrecherbande verflucht, die das, was er notgedrungen einsichtsvoll dem Volk verkauft, übers Jahr zu einem kapitalen Verlustgeschäft gemacht hatte. In ihr selbst stieg das Gefühl hoch, betrogen worden zu sein. Albrecht war aufgestanden.

»Mal langsam.« Achim hob beschwichtigend die Arme.

»Papa«, rief Annegret, »jetz bleib mal sitzen, wo wir alle zusammen sind und dadrüber reden.«

»Was ich so gehört habe«, Achim blickte sich um; er hatte die volle Aufmerksamkeit, »soll mans zu dem alten Wert zurückkaufen können, also in West, halbiert.«

»Ach ja?« Sonja staunte. Albrecht nahm wieder Platz.

»Was? Na dann!« Annegret fing sogleich wieder Feuer. »Umso besser.«

»Zwanzigtausend D-Mark.« Sonja ließ sich die Summe auf der Zunge zergehen. »Wirklich?« Ihre Stirn glättete sich. Sie hielt Hertha ihr Glas hin. »Das wäre«, sie hob das gefüllte Glas, »prost!«

»Fair«, sagte René.

»Papa!«, rief Annegret. »Ihr bleibt hier wohnen. Kann die Kohle das neue Haus behalten. Ganz einfach.«

»Und wir kommen zu Besuch.« René strahlte. Albrecht stand der Mund offen.

»Das Haus dort drüben gehört ihnen ja schon«, wandte Sonja leise ein. »Ist ja alles unterschrieben und überwiesen. Ich meine, die Eltern wohnen eigentlich schon drin. Betriebskosten, Wasser, Müll, Schornsteinfeger bezahlen wir schon alles.«

»Ganz einfach«, nörgelte Sabine.

»Dann wirds eben verkauft.« Mit ausgestrecktem Arm wischte Annegret alle Einwände beiseite. »Funkelnagelneu.«

»Und der Bergbauzuschuss?« Sonja hob die Schultern. »Neunzigtausend, fünfundvierzigtausend West. Muss dann zurückgezahlt werden. Ich weiß nicht, ob sich das so leicht verkaufen lässt.« Sie blickte Wolfgang an. »Was sagst du denn?«

Wolfgang räusperte sich, als Hertha, die abgewartet hatte, wie ihr Mann auf die Neuigkeiten reagieren, wie er diese Kehrtwende verkraften würde, sich auf den Tisch stützte, aufstand und die Schürze glattstrich. »Ihr gloobt doch nich etwa, dass ich hier noch een eenzigen Winter bleibe? Off dem Hof? Mit der ganzen Arbeit, selbst wenns Viehzeug jetz weg is? Dass ich das ooch nur een Winter noch mitmache mit meinem Kreuze un den Knochen. Ich bin dreiunsibzig. Der is dreiunachtzig un geht an zwee Stöcken.« Sie ließ ihren Blick über den Tisch schweifen: Sie hatte längst Abschied genommen, das hätte ihr das Mädchen in der Frühe nicht sagen müssen. »Wir dreie ziehen um! Gar kee Gedanke. Lasst euch ja nichts einfallen!«

Jeder trank, was er vor sich hatte. Sonja holte die dritte Flasche Sekt und, erstaunlicherweise, Bier. »Zwanzigtausend durch drei«, fing Annegret behutsam wieder an. »Siebentausend für jeden.«

»Wieso durch drei?«, fragte Elke.

»Durch uns drei«, erklärte Annegret.

»Was kann, was soll ich denn«, wehrte sich Elke. »Mama!«

»Gut, is ja gut«, stand ihr Hertha sogleich bei. »Was soll sie denn mit dem bisschen Schwerbehindertenrente.«

»Na ja«, beschwichtigte Sonja, obwohl sie genau wusste, wie viel Geld Elke auf der Kante hatte. »Können wir ja erst mal offenlassen, was mit deinem Anteil wird.«

»Ist doch jeden seine Sache«, sagte René großspurig. »Gehts eben durch zwei.« Aufmunternd nickte er seiner Mutter zu.

»Hier gehts um dein Erbe«, stachelte Sabine Elke an.

»Vielleicht kratzt du deine Knete doch lieber zusammen, nicht dass du dich nachher ärgerst.«

»Durch drei«, hielt Elke kurz entschlossen mit.

»Äh«, kreischte Hertha.

»Durchrechnen können wirs ja mal«, rechtfertigte Elke ihren Wagemut.

»Na, wer sagts denn«, rief Annegret. »Bei Elkes Anteil kann der Papa ja ein bisschen helfen.« Sie lächelte Elke zu.

»Und dann? Wie soll das weitergehen?« Achim nahm einen Schluck aus der Flasche, die ihm Sonja hingestellt hatte. »Das sind«, er unterdrückte einen Rülpser, »doch alles Bruchbuden. Ist euch schon klar?« Annegret machte ein betretenes Gesicht. »Stellen wir uns mal nicht blind. Die Häuser oben und unten, die sind, die sind doch.« Er winkte ab.

»Baufällig«, sagte Kathrin bedrückt.

»In den Geräteschuppen dürfte man schon lange nicht mehr rein«, gestand Sonja.

»So schlimm ist es nun auch wieder nicht«, relativierte René.

»Die Gebäude unten, die kann man eigentlich nur zusammenschieben«, widersprach Achim seinem Sohn.

»Das Wohnhaus ist so weit noch in Ordnung«, versuchte René die Hauptsache zu retten. Er hatte eine Schwäche für heruntergekommene Häuser.

Achim lachte auf. »Hier müsste man das meiste Geld reinstecken. Fenster, Heizung, Isolierung, Außenputz. Das Bad. So niedrige Decken kann man heute gar keinem mehr zumuten. Seit zwanzig Jahren renn ich mir an den Türen die Birne ein. Das«, er wandte sich Annegret zu, »das musste mal ausrechnen. Nicht zwanzigtausend durch drei. Sondern was das dann kostet, der Abriss, die Sanierung, die ganze Arbeit, was da zusammenkommt. Die Ställe, Schuppen und Scheunen gar nicht mal mitgerechnet. Das ist ein Fass ohne Boden.«

Sabine murmelte etwas Zustimmendes. Kathrin sah traurig in die Runde. »Muss ja nicht alles auf einen Schlag gemacht werden«, sagte René. »So nach und nach. Bis jetzt gings doch auch.«

»Nur wie lange noch?«, widersprach Kathrin.

»Einfach, dass es stehenbleibt, das Haus, und wir herkommen können«, sagte René.

»Und wenn du was abreißt, brauchst du ne Genehmigung. Da wird es einen Ortsbebauungsplan geben. Kann man nicht alles einfach wegreißen, selbst wenns das Vernünftigste wäre: unten, die große Scheune, gegenüber das Fachwerkhaus. Was weißt du denn, vielleicht steht das unter Denkmalschutz und dann prost Mahlzeit. Da gibts jede Menge Auflagen.« Achim atmete laut ein und wieder aus. Niemand wollte etwas sagen. »Hab ich schon gehört, wie das läuft, in den Orten, die die Kohle jetzt zurückgibt.«

»Ist doch ne Frechheit«, schimpfte Annegret.

»Wirklich«, pflichtete Sonja ihr bei.

»Was?«, fragte Sabine.

»Wie die es einem weggenommen haben, dass alles verfallen musste, und jetzt stellen die Forderungen, wie mans wiederaufzubauen hat, so dass es schweineteuer wird.« Annegret blickte sich um.

»Dann zünden wir es eben an!« Sabine grinste. »Piff, paff. Jetzt, wo keiner da ist. Ist es weg. Fachwerk, das brennt doch. Geht uns doch nicht um Denkmalschutz, sondern dass wirs vernünftig zurückkriegen. Oder?« Alle sahen Sabine entsetzt an, außer Wolfgang, der sogar etwas stolz war, wenngleich er sich nun nicht mehr so originell vorkam. »Silvester«, schlug Sabine gleich vor. »Unten die drei Häuser, mit Feuerwerkskörpern und Stroh, am besten noch gegenüber was Kleines, dass es nach einem Unfall oder von mir aus«, sie zwinkerte, »Rowdytum aussieht.« Wolfgang war beeindruckt. Er überlegte, ob sich sein Plan jetzt noch ausführen ließe, sah aber keinen Grund, es nicht gerade so zu tun, wie es seiner Tochter vorschwebte, mochten die andern denken, was sie wollten.

»Genau so was möchte ich eigentlich vermeiden«, sagte Sonja. Seit der Wende hatte sie sich aus allem zurückgezogen und kleingemacht, um ja nicht aufzufallen und den Zorn der Konterrevolution auf sich zu ziehen. Auch nach ihrem Geständnis im engen Kreis der Familie blieb sie vorsichtig.

»Selbst wenn die Buden Feuer fangen und runterbrennen«, kam Achim zurück auf seinen Punkt, »ist es noch jede Menge Arbeit, nicht nur den Schutt wegräumen: überhaupt. Und die Arbeit muss jemand machen.«

»Der Schutt ginge aufs Konto von der Kohle.« Sabine lachte dreist.

»Jetzt hör mal auf«, wies Sonja sie zurecht.

»Wir können doch einmal im Monat ...«, schlug René vor.

»Was?«, fuhr ihm Achim dazwischen. »Unkraut zupfen?«

»Herkommen. Und in den Ferien«, fügte René hinzu.

»Oder jedes Wochenende, jedes zweite«, feilschte Sonja, »Arbeitseinsätze machen.«

»Dauersubbotnik?«, fragte Achim. »Ich«, er sah Sonja an, »wir haben unser eigenes Haus.«

»Natürlich ist das ne Menge Arbeit«, stimmte Annegret zu. »Wer mal nicht kann, muss eben die Arbeitsleistungen der andern bezahlen.«

»Was?!«, schrie Elke. Achim biss die Zähne zusammen. Sonja sah ihn aufmerksam an.

»Wenn wir es teilen«, sagte René, der durchaus zupacken wollte, »muss es auch gerecht zugehen.«

»Am wichtigsten ist, dass wir zusammenhalten«, versuchte Annegret die Wogen zu glätten.

»Und Elke?«, fragte Kathrin. »Kann doch nicht ständig zahlen: für nichterbrachte Arbeitsleistungen?«

Achim wackelte mit dem Kopf. »Elke steht auf nem anderen Bierdeckel.«

»Überschlagt doch erst mal«, meldete sich Sabine, »was ihr euch da eigentlich einrührt, bevor ihr in die Suppe spuckt.«

»Genau«, rief Annegret dankbar. Sie nickten alle.

»Zwanzigtausend, der Rückkauf«, fing Sonja an.

»Zehn-, fünfzehntausend der Abriss«, mutmaßte Annegret. Wolfgang schüttelte skeptisch den Kopf. »Zwanzigtausend«, erhöhte Annegret, »so groß, wie das ist.« Sabine ging noch einmal ihre Finger durch, aber es knackte nicht mehr, es tat ihr nur weh.

»Und dann die Sanierung. Kommt drauf an, was wir machen, hier am Haus. Ausbessern, generalüberholen oder neu bauen?« Achim zupfte an seinem Dreieinhalbwochenbart. »Zehntausend, vierzigtausend oder hunderttausend?«

»Zehntausend«, sagte René.

»Vierzigtausend«, sagte Kathrin. Sonja, Achim und Annegret nickten.

»Zwanzig plus zwanzig plus vierzig«, fasste Sonja zusammen, »macht achtzigtausend.«

»Eine Versicherung, wegen der Bausicherheit, würde auch noch was kosten.«

Sonja warf Annegret einen verächtlichen Blick zu. »Durch drei«, sagte Kathrin.

»Nee, du«, rief Elke. »Ohne mich. Macht, was ihr wollt. Ich bleib bei mein alten Herrschaften.«

»Durch zwei«, sagte René.

»Ohne Arbeitseinsätze«, betonte Achim.

Niemand wusste recht weiter.

Argwöhnisch hatte Sabine die Diskussion verfolgt. Irgendwas war faul an der Sache; dass sich ihre Mutter so ins Zeug legte, was sie gewöhnlich nur für ihren Mann tat. So leicht ließ sich Sabine nichts vormachen. »Dann verkauft doch was, wenn ihrs wiederhabt, dass erst mal was reinkommt in die Kasse und ihr wirtschaften könnt. Ganz einfach.« Unschuldig sah sie ihre Mutter an. »Den Garten oben über die Straße. Ist doch ideal. Dann seid ihr erst mal flüssig und müsst nicht so rumdrucksen.«

»Wo sie recht hat, hat sie recht«, rief René.

Wolfgang fixierte seine Tochter. Dass ihr Einfall gegen ihn ging, dass es ihr nicht darauf ankam, den Hof zurückzuerlangen, sondern seine Pläne zu durchkreuzen, hielt er für ausgemacht. Aber am Ende würde ihm auch dieser Vorstoß in die Hände spielen. Er hatte das jetzt hundertmal gesehen, wie das Geld die Familienbande löste, wie sich darüber die Geister schieden, so dass die meisten schließlich die Finger von Investitionen ließen und Privatinitiative endlich Einzelinitiative hieß. Niemand würden ihm später vorwerfen können, er hätte mit seinen wahren Absichten hinterm Berg gehalten.

»Hm.« Kathrin schien die Idee einzuleuchten. »Oder das Maisfeld am Sportplatz.«

»Warum eigentlich nicht«, ging Annegret auf den Gedanken ein. »Ist ja sowieso zu groß. Wenn wir den Heugarten drüben verkaufen, kommen wir erst mal weiter.«

Sabine neigte den Kopf und betrachtete erst ihre Mutter, dann ihren Vater. Warum lächelte der so gütig? Worauf lief das Ganze hinaus? Wenn ihr Vater hier wirklich ein Geschäft einfädelte, dann verstand sie nicht, warum ihre Mutter die anderen ständig mit ins Boot zu holen versuchte.

Elke hatte die Arme über der Brust verschränkt und

blickte stur geradeaus: Sie hatte ihr letztes Wort gesprochen, und wenn ihre Schwestern sie nicht im nächsten Augenblick darum bitten würden, es sich doch noch einmal zu überlegen, dann sollten ihr alle gestohlen bleiben. René stieß Kathrin an. Kathrin lachte. Sonja allerdings machte ein ernstes Gesicht. Einerseits dachte sie an das Geld, das sie wohl oder übel brauchen würden, andererseits an den Hof, von dem sie nicht zu viel hergeben wollte. Sie wünschte sich, dass endlich Wolfgang einmal etwas sagte, nicht immer nur Annegret, dass man gar nicht wusste, was wirklich dran war an ihren Worten.

»So läuft das aber gerade nich.« Achim setzte die Flasche an. »Genau das wird die MIBRAG verhindern, dass die Alteigentümer sich das zurückholen, um es zu verscherbeln. Die werden Garantien verlangen, ein Projekt, was man anstellen, wie mans wiederaufbauen will, damit mans zurückkriegt. Ich denk mal, dass mans erst mal gar nicht wird verkaufen können, höchstens wieder an die Kohle.« Er nahm noch einen Schluck.

Wolfgang wusste, dass es die Treuhand, und der gehörte schließlich fast alles im Osten, auch die Kohlebetriebe und deren Grundbesitz, genau so machte: Sie verkaufte das einstige Volkseigentum unter der Auflage, dass damit nicht spekuliert, sondern ein Neuanfang gewagt, bestenfalls sogar investiert wurde. Dafür gab es staatliche Fördermittel. Aber das war politisches Wunschdenken, wenn nicht Augenwischerei. Mittlerweile hatte er oft genug mit der Treuhand zu tun gehabt und gesehen, was aus den verramschten Betrieben und Immobilien wurde. Öffentliche Finanzbeihilfen flossen oft schon auf die Versprechen hin, einen Teil der alten Belegschaft zu übernehmen, die Produktion aufrechtzuerhalten, zu sanieren, den Standort zu retten, so dass der neue Besitzer für seinen Kauf noch beschenkt wurde, ohne dass in vielen Fällen das Geringste geschah. Schwindel und Betrug waren an der Tagesordnung: Ursprüngliche Akkumulation. Wolfgang hätte das sagen können, dass die Kohle ruhig Bedingungen stellen und sich aufspielen sollte, dass sie sich davon nicht abschrecken lassen, sondern nur Geduld haben mussten, weil es in fünf Jahren ganz anders aussehen und kein Hahn mehr nach den Zwangsbestimmungen beim Rückkauf krähen würde und dann auch die Grundstückspreise ganz andere wären. Aber er nickte nur.

»Na, wenn das nicht geht«, Sabine kämpfte, »dann nehmt doch einen Kredit auf. Das wird doch unterstützt: Dorfsanierung, regionale Revitalisierung. Dafür muss es doch Fördergelder geben. Du müsstest doch so was wissen«, wandte sie sich direkt an ihren Vater, der irgendwas in der Hinterhand haben musste, das sie nicht erriet. Seine Sicherheit machte Sabine wütend. Dabei konnte sie sich beim besten Willen nicht vorstellen, wie er es erreichen wollte, dass Sonja und Elke ihm den Hof schlussendlich überließen, gönnten, selbst wenn sie einsehen sollten, dass es zu kompliziert, zu kostspielig und alles in allem eine Nummer zu groß für sie wäre.

»Die Zinsen und die Laufzeiten sind derzeit günstig«, antwortete Wolfgang. René war von der Zuvorkommenheit seines Onkels überrascht. Sonja schluckte. Ganz davon abgesehen, dass sie von dem neuen Staat nichts geschenkt haben wollte, wusste sie, dass sie Achim schwerlich würde von so etwas überzeugen können, wo der Kredit für ihr Eigenheim, den die Währungsunion immerhin halbiert hatte, noch lief. Das, was sie über die Jahre von ihren Eltern geschenkt oder zugesteckt bekommen und gespart hatte, vom Bergmannsgeld, von den Jahresendprämien, damit Achim es nicht sinnlos in die Kneipe trug, konnte sie jetzt nicht ohne weiteres hervorholen. Auf ihre Rechnung würde Achim, der ahnte und ihr gelegentlich unterstellt hatte, dass sie hinter seinem Rücken Geld hortete, schwerlich einen Finger krümmen.

»Warum eigentlich nicht?«, wagte Annegret einen Vorstoß. »Sagen wir fünfzigtausend.«

»Und wer soll dann hier wohnen?«, fragte Achim. »Ich meine, für wen und wozu machen wir das alles?«

»Ist doch klar«, rief René. »Haben wir doch gesagt.«

Kathrin rieb sich die Nase in der Hand. Müde lehnte sie sich an Lukas. Hertha, die die ganze Zeit still dagesessen hatte und kaum zugehört zu haben schien, ließ noch einmal einen drohenden Blick schweifen.

»Nee. Ist nämlich gar nicht klar.« Achim blickte Annegret an. »Albrecht und Hertha sind in ein paar Tagen weg. Dann steht die Hütte leer und verfällt weiter. Soll Kathrin hier einziehen, René oder wer?«

»Na, für die Ferien«, meinte René.

»Und wie lange wirst du noch Ferien haben?«, fragte Sabine.

»Kann eben jeder hier Urlaub machen«, verteidigte sich René.

»Und arbeiten?«, fragte Sabine.

»Wenn ich dich richtig verstanden habe, wird das der MIBRAG als Investitionskonzept nicht reichen«, sagte Sonja.

Achim schüttelte den Kopf: »Die wollen, dass einer drin wohnt.«

»So schnell werden die uns nicht los«, posaunte Annegret.

»Mensch, sei doch mal realistisch«, fuhr Achim sie an.

»Jetzt sag endlich auch mal was«, wandte sich Sonja aufgebracht an Wolfgang.

»Ihr habt doch alles gesagt«, entgegnete Wolfgang. »Entweder wir wollens, dann machen wirs. Oder wir wissens nicht genau. Dann wird nichts. Basta.« René bewunderte die Souveränität seines Onkels.

»Ganz schön viele Aber«, sagte Kathrin mutlos.

»Und Wenns«, schloss Achim sich an.

»Aber die Kinder«, seufzte Sonja.

Annegret schaute sich um. Jetzt waren die Gesichter wirklich lang. Das Feuer war erloschen. Auch René und Sabine starrten vor sich hin.

»Wollt ihr es nicht haben?«, fragte Sonja. »Du verstehst doch was von Immobilien.« Gespannt schaute sie von Annegret zu Wolfgang.

»Ich hals mir doch nich die alten Buden auf und ziehe womöglich noch hier ein.« Jetzt war Sonja überzeugt, dass die beiden nicht doch eigene Pläne verfolgten.

»Warum eigentlich nicht?« Zaghaft blickte Annegret zu ihrem Mann. »Du hast doch Geschicke, Ideen. Und ich. Sabine ist aus dem Haus. Warum sollen die uns alles wegnehmen?« Sie wurde schneller. »Haben wir nicht lange genug zugesehen und alles mitgemacht, was die da oben wollten? Uns übers Ohr hauen lassen? Uns nicht getraut? Hast doch gesagt: Wenn wirs wollen, machen wirs. Genau. Jetzt, wo wir mal eine Chance haben. Soll sich das auch ein Wessi schnappen? Dass wir in fünf Jahren vor lauter Wehleid keinen Fuß mehr hier reinsetzen und gar nichts mehr von Muckau hören können? Achim und Sonja, das verstehe ich ja, die haben ihr eigenes Haus, ihren Garten und schon genug Arbeit. Aber wir? Willst du dein Leben lang in Borna wohnen?« Sie hatte die Augen aufgerissen. Wolfgang genauso. Entsetzt sahen die anderen auf die beiden. Jeden Moment konnten die Fetzen fliegen.

»Sag mal, spinnst du?!« Wolfgang hielt sich am Tisch fest.

»Jetzt hör doch mal zu.« Annegrets Stimme bebte. »Das ist mein Elternhaus. Hier bin ich aufgewachsen. Wenn das wirklich stehenbleibt und es kriegt irgendwer. Ich könnts nicht mit ansehen. Das wär schlimmer als weggebaggert, so als wenns uns noch mal weggenommen würde. Ich weiß ja, ist mir alles klar, was das für Arbeit ist, für ein Haufen Geld. Haben wir ja jetzt hin- und hergedreht und von allen Seiten betrachtet. Natürlich ist das ein Risiko. Gar nicht von der Hand zu weisen. Aber wir können hier was draus machen. Das glaub ich wirklich.« Sie sah ihn inständig an. »Überleg doch mal. Sieh das doch auch mal von meiner Seite, mit meinen Augen. Was hab ich nicht alles für dich gemacht.«

Die Familie war sprachlos, wie Annegret für den Hof und ihre Erinnerungen, für sich und für sie alle kämpfte. Schlegels waren geradezu gerührt, ganz im Gegensatz zu Wolfgang, der kurz davor zu sein schien, auf seine Frau loszugehen.

»Du bist doch«, sie sah verlegen ihre Schwestern an, »wir sind doch die Einzigen, die dafür genügend Geld hätten.«

»Soll ich etwa alleine für Muckau einen Kredit aufnehmen?«

Sabine hatte auf einmal Angst, dass ihre Mutter diesen Ausbruch bitter würde bezahlen müssen.

»Reiß dich zusammen! Ich sage dir!« Wild schnaubte Wolfgang durch seine platte Nase. »Mir reichts! Wir fahren heim.«

»Lass uns doch mal darüber reden«, schrie Annegret, »jetzt, wo wir alle zusammen sind.«

Aus der Tiefe des Sofas kam Albrecht hoch: »Jetzt haltet ihr aber ma alle de Guschen. Wenns irgendwer wieder kriegen sollte, entscheide am Ende immer noch ich.«

Wolfgang stand auf, ging zur Tür, drehte sich zornig

um. Hertha und Kathrin redeten ihm zu, dass er sich beruhigen und dableiben sollte. »Kommst du oder willst du mit deinen Schwestern weiter Pläne schmieden?«

»Du kannst doch gar nicht fahren«, hielt ihm Annegret aufgebracht entgegen, »so viel, wie du getrunken hast.« Wolfgang lachte verächtlich und schmiss die Tür hinter sich zu. Sie hörten das Auto mit quietschenden Reifen vom Hof fahren.

Eine Weile blieb es still. Sonja schob ihrem Vater einen Stuhl hin. Hertha weinte und suchte in ihrer Schürze nach der Quittung. Elke nahm die Hände von den Ohren: »Das habt ihr jetzt davon.« Achim und René schauten sich betreten um. Der Streit hatte sie auf einen Schlag furchtbar müde gemacht.

Annegret saß auf ihrem Stuhl und schien gar nicht zuzuhören, wie Sonja und Kathrin auf der einen, Sabine auf der anderen Seite auf sie einredeten: dass sie wegen dem Hof nicht ihre Ehe aufs Spiel setzen sollte, dass sie gerade das schon längst hätte tun sollen. René lachte. Annegret schien keine Angst zu haben. »Alles, was nicht auf dem seinen Mist gewachsen ist, das kuckt er schief an.« Sie sah trotzig auf. »Aber diesmal nicht. Diesmal werd ich ihn überzeugen.«

Sonja staunte ängstlich: »Wenn du das wirklich mit Wolfgang und dem Hof versuchen willst«, sie vergewisserte sich mit einem Blick bei Achim, »dann, von mir aus.«

Achim winkte ab und stand auf. »Ist doch euers. Könnt ihr machen, was ihr wollt.«

Annegret sah zu Elke hinüber. »Pah! Was kuckstn mich an? Wenn du deinen Ochsen hierherzerrst. Viel Glück!«

»Papa? Wäre ja schön, wenns in der Familie bleibt«, vermittelte leise Sonja. »Oder nicht?«

Albrecht nickte.

»Nu sags schon richtig«, drängte Hertha ihren Mann.

»Damits een für alle Ma klar is.« Außer Annegret sahen alle Albrecht an. Sonja und Elke, krankhaft harmoniebedürftig, nachdem sich ihre Eltern ein Leben lang gezankt hatten, hofften, ihr Vater würde einmal einen Streit zu einem guten Ende führen. »Wenn sie ihn zurückkriegen kann, soll der Hof Annegret gehörn. Un damit Schluss.« Albrecht wischte sich mit der Hand über den Mund.

Wer noch etwas zu trinken hatte, trank es aus. Kathrin war traurig, ohne dass sie genau wusste, warum. René ärgerte sich, dass er diese Auseinandersetzung nicht aufgenommen hatte, und überschlug, wie viel Kassetten er für den ganzen Tag gebraucht hätte. Sabine verachtete die allgemeine Erleichterung nach dem Streit; diese Menschen, die sich mit Alkohol erhitzten, um aus sich herauszukommen, die Familie, in der sie sich alle wohl fühlten, die sie nie in Frage stellten. Achim nieste brachial; Sonja erschrak wie jedes Mal. Achim suchte nach seiner Jacke. René fuhr mit ihm zurück.

Lukas verließ hinter Kathrin die Stube, als ein Auto gerade vor dem Stubenfenster hielt und hupte. Annegret sprang auf, raffte ihre Sachen zusammen, umarmte ihren Vater, ihre Mutter und stürzte hinaus. In diesem Moment hasste Sabine ihre Mutter mehr als ihren Vater. Hertha rannte ihrer Tochter hinterher, riss die Beifahrertür auf und drückte ihr einen Fünfmarkschein in die Hand: »Glücksgeld!«

Das Auto rollte den Hof hinunter. Auf der Straße vor dem Tor hielt Wolfgang an. »Und?«

»Wie du gesagt hast.«

»Hast du gut gemacht.« Er sah sie im Dunkeln. Sie hing an seinem Mund. Er hielt sie in den Armen. Dann ging er von der Kupplung.

## 43

Elke hatte ein Bett im Mädchenzimmer bei Sabine, die als Einzige dageblieben war, dem Bett in ihrem Zimmer vorgezogen. Hertha kam als Letzte herauf. Die Ehebetten waren durch den Gang getrennt. Erschöpft legte sie sich hin. Ihre Glieder schmerzten. Sie wimmerte eine Weile. Dann kehrte Ruhe ein.

Aber Albrecht konnte nicht schlafen. Etwas fehlte. Er stützte sich auf, schob die Beine aus dem Bett, saß da und horchte. Er schlüpfte in seine Latschen, ging ans Fenster, zog die Gardine beiseite und sah hinaus in die Nacht. In seiner langen Unterwäsche lauschte er auf die Böen, versuchte er durch den Wind hindurchzuhören. Ihm war, als ob dahinter nichts mehr wäre. Er öffnete das Fenster. Der Wind fuhr in die Gardinen, ins Zimmer, doch als er abdrehte, sich plötzlich ganz verflüchtigte, war weder das Knirschen der Schaufelräder noch das Quietschen der Bänder zu hören. Das Lied der Braunkohle war verstummt, ein halbes Jahrhundert Tagebau zu Ende gegangen. Als ob er sich aus den Ohren Stöpsel gezogen hätte, rauschte in seinem Kopf die Stille, ratterte die Straßenbahn vom Wehrmachtskino zurück ins Lazarett mitten durchs Ghetto von Litzmannstadt, 1942, Łódź.

Zitiert wurde auf den in Klammern angegebenen Seiten des Romans aus folgenden Werken:

Luthers *Abendsegen* (11)
Böll, *Das Vermächtnis* (17, 239)
Schulze, *Neue Leben* (33)
Himmlers Rede vom 4. Oktober 1943 (52f.)
Delius, *Der Sonntag, an dem ich Weltmeister wurde* (62)
Döblin, *Berlin Alexanderplatz* (64)
Stalin, *Der Marxismus und die Fragen der Sprachwissenschaft* (69)
Fontane, *Frau Jenny Treibel* (70)
Mackeben / Beckmann, *Bel Ami* (78f., 254f.)
Hegel, *Phänomenologie des Geistes* (84, 155)
Hilbig, *Das Meer in Sachsen* (105, 190)
Witt / Schmolck, *Schmückt das Fest mit Maien* (117)
Bach / Richter, *Es glänzet der Christen inwendiges Leben* (127, 131, 252f.)
*Evangelisches Kirchengesangbuch* (131ff., 243)
Hölderlin, *Der Ister* (136)
Kafkas Oktavheft G (141f.)
Ärzte, *Ich weiß nicht (ob es Liebe ist)* (153)
Kálmán / Stein / Jenbach, *Die Csárdásfürstin* (154, 257ff.)
*Weltall Erde Mensch* (158ff., 189f., 209ff., 234f., 262ff.)
Genet, *Das Totenfest* (187, 203f.)
Schuberts Brief vom 16. Juli 1824 (188)
Hensel, *Zonenkinder* (215)
Stalins Rede vom 26. Januar 1934 (232)
Szabó, *Das Schlachtfest* (245f.)
Marx, *Zur Kritik der Hegelschen Rechtsphilosophie* (262).

Weitere Quellen:
Grässe, *Der Sagenschatz des Königreichs Sachsen* und
*Die Sagen des Herzogthums Sachsen-Altenburg* (91f., 120, 226)
Münzberg, *Zu treuen Händen* (171ff.)
Bischoff, *Der Einfluß der bergbaulichen Traditionen und großindustriellen Entwicklungen auf das soziale Gefüge und die Mobilität der Braunkohlenarbeiterschaft von Borna* (190ff.).

Ich danke Günther Ulbricht für seine fachmännischen Bemerkungen zum Schlachtablauf und zur Gewichtstabelle.

Lesen Sie weiter >>

# LESEPROBE

Die Zahlen sind Olivers Halt. Sie begleiten ihn seit frühester Kindheit. Die Mutter ist kurz nach seiner Geburt im Sommer 1989 aus der sächsischen Kleinstadt abgehauen. Dem Vater ist er gleichgültig. Olivers Begabung für die Mathematik wird in der Verwandtschaft mit Argwohn betrachtet. Mit siebzehn erfährt er zum ersten Mal große Anerkennung bei der Mathematik-Olympiade in Montreal. Danach ist alles anders – und doch nichts besser. Zwar werben die angesehensten Institutionen um ihn, und er kann sich seinen Wunsch erfüllen: am größten Problem der Mathematik, dem Geheimnis der Primzahlen, zu arbeiten. Doch diese Aufgabe treibt ihn in die Abgründe seines Fachs und seiner Existenz. Bis ihn die Physikerin Ina rettet …

Eine moderne Heldengeschichte: von der Einsamkeit des Andersseins und der Erlösung durch die Liebe – zupackend, hochsensibel, umwerfend.

# 1

Er zählte. 37, 41, 43, 47. Die Zähne aufeinandergepresst. Ein blasser, zuletzt stark gewachsener Junge. Die dunkelblonden Haare kräuselten sich an der Seite. 53, 59, 61. Er saß schräg hinter seinem Vater im Auto, Samstagnachmittag auf einer Landstraße, unterwegs zur Urnenbeisetzung seiner Oma. Vor ihm die Stiefmutter, neben ihm deren Tochter Alexandra. Die Alten vorn, die Jungen hinten; männlich weiblich kreuzweis. Das flache Land südlich von Leipzig. Die Felder abgeerntet, umgepflügt. Nur hier und da noch dürrer Mais Mitte September.

67, 71, 73. Vor zehn Wochen hatte ihm die todkranke Großmutter erzählt, was sie nicht mit ins Grab nehmen wollte. Anfang Juli. Im gleichen Monat war er vierzehn geworden. Dann war endlich der Sommer vorbeigegangen, hatte die Schule wieder angefangen. Sein drittes Jahr an der Spezialschule.

79, 83, 89, 97. Er hatte immer gezählt. Zahlen waren seine ersten Wörter gewesen: *Eins, zwei, drei, ja! Vier, fünf, sechs, gut! Und noch ein Löffel, sieben, acht, neun.* Viel zu ihm gesprochen hatte niemand. Oder ihn gehalten; länger gehalten als nötig. Solche Berührungen ließen sich zählen. Und Zählen half. Die Zahlen halfen. Denn sie waren immer da. Nicht hier, aber da. Sein festester Halt, wenngleich imaginär. Er liebte Zahlen. Ganz besonders liebte er später die Primzahlen, von denen niemand wusste, woher sie kamen.

»Geschrien hasde«, hatte die Großmutter bei seinem letzten Besuch im Krankenhaus gekrächzt, »als dich Achim bekam vier Wochen nach der Geburt. Darauf hatten wir uns geeinigt: das Mädchen, ihre Eltern, ich, Harald un Achim, als der noch bei der NVA war. Grad ma achtzn war die un wollte weder den noch ein Baby. De Schwangerschaft hattese zu spät bemerkt. Als nich mehr abgetriem wern konnte. Adoptiern lassen wollte die dich. Aber ihre Eltern hatten erst mit der andern Seite sprechen wolln, mit uns, un die Adresse rausgefunden im Mai neununachtzsch.«

Niemand sagte ein Wort im Auto. 101, 103, 107. Alexandras ausgewachsener Körper irritierte Oliver. Er sah nicht hin. Er ging in die neunte Klasse des Spezi, sie ging in die zwölfte Klasse eines Gymnasiums bei Leipzig. Groß, dunkelhaarig, gelangweilt saß sie neben ihm. Ihre Mutter Vera, eine Angestellte in einem Baumarkt, war drei Jahre älter als sein Vater. Achim hatte die geschiedene Frau kennengelernt, als Oliver in die Grundschule kam. Ein Jahr später waren sie in ihr Haus gezogen, nur ein paar Dörfer entfernt von Olivers Großeltern Harald und Lisbeth Seuß. Die graublauen Augen zusammengekniffen, sah Oliver die kurzen schwarzen Haare, das freie Ohr, die glattrasierte Wange seines Vaters, der seit Jahren in einer Firma für Pumpen- und Abwasseranlagen arbeitete. 109, 113, 127.

»Geschrien, als der dich Ende August, da war der schon fertsch midder Armee, indn Arm hielt, denn du wolltest nich de Flasche. Geschaukelt hat der dich off sein Arm hin un her, mit dir ne Stunde durchn Ort geloofen isser, da hast du immer noch geschrien. Nichema n Kinderwagen hatte der besorgt. Da hat der dich dann ins Bettchen gelegt, is fort – un zwei Stunden später widdergekomm mit ner Fahne. Da hast du dann ooch getrunken.«

Die Urnenbeisetzung fand in kleinerem Kreis statt als die Trauerfeier vier Wochen zuvor, wobei sie immer noch zwanzig Leute waren. Auf dem frisch aufgestellten Grabstein war über Lisbeths Namen, Geburts- und Sterbedatum eben soviel Platz freigelassen worden. Oliver stand seitlich hinter seinem Vater. 317, 331, 337.

»Wie de Leute in dem Sommer abhauten un in Leipzsch drinne demonstrierten, hatten ja nich weiter intressiert. Der suchte Arbeit unne eigne Wohnung, wollte Musik machen, mit sein Kumpels rumziehn, feiern. Da ließ der dich oft bei mir. Das habsch ne Weile mitgemacht. Aber alser dann ma n ganzes Wochenende gar nich nach Hause kam, hats mir gelangt. Ich war dreinsechzsch un hatte fünf Kinder durchgebracht. Ich brauchte ma Ruhe. Da kamsde in de Wochenkrippe.«

Bis zu diesem Gespräch mit der Großmutter hatte Oliver von all dem kaum etwas gewusst. Über seine Mutter wurde nie geredet.

Neben dem rechteckigen dunklen Grabstein präsentierte der Bestatter mit weißen Handschuhen die Urne. Wie ein Zauberer seinen Lieblingstrick. Harald nahm sie noch einmal in die Hand, als ob er sie wiegen wollte, und reichte sie seinem Ältesten. Henry gab sie Achim weiter. Die drei Schwestern weigerten sich, die Urne anzufassen. Der Angestellte polierte den handlichen Metallkörper mit einem grünen Samttuch, bevor er ihn in das akkurat ausgehobene Loch des frisch bepflanzten Grabs versenkte, Erde nachstopfte und die Stelle mit einem Geranientopf krönte. Nachdem er sich aufgerichtet hatte, nickte der alte Mann ernst und entfernte sich.

383, 389, 397, 401.

»Dort warsde von Montag bis Freitag. Versorgt. Mit fünfnzwanzsch andern Babys von Leuten, wos wo ooch grad schwierig war. Hasde widder geschrien, dass dei Nabel offbrach un blutete. Damit konnten die aber umgehn. Da kam e Arzt, hat das genäht un verbunden un warsde dann ruhig. N Knuppel blieb dir von dem Bruch stehn. So dürre, wiede warst, fiel der richtig off unter nem Strampler. Das erschreckte jeden, der dich ma windelte. Wie so n Korken steckte das in deim Bauch. Ab un zu puderten wir den Zippel ein, denn das schien dich zu jucken. Wennde dich gekratzt hast, schimpften wir mit dir, pochten dir off de Fingerchen. Offem Bauch liegen durftsde ooch nich.«

Schwer atmend holte der Großvater aus einem Beutel eine zerbeulte grüne Feldflasche hervor. Seine Töchter sahen ihn verwirrt an. Harald drehte an dem knirschenden Deckel, sodass einige erschauerten. An den Stellen, wo die Farbe von der Flasche abgeplatzt war, schien das blanke Weißblech hervor wie ein Knochen. Endlich sprang der mit einem Strick gesicherte Schraubverschluss Harald aus den Händen.

Er hielt die Flasche hoch. »Diese Flasche hatte ich dabei, als ich mit Lisbeth s erste Mal verabredet war. Im Sommer nachm Krieg. Das Dorf zum Teil zerstört. Überfüllt mit vertriebnen Schlesiern. S gab kee Zimmer, keene Kammer, nichema ne Scheune, in der man ungestört hätte offm Stroh liegen könn. Die Felder abgeerntet. Kahl. Alle Wiesen, alle Straßenränder gemäht. Also ging wir indn Wald, obwo ihr das Angst machte, weil sie off dem Weg hierher durch viele Wälder hatte loofen, manchma sogar drin hatte schlafen oder sich verstecken müssen. Deswegen hatte ich in der Flasche Schnaps. Fracht mich nich, wie das möglich war, an Schnaps zu kommen nachm Krieg. Aber ohne die zwee, drei Schlucke Fusel wärse nich mitgekommen un wahrscheinlich ooch nich in Muckau gebliem.«

Harald hielt den Arm über das frische Grab, goss einen Schwapp über die Blumen und nippte selbst an der Flasche.

Die Leute schluckten. Aber nicht verwirrt wie beim ersten Anblick der Feldflasche, sondern überrascht, wie selbstverständlich diese Zeremonie sich vollzog.

Harald Seuß und seine Kinder waren nicht religiös. Was ein Sakrament war, wusste niemand mehr, obwohl einige noch getauft worden waren. Von den Jahrzehnten, in denen der Kommunistenstaat die Religion verunglimpft und bekämpft hatte, blieb ihnen eine Verachtung des Glaubens. Religion war einfach Humbug, Volksverdummung. Opium, wie jemand mal gesagt hatte. Punkt. Sie glaubten nicht an den Glauben. Das aber nicht aus schierer Gleichgültigkeit wie moderne Menschen, die, wenn sie von einem Schicksalsschlag getroffen worden wären, vielleicht doch eine höhere Macht hätten fürchten können. Sie standen der Kirche feindlich gegenüber wie gute alte Proletarier, die nur an den Lohn von und in ihren Händen glaubten. Diese Haltung zeigten sie sich aber zuletzt nur noch untereinander an ihren Mundwinkeln. Denn die Kirche genoss nach zwei Diktaturen allgemein wieder Anerkennung, und ihr gehörte der Friedhof.

Harald reichte die Flasche Henry, der von diesem Moment an überzeugt war, mit ihrer Hilfe an jenem Tag gezeugt worden zu sein. Nickend, mit vorgeschobenem Unterkiefer wog er die Reliquie in der Hand, nahm ein Schlückchen. Als Nächster Achim.

Oliver verzog genauso abschätzig wie sein Vater den Mund. 409, 419, 421. Er dachte an die Großmutter.

»Ne Arbeit hatter dann noch vor den ersten frein Wahln gefunden innem alten Maschinenbaubetrieb. Unne Wohnung in Kitzscher im Neubaugebiet. Aber mit den Betrieben lief das gar nich gut vor unnoch lange nach der Währungsunion. Da brach ja fast alles zusammen oder wurde kaputt gemacht. Da warer immer widder ma arbeitslos un schimpfte off de Politik. Zumindest hatter dann für dich nen normalen Krippenplatz gekrigt. Ich dachte ja, dassm das Halt gibt, wenner dich jeden Tag hinbringt un abholt. Aber öfter hab ich das gemacht. Oder ooch ma Simone. Wenner nich gekommen war un die uns anriefen. Wir hatten ja n Telefon, also Harald, als Parteisekretär. Sonst wärsde villei ins Heim gekommen.«

Die Flasche ging von Hand zu Hand, Mund zu Mund zu Oliver. Achims Schwestern sahen streng zu ihrem jüngeren Bruder. Der rührte sich nicht. Oliver wusste nicht, was stärker brannte: Haralds Schnaps oder Lisbeths Worte.

»Andn Wochenenden hadder dich manchma bei uns abgeliefert. Manchma ließer dich ooch offm Balkon in der Wohnung. Hochparterre. Im Kinderwagen. Du warst das gewöhnt von der Wochenkrippe: vier Stunden bis zur nächsten Mahlzeit, hast geschlafen oder warst ruhig. Nach vier Stunden kam er dann zurück, gab dir Essen. Ich hab manchma geheult, wenner sich widder irgendwo rumtrieb. Aber jemand hat immer nach dir geschaut.«

Sie standen auf dem Friedhof. Seine Onkel und Tanten unterhielten sich.

»Ich hab das«, sagte Margit, Olivers älteste Tante, »schonn geregelt, dass ich später ma in so e anonymes, naja, Massengrab komme. Da braucht sich niemand weiter drum kümmern.«

Simone, die jüngste der Geschwister, klammerte sich entsetzt an den Arm ihres Ehemanns.

»Wenn ich ma nich mehr bin«, fuhr Margit fort, »kann Lothar oder von mir aus Nathalie glei n Container komm lassen.« Nathalie – sie trug dieselbe Kleidung wie in der Schule – stand daneben. »Meine Sachen, das kann alles ma weg. Wen interessiert schonn mei Zeug? Ooch meine Fotos. Wer guckt in die Alben noch rein? Die hab ich ja selbst de letztn Jahre nich in de Hand genommen.«

»Weilde ahmds immer fernsiehst«, sagte Lothar.

»Genau. Ab inn Container. Un wenn das erlaubt wäre, könntense mich glei mit entsorgen. Damit hätte sichs getan. War schön gewesen. Danke.«

»Jetz hör aber ma off«, schimpfte Lothar. »So weit kommts noch.«

»Ja, so weit kommts noch.« Margit verzog den Mund.

Die zerbeulte Feldflasche ging noch einmal rum. So viel passte da rein. Die Frauen wollten nicht mehr. Oliver hingegen bekam die Flasche abermals in die Hände. Trotzig begegnete er den besorgten Blicken und schüttelte sich.

Sie gingen zum Haus des Großvaters, in den Garten, holten Tische und Stühle aus dem Schuppen, stellten sie mitten auf die Wiese, wie es Lisbeth gemocht hatte. Hier und da stachen dann die Stuhlbeine unter den Kräftigsten in den Rasen. Die erschraken auf ihren schiefen Sitzen über den verkürzten Abstand zu der Erde, die gerade die Urne aufgenommen hatte.

Die Geschwister hatten sich abgesprochen und jeder etwas mitgebracht. Bier, Wein, zwei Flaschen Schnaps, Kekse, Kaffee in Thermoskannen, Selters. Die Frauen holten Gläser und kleine Teller aus dem Haus. Am Tisch erzählten sie von Lisbeth, was für eine gute Seele sie gewesen war, mit welcher Geduld sie den Schornstein verfugt hatte und die Natursteine am Sockel des Hauses. Margit erzählte die Geschichte, wie sich Lisbeth während eines Ostseeurlaubs mit einer Frau im benachbarten Strandkorb angefreundet hatte und die ihren Ehering verlor im Meer, wie Lisbeth sich die Stelle zeigen ließ, ungefähr, wo der das Gold vom kalten Finger in die See geglitten sein mochte, und das Ding tatsächlich, ja ja ja, im flachen Wasser entdeckte und herausfischte unglaublicherweise.

Damit es nicht zu traurig wurde, bat Harald seinen Jüngsten, etwas Lustiges zu erzählen.

Achim zog die Stirn hoch.

So ernst und nüchtern wie noch vor einer Stunde waren auch nicht mehr alle.

»Muss nich so verwegen sein wie Papas Geschichte«, sagte Margit und stellte die fast leere Flasche Schnaps weiter weg von Oliver.

»Mach schonn, du Dampfhans«, sagte der Alte.

»Naja«, Achim rieb die Lippen aneinander, »mir ham ja ma ne Zeit lang, also n paar Fußballer, in der alten Schule, alses die noch gab, Tischtennis gespielt.«

601. 607.

»Mit een oder zwei Kästen Bier. Un da kam ooch manchma der Bäcke rüber. Der alte. Wilfried. Der ja nu ooch schon …«

Simone hüstelte.

Oliver stand auf. Die Geschichte kannte er. Kannten die meisten. Die berühmte Wette. Den Wettlauf mit dem Sack Mehl. Er schwankte, argwöhnische Blicke im

Rücken, über die Wiese, 613, 617, pinkelte hinter die Büsche, außer Hörweite.

Zwei Stunden hatte er im Krankenhaus an Lisbeths Bett gesessen. Am Ende nahm sie seine Hand, weinte. »Die Wochenkrippe.« Sie brauchte Pausen, bis sie weitersprechen konnte. »Der Balkon.« Sie schluchzte erschöpft. »Das is damals für alle schwer gewesen.« Mit leeren Augen hatte Lisbeth ihn angeschaut, als er sich von ihr verabschiedete.

619. 631. Langsam ging er zurück, fast gerade.

Die Familie drängte sich um Achim. »Als ich dem rückzu von der Eiche begegnete, warn meine Arme schonn zwee Meter lang.«

Oliver kannte jede Einzelheit, wie sein Vater mit dem Sack zu Boden ging. Es waren mit den Jahren immer neue Einzelheiten hinzugekommen von den Schmerzen, von dem Kampf. Er hatte Achim dafür bewundert und es akzeptiert, hinter ihm zu verschwinden, selbst nichts zu erzählen von sich, von der Schule, der Mathematik. Selten einmal war er von Achim oder einem Verwandten gefragt worden, wie es in Grimma auf der Schule lief und ob er später Professor werden wolle – in einem Ton, der ihn warnen sollte, sich nicht aufzuspielen.

»Richtig klar, wie ich da hingeknallt bin, war mir das nich. Immeim Kopp drehte sich alles. Ich klebte off der Straße un konnte kee Glied rühren.«

641. 643. Oliver schnappte sich ein Schnapsglas und trank es aus in einem Zug.

»Eh, sach ma«, fuhr ihn Henry an.

Streng sahen Margit und Effi zu ihrem pubertierenden Neffen auf, ob der nicht kapiert hätte, warum an diesem Tag alle Männer zum Pinkeln ins Haus gingen. Was bildete der sich ein!? Weil er auf der Spezialschule war? Brachte man denen dort das Saufen bei? Hochgeschossen und ungepflegt mit einem bösen Blick lief der hier rum; nicht mal dunkle Sachen hatte der angezogen – vielleicht aber auch gar nicht bekommen von Achim.

»Erst so nach un nach«, Achim sah jetzt müde aus, abgekämpft, obwohl das in ihm glühte; er blickte in die Augen seiner Schwestern, seines Vaters, Bruders, in das grimmige Gesicht seines Sohnes, zu Lisbeths Freundinnen, »verstand ich, dass der Zentner off meim Bauch lag un machte, dass ich kaum Luft kriegte. Dass ich den nich losgelassen hatte. Die Jungs schrien: Der kommt, der kommt! Tatsächlich lief der Bäcke an mir vorbei, sah mich off dem Asphalt un lief weiter. Die Kerle schrien: Mensch, steh off! Die Wette is noch nich verlorn. Das kannsde noch packen! Aber wie sollte ich offstehn mit dem Sack offm Wanst?«

647. Oliver war schwindlig. Er schüttelte den Kopf, als ob ihn ein Insekt belästigte, und setzte sich auf seinen Stuhl. 653. Sie wollten ja auch gar nichts hören von Mathematik, wenn sie doch einmal fragten, sondern erzählten immer gleich, wie schwer ihnen Mathe in der Schule gefallen sei, was für schlechte Noten sie bekommen hätten, dass er die Begabung schwerlich von den Seußens haben könne. Dabei rümpften sie die Nase.